हर्षद मेहता
शेयर Scam
की इनसाइड स्टोरी

हर्षद मेहता
शेयर Scam
की इनसाइड स्टोरी

महेश दत्त शर्मा

विद्या विहार, नई दिल्ली

प्रकाशक : विद्या विहार

19, संत विहार (पहली मंजिल) गली नं. 2, अंसारी रोड, नई दिल्ली–110002

 / संस्करण : प्रथम, 2025 / पेपरबैक मूल्य : तीन सौ पचास रुपए

मुद्रक : आर–टेक ऑफसेट प्रिंटर्स, दिल्ली ISBN 978-81-981085-4-8

HARSHAD MEHTA SHARE SCAM KI INSIDE STORY

by Shri Mahesh Dutt Sharma ₹ 350.00 (PB)

Published by **VIDYA VIHAR**

19, Sant Vihar (First Floor), Street No. 2, Ansari Road, New Delhi-110002

लेखकीय

हर्षद मेहता एक ऐसा व्यक्ति था, जो देश में आज भी एक वित्तीय किंवदंती के रूप में जाना जाता है। वह कई लोगों के लिए प्रेरणा था और उसकी प्रसिद्धि एवं भाग्य में जबरदस्त वृद्धि असाधारण से कम नहीं थी। दुर्भाग्य से, हर्षद मेहता की विरासत न केवल सफलता की है, बल्कि घोटालों और विवादों की भी है। हर्षद मेहता की कहानी वह घटना है, जिसने देश की जनता को मोहित किया और दुनिया भर के लोगों की कल्पना पर अधिकार कर लिया।

इस पुस्तक का उद्देश्य हर्षद मेहता के जीवन और 1990 के दशक में भारतीय वित्तीय प्रणाली को हिला देने वाले घोटालों का एक व्यापक एवं निष्पक्ष लेखा तथा सबक प्रदान करना है। इस पुस्तक के माध्यम से पाठक हर्षद मेहता के जीवन, शीर्ष तक की उसकी यात्रा और उन घटनाओं की श्रृंखला की गहरी समझ प्राप्त करेंगे, जो अंतत: उसके पतन का कारण बनीं। यह पुस्तक घोटाले के परिणाम और भारतीय समाज, अर्थव्यवस्था एवं राजनीति पर उसके प्रभाव पर भी प्रकाश डालेगी।

हर्षद मेहता की कहानी अकसर भारतीय वित्तीय प्रणाली और उसकी खामियों के संदर्भ में कही जाती है। हालाँकि, यह ध्यान रखना महत्त्वपूर्ण है कि हर्षद मेहता खेल में एकमात्र खिलाड़ी नहीं था। पुस्तक घोटाले में नियामकों, राजनेताओं और अन्य खिलाड़ियों द्वारा निभाई गई भूमिकाओं की भी जाँच करेगी।

यह पुस्तक न केवल घटनाओं का पुनरावलोकन है, बल्कि उन कारकों को समझने का भी प्रयास है, जिनकी वजह से यह घोटाला हुआ। इसका उद्देश्य एक संतुलित परिप्रेक्ष्य प्रदान करना और भारतीय वित्तीय प्रणाली की जटिलताओं तथा उस समय के दौरान आने वाली चुनौतियों के बारे में अंतर्दृष्टि प्रदान करना है।

पुस्तक हर्षद मेहता की कहानी और 1990 के दशक में भारतीय वित्तीय

प्रणाली को हिला देने वाली घटनाओं को समझने में रुचि रखने वाले किसी भी व्यक्ति के लिए उपयोगी है। यह केवल एक व्यक्ति के उत्थान और पतन की कहानी नहीं है, बल्कि लालच के खतरों और वित्तीय प्रणालियों में पारदर्शिता एवं उत्तरदायित्व के महत्त्व की सतर्क कहानी है।

हम आशा करते हैं कि यह पुस्तक भारतीय वित्तीय प्रणाली की बेहतर समझ और भविष्य के घोटालों को रोकने के लिए मजबूत नियामक निरीक्षण की आवश्यकता में योगदान देगी। हम यह भी उम्मीद करते हैं कि यह पुस्तक हर्षद मेहता की अच्छी व बुरी—दोनों तरह की विरासत के लिए एक श्रद्धांजलि के रूप में काम करेगी और मिथक के पीछे के व्यक्ति पर प्रकाश डालने में मदद करेगी।

अंततः, हर्षद मेहता की कहानी महत्त्वाकांक्षा, लालच और दौलत के पीछे भागने की कहानी है। यह एक ऐसी कहानी है, जो आज भी उतनी ही प्रासंगिक है, जितनी 1990 के दशक में थी और एक ऐसी कहानी है, जिससे हम सभी सीख सकते हैं।

अनुक्रम

1

हर्षद मेहता : सार-संक्षेप

स्टॉक मार्केट का बेताज बादशाह रह चुका हर्षद मेहता एक तेज दिमाग इनसान था, लेकिन अपने तेज दिमाग का प्रयोग उसने गलत तरीके से पैसा कमाने में किया। इसका परिणाम यह हुआ कि वह बेमौत मारा गया; साथ ही, आज भी लोग उसे घोटालेबाज के रूप में ही याद करते हैं।

पूरा नाम : हर्षद शांतिलाल मेहता

निक नेम : द बिग बुल, अमिताभ बच्चन ऑफ स्टॉक मार्केट

प्रसिद्धि का कारण : वर्ष 1992 में 4,000 करोड़ रुपए से भी अधिक का स्टॉक मार्केट घोटाला

जन्म-तिथि : 29 जुलाई, 1954

जन्म-स्थान : पनेली मोटी, राजकोट, गुजरात

मृत्यु : 31 दिसंबर, 2001

मृत्यु के समय उम्र : 47 वर्ष

मृत्यु का कारण : दिल का दौरा

मृत्यु की जगह : ठाणे सिविल हॉस्पिटल

पेशा : स्टॉक ब्रोकर

गृह राज्य : गुजरात

स्कूल : होली क्रॉस सीनियर सेकंडरी स्कूल, रायपुर, छत्तीसगढ़

कॉलेज/यूनिवर्सिटी : लाला लाजपतराय कॉलेज ऑफ कॉमर्स एंड इकोनॉमिक्स, मुंबई

शिक्षा : बी.कॉम

हर्षद मेहता की पारिवारिक जानकारी

पिता : शांतिलाल मेहता

माता : रसीलाबेन मेहता

बहन-भाई : तीन भाई—अश्विन मेहता, हितेश मेहता, सुधीर मेहता

पत्नी : ज्योति मेहता

बच्चे : अतुर मेहता

हर्षद मेहता के बारे में कुछ रोचक बातें

- शेयर बाजार का बेताज बादशाह और 'द बिग बुल'।
- शेयर मार्केट में बहुत ही थोड़े समय में बहुत ज्यादा पैसा कमाया।
- मध्य वर्गीय परिवार से संबंध। उसके पिता एक छोटे कपड़ा व्यापारी थे।
- हर्षद नकली रसीदें बनाकर, बैंकों से पैसा लेकर उसको शेयर मार्केट में लगा देता था।
- उसके खिलाफ 72 आपराधिक और 600 से भी ज्यादा दीवानी मामले दायर किए गए। हर्षद मेहता केवल एक ही मामले में दोषी पाया गया, क्योंकि अन्य मामलों में सबूत नहीं मिले।
- हर्षद मेहता ने वर्ष 1993 में तत्कालीन प्रधानमंत्री पी.वी. नरसिम्हा राव को 1 करोड़ रुपए की रिश्वत देने का आरोप लगाया, जो कि सही साबित नहीं हुआ।
- उसकी मौत जेल में बहुत ही रहस्यमय तरीके से हुई।
- शेयर बाजार में हर्षद मेहता इतनी तेजी से तरक्की कर रहा था कि उससे हर कोई हैरान था। उसकी इस तेज कामयाबी का राज वर्ष 1992 में फाश हुआ।
- एक पत्रकार ने हर्षद मेहता के स्टॉक मार्केट के खेल का भांडा फोड़ा था।
- हर्षद मेहता पर 4,025 करोड़ रुपए के घोटाले के आरोप में 72 आपराधिक मामले दर्ज हुए और 6,000 से भी अधिक दीवानी। वर्ष 2001 में उसे 5 साल की सजा के साथ-साथ 25,000 रुपए का जुर्माना हुआ।
- हर्षद मेहता ठाणे जेल में बंद था, तभी 31 दिसंबर, 2001 को अचानक देर रात उसकी छाती में दर्द हुआ तो उसे ठाणे सिविल अस्पताल ले जाया गया, जहाँ 47 वर्ष की आयु में उसकी मौत हो गई।

□

2

एक शेयर बाजार जीनियस का निर्माण

हर्षद मेहता—वह नाम, जो अभी भी भारतीय शेयर बाजार में सनसनी मचा देता है—एक दूरदर्शी व्यक्ति था। वह एक स्टॉक मार्केट जीनियस था, जो अपनी नवीन और साहसी निवेश रणनीतियों के साथ निर्धनता से धन की ओर बढ़ा। लेकिन किस चीज ने हर्षद मेहता को शेयर बाजार का जीनियस बनाया? क्या यह उसकी जन्मजात प्रतिभा थी? या उसने इसे कड़ी मेहनत और समर्पण से विकसित किया?

शेयर बाजार जीनियस का निर्माण : हर्षद मेहता की यात्रा

हर्षद मेहता का जन्म 29 जुलाई, 1954 को एक मध्य वर्गीय गुजराती परिवार में हुआ। उसके पिता एक छोटे व्यवसायी थे और परिवार को गुजारे के लिए संघर्ष करना पड़ता था। हर्षद एक मेधावी छात्र था और उसने वाणिज्य में स्नातक की पढ़ाई पूरी की। हालाँकि, उसका असली जुनून शेयर बाजार था। उसने छोटी उम्र में ही शेयर बाजार में निवेश करना शुरू कर दिया था और जल्द ही वह इसकी चपेट में आ गया।

हर्षद मेहता की पहली नौकरी ब्रोकरेज फर्म 'न्यू इंडिया एश्योरेंस' में एक विक्रेता के रूप में आरंभ हुई। यहीं पर उसे शेयर बाजार का पहला स्वाद मिला। उसने लंबे समय तक शेयर बाजार का अवलोकन किया और शेयरों के व्यवहार का अध्ययन किया। वह जल्दी सीखने वाला था और जल्द ही उसने छोटा-मोटा ट्रेड करना शुरू कर दिया। उसकी पहली ट्रेडिंग ए.सी.सी. के शेयरों में थी, जिसे उसने 20 रुपए में खरीदा था और अपने निवेश को दोगुनी कीमत 40 रुपए में बेच दिया।

शेयर बाजार में हर्षद मेहता की सफलता सिर्फ उसकी जन्मजात प्रतिभा के कारण नहीं, बल्कि उसकी लगन और कड़ी मेहनत के कारण भी थी। उसने लंबे समय तक शेयर बाजार का अध्ययन किया और शेयरों के व्यवहार का विश्लेषण किया। वह हमेशा निवेश के नए अवसरों की तलाश में रहता था और जोखिम लेने से नहीं डरता था।

हर्षद मेहता को स्टॉक मार्केट जीनियस बनाने वाले प्रमुख कारकों में से एक, अंडरवैल्यूड स्टॉक को स्पॉट करने की उसकी क्षमता थी। उसकी उन शेयरों पर गहरी नजर थी, जो उनके आंतरिक मूल्य से नीचे ट्रेड कर रहे थे और वह उन्हें खरीदने के लिए तत्पर था। उसे बाजार की टाइमिंग की भी समझ थी। जब शेयर अपने सबसे निचले स्तर पर होते थे, तब वह उन्हें खरीदता था और जब वे अपने उच्चतम स्तर पर होते थे तो उन्हें बेच देता था।

हर्षद मेहता सिर्फ स्टॉक मार्केट जीनियस नहीं था; वह हेर-फेर करने में भी माहिर था। उसने सिस्टम की खामियों को समझा और उनका फायदा उठाया। उसके सबसे बदनाम घोटालों में से एक वर्ष 1992 का प्रतिभूति घोटाला था, जिसमें उसने शेयर बाजार में हेर-फेर करने के लिए बैंकिंग प्रणाली का इस्तेमाल किया था।

वर्ष 1992 का प्रतिभूति घोटाला एक जटिल योजना थी, जिसमें हर्षद मेहता और उसके सहयोगियों ने बैंकों से पैसे उधार लेने के लिए प्रतिभूति के रूप में बैंक रसीदों का उपयोग किया था। इसके बाद उन्होंने उस पैसे का इस्तेमाल शेयर बाजार में शेयर खरीदने के लिए किया, जिससे कीमतों में बढ़ोतरी हुई। एक बार कीमतें बढ़ने के बाद उसने शेयरों को लाभ पर बेच दिया, ऋण चुकाया और शेष धन रख लिया। यह चक्र कई बार दोहराया गया, जिससे शेयर बाजार में भारी उछाल आया।

हर्षद मेहता की शेयर बाजार में हेर-फेर करने की क्षमता सिर्फ उसके सिस्टम के ज्ञान के कारण नहीं थी, बल्कि उसके करिश्मे और आकर्षण के कारण भी थी। वह एक ऐसा व्यक्ति था, जो किसी को भी अपनी योजनाओं में निवेश करने के लिए राजी कर सकता था। उसका व्यक्तित्व लुभावना था और वह अपनी आकर्षक जीवन-शैली के लिए जाना जाता था। वह महँगी कारें चलाता था, डिजाइनर कपड़े पहनता था और आलीशान अपार्टमेंट में रहता था।

शेयर बाजार में हर्षद मेहता की सफलता ने उसे जनता की नजरों में हीरो बना दिया। उसे एक स्व-निर्मित व्यक्ति के रूप में देखा जाता था, जिसने कड़ी मेहनत और समर्पण के माध्यम से सफलता हासिल की थी। हालाँकि, उसका पतन भी

उतना ही शानदार था। उसके घोटालों का पर्दाफाश हुआ और उसे अधिकारियों ने गिरफ्तार कर लिया। उसने कई साल जेल में बिताए और 31 दिसंबर, 2001 को दिल का दौरा पड़ने से उसकी मृत्यु हो गई।

हर्षद मेहता की कहानी एक स्टॉक मार्केट जीनियस बनने की कहानी है। एक मध्य वर्गीय परिवार से स्व-निर्मित करोड़पति बनने तक की उसकी यात्रा उसकी जन्मजात प्रतिभा, कड़ी मेहनत, समर्पण और कम मूल्य वाले शेयरों को पहचानने की क्षमता का परिणाम थी। हालाँकि, उसका पतन भी उतना ही शानदार था और वह शेयर बाजार में अपने हेर-फेर के लिए बेनकाब हुआ था। हर्षद मेहता की विरासत शेयर बाजार में लालच और हेर-फेर के खतरों की एक सतर्क कहानी है।

□

3

प्रारंभिक जीवन और संघर्ष

भारतीय इतिहास के सबसे बड़े शेयर बाजार घोटाले का पर्याय बने हर्षद मेहता की एक विनम्र शुरुआत हुई थी। उसका प्रारंभिक जीवन संघर्षों और कठिनाइयों से भरा था।

हर्षद मेहता अपने माता-पिता की तीसरी संतान था और उसका पालन-पोषण मुंबई के एक छोटे से अपार्टमेंट में हुआ। उसके पिता एक छोटे व्यवसायी थे और परिवार को गुजारा करने के लिए संघर्ष करना पड़ता था। वित्तीय कठिनाइयों के बावजूद हर्षद मेहता एक मेधावी छात्र था और छोटी उम्र से ही शेयर बाजार में उसकी गहरी रुचि थी।

शेयर बाजार के प्रति हर्षद मेहता का आकर्षण तब शुरू हुआ, जब वह सिर्फ एक किशोर था। वह अकसर स्थानीय शेयर बाजार में लंबा समय बिताता था, स्टॉक के व्यवहार को देखता था और बाजार के रुझान का विश्लेषण करता था। वह जल्दी सीखने वाला था और जल्द ही उसने छोटे-छोटे निवेश करने शुरू कर दिए।

वाणिज्य में स्नातक पूरा करने के बाद भी शेयर बाजार में हर्षद मेहता की दिलचस्पी कम नहीं हुई। वास्तव में, वह शेयर बाजार में कॅरियर बनाने के लिए और भी अधिक दृढ़ था। उसने ब्रोकरेज फर्म न्यू इंडिया एश्योरेंस में एक विक्रेता के रूप में अपनी पहली नौकरी की और यहीं पर उसे शेयर बाजार का पहला स्वाद मिला।

संघर्ष

हर्षद मेहता का प्रारंभिक जीवन संघर्षों और कठिनाइयों से भरा था। वह एक विनम्र पृष्ठभूमि से आया था और उसका परिवार उसे जीवन की विलासिता प्रदान

करने का जोखिम नहीं उठा सकता था। उसे जीवन-यापन करने और अपने परिवार का सहयोग करने के लिए कड़ी मेहनत करनी पड़ी।

हर्षद मेहता का सामना करने वाले सबसे बड़े संघर्षों में से एक पारिवारिक वित्तीय कठिनाइयाँ थीं। उसका परिवार गरीब था और उनके भरण-पोषण के लिए उसे कड़ी मेहनत करनी पड़ती थी। उसे अपने परिवार का आर्थिक रूप से सहयोग करना था और इसलिए वह अपने निवेश में कोई जोखिम नहीं उठा सकता था।

एक और संघर्ष, जिसका सामना हर्षद मेहता को करना पड़ा, वह था औपचारिक शिक्षा की कमी। उसने वाणिज्य में स्नातक की पढ़ाई पूरी की थी, लेकिन शेयर बाजार में उसका कोई औपचारिक प्रशिक्षण नहीं था। उसे सबकुछ अपने दम पर सीखना था और यह सीखने की अवस्था थी।

संघर्षों के बावजूद हर्षद मेहता शेयर बाजार में सफल होने के लिए दृढ़ था। उसने बाजार के रुझानों का अध्ययन करने और शेयरों के व्यवहार का विश्लेषण करने में काफी समय बिताया। वह हमेशा निवेश के नए अवसरों की तलाश में रहता था और जोखिम लेने से नहीं डरता था।

हर्षद मेहता के जीवन में सबसे बड़ा मोड़ तब आया, जब उसने ब्रोकरेज फर्म न्यू इंडिया एश्योरेंस में नौकरी की। यहीं पर उसे शेयर बाजार का पहला अनुभव हुआ और उसने छोटे-छोटे निवेश करने शुरू किए। वह जल्दी सीखने वाला था और जल्द ही उसने बड़े निवेश करने शुरू कर दिए।

हालाँकि, शेयर बाजार में हर्षद मेहता की सफलता विवादों के अपने हिस्से के बिना नहीं थी। वह अपनी आक्रामक निवेश रणनीतियों और शेयर बाजार में हेर-फेर करने की क्षमता के लिए जाना जाता था। सन् 1992 के 'सिक्योरिटीज स्कैम' में उसके घोटालों का पर्दाफाश हुआ और उसे गिरफ्तार कर लिया गया।

कुल मिलाकर, हर्षद मेहता का प्रारंभिक जीवन संघर्षों और कठिनाइयों से भरा रहा। वह एक विनम्र पृष्ठभूमि से आया था और उसे जीविकोपार्जन के लिए कड़ी मेहनत करनी पड़ी। हालाँकि, शेयर बाजार के प्रति उसके दृढ़ संकल्प और जुनून ने उसे सफलता दिलाई। उसकी जीवन-कथा इस बात का प्रमाण है कि कड़ी मेहनत और लगन से व्यक्ति जीवन में कुछ भी हासिल कर सकता है।

□

4

संख्याओं के लिए जुनून

शेयर बाजार में हर्षद मेहता की प्रसिद्धि केवल उसकी आक्रामक निवेश रणनीतियों और बाजार में हेर-फेर करने की उसकी क्षमता के कारण नहीं थी। यह संख्याओं के प्रति उसके जुनून और कम मूल्य वाले शेयरों को पहचानने की उसकी अद्वितीय क्षमता के कारण भी थी।

संख्याओं में प्रारंभिक रुचि

हर्षद मेहता की संख्या में रुचि बहुत कम उम्र में शुरू हो गई थी। वह गणित के प्रति आकर्षित था और संख्याओं के प्रति उसकी स्वाभाविक रुचि थी। उसने स्कूल में गणित में उत्कृष्ट प्रदर्शन किया और हमेशा अपनी कक्षा में शीर्ष पर रहा।

जैसे-जैसे वह बड़ा होता गया, अंकों में उसकी दिलचस्पी बढ़ती गई। वह अकसर शेयर बाजार का विश्लेषण करने और शेयरों के व्यवहार का अध्ययन करने में घंटों लगाता था। वह हमेशा बाजार में पैटर्न एवं रुझानों की तलाश में रहता था और जोखिम लेने से नहीं डरता था।

नंबरों को लेकर हर्षद मेहता का जुनून शेयर बाजार तक ही सीमित नहीं था, उसे अन्य क्षेत्रों में भी दिलचस्पी थी, जिसमें अंक शामिल थे, जैसे कि लेखा और वित्त। इन क्षेत्रों के लिए उसकी स्वाभाविक अभिरुचि थी और उसने उनमें उत्कृष्ट प्रदर्शन किया।

अंडरवैल्यूड स्टॉक्स को स्पॉट करने की अनूठी क्षमता

स्टॉक मार्केट में हर्षद मेहता की सफलता में योगदान देने वाले प्रमुख कारकों में से एक अंडरवैल्यूड स्टॉक को स्पॉट करने की उसकी अद्वितीय क्षमता थी।

उसके पास उन शेयरों की पहचान करने की आदत थी, जो कम मूल्य वाले थे और मूल्य में बढ़ने की क्षमता रखते थे।

हर्षद मेहता की अंडरवैल्यूड शेयरों को पहचानने की क्षमता सिर्फ शेयर बाजार के उसके ज्ञान के कारण नहीं थी। यह उसकी संख्याओं का विश्लेषण करने और पैटर्न तथा प्रवृत्तियों की पहचान करने की क्षमता के कारण भी थी। वह वित्तीय विवरणों का अध्ययन करने और कंपनियों के प्रदर्शन का विश्लेषण करने में घंटों व्यतीत करता था।

अंडरवैल्यूड शेयरों को पहचानने की हर्षद मेहता की क्षमता के सबसे प्रसिद्ध उदाहरणों में से एक ए.सी.सी. लिमिटेड में उसका निवेश था। 1980 के दशक के अंत में ए.सी.सी. लिमिटेड शेयर बाजार में एक अपेक्षाकृत अनजान कंपनी थी। हालाँकि, हर्षद मेहता ने कंपनी में क्षमता देखी और उसमें भारी निवेश किया। उसका निवेश रंग लाया और ए.सी.सी. लिमिटेड का स्टॉक कुछ ही महीनों में दस गुना से अधिक बढ़ गया।

आक्रामक निवेश रणनीतियाँ

नंबरों के लिए हर्षद मेहता का जुनून सिर्फ अंडरवैल्यूड स्टॉक्स की पहचान करने तक ही सीमित नहीं था। उसे अपनी आक्रामक निवेश रणनीतियों के लिए भी जाना जाता था, जिससे उसे शेयर बाजार में भारी मुनाफा कमाने में मदद मिली।

हर्षद मेहता की आक्रामक निवेश रणनीतियों के सबसे प्रसिद्ध उदाहरणों में से एक 'रेडी फॉरवर्ड (आर.एफ.) घोटाले' में उसकी भागीदारी थी। 'आर.एफ. घोटाले' में दलालों की एक श्रृंखला के माध्यम से प्रतिभूतियों की खरीद व बिक्री शामिल थी, जिसका अंतिम लक्ष्य कृत्रिम माँग पैदा करना और प्रतिभूतियों की कीमत को बढ़ाना था।

हर्षद मेहता 'आर.एफ. घोटाले' के पीछे के मास्टरमाइंडों में से एक था और उसने इससे भारी मुनाफा कमाया। हालाँकि, अंततः घोटाले का पर्दाफाश हो गया और हर्षद मेहता को गिरफ्तार कर लिया गया। उसने कई साल जेल में बिताए।

विरासत

संख्याओं के प्रति हर्षद मेहता का जुनून और कम मूल्य वाले शेयरों को पहचानने की उसकी अद्वितीय क्षमता ने शेयर बाजार में एक स्थायी विरासत छोड़ी।

उसकी निवेश रणनीतियों ने कई युवा निवेशकों को प्रेरित किया और शेयर बाजार में उसकी सफलता दूसरों के अनुसरण के लिए एक मानदंड बन गई।

हालाँकि, हर्षद मेहता की विरासत विवादों से घिरी हुई है। घोटालों और शेयर बाजार में हेरा-फेरी में उसकी संलिप्तता ने उसकी विरासत पर गहरा दाग छोड़ा है। उसकी जीवन-कथा शेयर बाजार में लालच और हेरा-फेरी के खतरों की एक सतर्क कहानी है।

अंत में, संख्याओं के प्रति हर्षद मेहता की दीवानगी और कम मूल्य वाले शेयरों को पहचानने की उसकी अद्वितीय क्षमता ने शेयर बाजार में उसकी सफलता में महत्त्वपूर्ण भूमिका निभाई। उसकी निवेश रणनीतियों ने शेयर बाजार में एक स्थायी विरासत छोड़ी है और उसकी सफलता दूसरों के अनुसरण के लिए एक मानदंड बन गई है। हालाँकि, घोटालों और शेयर बाजार में हेरा-फेरी में उसकी भागीदारी वित्तीय उद्योग में लालच और अनैतिक व्यवहार के खतरों की याद दिलाती है। अपने जीवन और कॅरियर के आसपास के विवादों के बावजूद हर्षद मेहता भारतीय शेयर बाजार के इतिहास में एक आकर्षक व्यक्ति बना रहा है।

□

5

वित्त में कॅरियर की शुरुआत

वित्त में हर्षद मेहता का कॅरियर 1980 के दशक की शुरुआत में शुरू हुआ, जब उसने मुंबई में एक स्टॉक ब्रोकर के रूप में काम करना शुरू किया। उद्योग में उसके शुरुआती वर्षों में कड़ी मेहनत, दृढ़ संकल्प और ज्ञान की प्यास थी।

प्रारंभिक वर्ष

अपने पालन–पोषण की चुनौतियों के बावजूद हर्षद मेहता ज्ञान की प्यास रखने वाला एक दृढ़ निश्चयी युवक था। उसने स्कूल में उत्कृष्ट प्रदर्शन किया और मुंबई के लाला लाजपतराय कॉलेज से वाणिज्य में स्नातक की उपाधि प्राप्त की। पढ़ाई पूरी करने के बाद हर्षद मेहता ने एक टेक्सटाइल कंपनी में बतौर सेल्समैन काम करना शुरू किया। हालाँकि, उसे जल्द ही अहसास हो गया कि उसकी सच्ची पुकार वित्त में है और उसने शेयर बाजार में अपना कॅरियर बनाने का फैसला किया।

वित्त में कॅरियर

वित्त में हर्षद मेहता का कॅरियर 1980 के दशक की शुरुआत में शुरू हुआ, जब वह ब्रोकरेज फर्म न्यू इंडिया एश्योरेंस में शामिल हुआ। उसने एक क्लर्क के रूप में शुरुआत की और ब्रोकर बनने के लिए अपना काम किया।

अपने कॅरियर के शुरुआती वर्षों में हर्षद मेहता ने लंबे समय तक काम किया और शेयर बाजार के बारे में सीखने में काफी समय बिताया। वह अपने परिश्रम और अपने ग्राहकों के लिए समर्पित सहयोगी के रूप में जाना जाता था। उसकी कड़ी

मेहनत रंग लाई और उसने जल्द ही खुद को देश के सबसे सफल ब्रोकरों में से एक के रूप में स्थापित कर लिया।

हर्षद मेहता के शुरुआती कॅरियर में परिभाषित क्षणों में से एक भारतीय शेयर बाजार में सन् 1984 के 'बुल रन' में उसकी भागीदारी थी। इस दौरान शेयर बाजार में तेजी का अनुभव हो रहा था और हर्षद मेहता को अपना नाम बनाने का अवसर नजर आ रहा था।

उसने शेयरों में भारी निवेश करना शुरू कर दिया और जल्द ही बाजार के सबसे बड़े खिलाड़ियों में से एक बन गया। उसके निवेश का भुगतान मिला और उसने कुछ ही महीनों में भाग्य बना लिया।

सफल स्टॉक ब्रोकर

सन् 1984 के 'बुल रन' में हर्षद मेहता की सफलता शेयर बाजार में उसकी प्रसिद्धि की शुरुआत थी। अगले कुछ वर्षों में उसने खुद को देश के सबसे सफल और प्रभावशाली स्टॉक ब्रोकर्स में से एक के रूप में स्थापित किया।

उसकी सफलता में योगदान देने वाले प्रमुख कारकों में अंडरवैल्यूड स्टॉक्स को स्पॉट करने की उसकी क्षमता और उन कंपनियों पर पैनी नजर थी, जिनका बाजार ने मूल्यांकन नहीं किया था और जिनमें मूल्य में वृद्धि की क्षमता थी। इन शेयरों में उसके निवेश का भुगतान मिला और वह जल्दी ही अपनी समझदार निवेश रणनीतियों के लिए जाना जाने लगा।

हर्षद मेहता की सफलता में योगदान देने वाला एक अन्य कारक जोखिम लेने की उसकी इच्छा थी। वह शेयर बाजार में भारी निवेश करने से नहीं डरता था, भले ही इसके लिए उसे महत्त्वपूर्ण जोखिम क्यों न उठाना पड़े। उसकी निवेश रणनीतियों में उसकी निर्भीकता और विश्वास ने उसे शेयर बाजार में भारी मुनाफा कमाने में मदद की।

वित्त में हर्षद मेहता का कॅरियर कड़ी मेहनत, दृढ़ संकल्प और ज्ञान की प्यास से चिह्नित था। उसने एक क्लर्क से देश के सबसे सफल स्टॉक ब्रोकर्स में से एक बनने के लिए काम किया।

शेयर बाजार में उसकी सफलता सिर्फ उसकी निवेश रणनीतियों के कारण नहीं थी। यह अंडरवैल्यूड स्टॉक्स को स्पॉट करने की उसकी क्षमता, जोखिम लेने की उसकी इच्छा और उसकी क्षमताओं में उसके विश्वास के कारण भी था।

हालाँकि, घोटालों और अनैतिक व्यवहार में उसकी भागीदारी ने उसकी प्रतिष्ठा को धूमिल कर दिया। उसके जीवन के आसपास के विवादों के बावजूद भारतीय शेयर बाजार में हर्षद मेहता की विरासत को नजरअंदाज नहीं किया जा सकता है। वह उद्योग में अग्रणी था और उसकी निवेश रणनीतियों एवं अंतर्दृष्टि का निवेशकों तथा विश्लेषकों द्वारा समान रूप से अध्ययन व विश्लेषण किया जाना जारी है।

वर्ष 1992 का 'प्रतिभूति घोटाला' हर्षद मेहता के कॅरियर का एक प्रमुख मोड़ था। यह स्टॉक्स की कीमतों में हेर-फेर और नकली बैंक रसीदें जारी करने से जुड़ी एक बड़ी धोखाधड़ी थी। इस घोटाले ने भारतीय वित्तीय प्रणाली को हिलाकर रख दिया और शेयर बाजार में कई प्रमुख हस्तियों के पतन का कारण बना।

□

6

क्लर्क से ब्रोकर तक : हर्षद मेहता का उदय

हर्षद मेहता का एक क्लर्क से एक सफल स्टॉक ब्रोकर बनने की कहानी दृढ़ संकल्प, कड़ी मेहनत और वित्त के लिए एक जुनून की कहानी है। गुजरात के एक छोटे से गाँव में जनमा हर्षद मेहता बेहतर अवसरों की तलाश में मुंबई आ गया। उसने एक ब्रोकरेज फर्म में सेल्स क्लर्क के रूप में अपना कॅरियर शुरू किया, जहाँ उसने स्टॉक ट्रेडिंग और निवेश की मूल बातें सीखीं।

हर्षद मेहता हमेशा वित्त की दुनिया से आकर्षित था। उसने अपना खाली समय शेयर बाजार पर पुस्तकें पढ़ने और बाजार के रुझान का विश्लेषण करने में बिताया। वह एक उत्सुक पर्यवेक्षक था और संख्या के लिए एक स्वाभाविक उन्माद रखता था। उसने जल्द ही महसूस किया कि वह शेयर बाजार के लिए बना है और फिर उसने उस लक्ष्य के लिए काम करना शुरू कर दिया।

स्टॉक मार्केट में हर्षद मेहता का पहला ब्रेक तब आया, जब उसने नंदलाल सेठ की ब्रोकरेज फर्म ज्वाइन की। उसने एक सेल्समैन के रूप में शुरुआत की; लेकिन ट्रेडिंग के लिए उनकी स्वाभाविक प्रतिभा ने जल्द ही उसके सहयोगियों और वरिष्ठों का ध्यान आकर्षित किया। उसे एक डीलर के पद पर पदोन्नत किया गया और जल्दी ही उसने खुद को एक सफल ट्रेडर के रूप में स्थापित कर लिया।

एक व्यापारी के रूप में हर्षद मेहता की सफलता इसकी चुनौतियों के बिना नहीं थी। एक बड़े शहर में एक छोटे गाँव के लड़के को शुरुआती संदेह और पूर्वग्रह को दूर करने के लिए कड़ी मेहनत करनी पड़ी। उसे बार-बार खुद को साबित करना पड़ा और उसने ऐसा अपने समर्पण, कड़ी मेहनत तथा शेयर बाजार की पूरी समझ के जरिए किया।

हर्षद मेहता को बड़ा ब्रेक 1980 के दशक के मध्य में मिला, जब उसने अपनी खुद की ब्रोकरेज फर्म 'ग्रोमोर रिसर्च एंड एसेट मैनेजमेंट' शुरू की। उसने हमेशा अपनी फर्म शुरू करने का सपना देखा था और उसने इसे अपने सपने को साकार करने के अवसर के रूप में देखा। उसने कुछ मुट्ठी भर ग्राहकों के साथ शुरुआत की, लेकिन एक सफल ट्रेडर के रूप में उसकी प्रतिष्ठा जल्द ही और अधिक ट्रेडिंग में आ गई।

स्टॉक ब्रोकर के रूप में हर्षद मेहता की सफलता उसकी अनूठी निवेश रणनीतियों और बाजार में अंतर्दृष्टि पर आधारित थी। उसे अंडरवैल्यूड स्टॉक्स की पहचान करने और उनमें सही समय पर निवेश करने की क्षमता के लिए जाना जाता था। बाजार के रुझानों पर भी उसकी पैनी नजर रहती थी और वह लाभ के अवसरों को तुरंत भाँप लेता था।

हर्षद मेहता की सबसे सफल निवेश रणनीतियों में से एक 'सर्किट फिल्टर' विधि थी। इसमें उन शेयरों को खरीदना शामिल था, जो उनकी निचली सर्किट सीमा पर ट्रेड कर रहे थे और फिर उन्हें तब तक रोके रखा जाता था, जब तक कि वे अपनी ऊपरी सर्किट सीमा तक नहीं पहुँच जाते थे। 'सर्किट फिल्टर पद्धति' एक उच्च जोखिम, उच्च इनाम वाली रणनीति थी; लेकिन इसने हर्षद मेहता और उनके ग्राहकों को अच्छा मुनाफा कमा कर दिया।

स्टॉक ब्रोकर के रूप में हर्षद मेहता की सफलता ने भी उसे बहुत ध्यान और प्रसिद्धि दिलाई। उसे अकसर मीडिया में दिखाया जाता था और एक 'वित्तीय जादूगर' के रूप में उसकी प्रशंसा की जाती थी। वह अपनी तेज-तर्रार जीवन-शैली, महँगी कारों और महँगी घड़ियों से अपने प्रेम के लिए जाना जाता था।

एक सफल शेयर दलाल के रूप में उसकी वृद्धि कई लोगों के लिए प्रेरणा बनी, जो वित्त की दुनिया में बड़ा बनने का सपना देखते थे। उसकी विवादास्पद विरासत के बावजूद भारतीय शेयर बाजार में उसके योगदान को नजरअंदाज नहीं किया जा सकता और उसकी कहानी निवेशकों एवं ट्रेडर्स की पीढ़ियों को प्रेरित करती है।

इस घोटाले में हर्षद मेहता प्रमुख खिलाड़ियों में से एक था। उसने शेयर की कीमतों में हेर-फेर करने एवं शेयर बाजार में अवैध गतिविधियों को अंजाम देने के लिए अपने प्रभाव और संपर्क का इस्तेमाल किया। उसने जाली बैंक रसीदें बनाईं और विभिन्न बैंकों से ऋण प्राप्त करने के लिए उनका उपयोग किया।

घोटाले को अंततः अधिकारियों द्वारा उजागर किया गया और हर्षद मेहता को नवंबर 1992 में गिरफ्तार कर लिया गया था। उस पर धोखाधड़ी, जालसाजी और साजिश सहित कई आपराधिक अपराधों का आरोप लगाया गया था। उसके खिलाफ मामला जटिल था और इसमें वित्तीय प्रणाली के कई अलग-अलग खिलाड़ी शामिल थे।

गिरफ्तारी के बावजूद हर्षद मेहता अवज्ञाकारी रहा। उसने अपनी बेगुनाही बरकरार रखी और दावा किया कि शेयर बाजार में उसके प्रतिद्वंद्वियों द्वारा उसे निशाना बनाया जा रहा है। उसने जेल के अंदर से ही काम करना जारी रखा, अपने ग्राहकों को निवेश की सलाह देता रहा और यहाँ तक कि अपने सहयोगियों के माध्यम से शेयर बाजार में ट्रेडिंग भी करता रहा।

हालाँकि, उसकी कानूनी लड़ाई ने उसके स्वास्थ्य पर बुरा असर डाला और अंततः दिसंबर 2001 में उसे दिल का दौरा पड़ा। उसकी मृत्यु ने वित्त में एक अशांत और विवादास्पद कॅरियर के अंत को चिह्नित किया।

हर्षद मेहता की विरासत मिश्रित है। एक ओर वह भारतीय शेयर बाजार में अग्रणी था और उसकी निवेश रणनीतियों एवं अंतर्दृष्टि का निवेशकों व विश्लेषकों द्वारा समान रूप से अध्ययन और विश्लेषण किया जाना जारी है; दूसरी ओर, घोटालों और अनैतिक व्यवहार में उसकी भागीदारी ने उसकी प्रतिष्ठा को धूमिल कर दिया और वित्तीय उद्योग में उन लोगों के लिए यह एक सतर्क कहानी के रूप में कार्य करता है।

अंत में, हर्षद मेहता के जीवन की कहानी जटिल है। यह एक ऐसे व्यक्ति की कहानी है, जो विनम्र शुरुआत से उठकर देश के सबसे सफल स्टॉक ब्रोकर्स में से एक बन गया। यह एक ऐसे व्यक्ति की भी कहानी है, जो अपने ही लालच और महत्त्वाकांक्षा के कारण नष्ट हो गया था। भारतीय शेयर बाजार में हर्षद मेहता की विरासत हमेशा विवादास्पद रही है; लेकिन इस बात से इनकार नहीं किया जा सकता है कि इस उद्योग में उसके योगदान ने एक अमिट छाप छोड़ी है।

□

7

स्टॉक रणनीतियों की समझ

ब्रोकरेज फर्म में सेल्स क्लर्क के रूप में अपना कॅरियर शुरू करने और एक सफल स्टॉक ब्रोकर की स्थिति तक पहुँचने के बाद हर्षद मेहता ने स्टॉक ट्रेडिंग के क्षेत्र में बहुत ज्ञान और अनुभव प्राप्त कर लिया था। हालाँकि, वह हमेशा अधिक सीखने और अपने कौशल में सुधार करने के लिए उत्सुक था।

हर्षद मेहता का मानना था कि सीखना एक सतत प्रक्रिया है और वह हमेशा शेयर बाजार में अपने ज्ञान एवं विशेषज्ञता को बढ़ाने के तरीकों की तलाश में रहता था। उसने बाजार के रुझानों का अध्ययन करने, कंपनियों की वित्तीय रिपोर्ट का विश्लेषण करने और उद्योग में नवीनतम समाचारों एवं विकास के साथ खुद को अद्यतन रखने में लंबा समय बिताया।

हर्षद मेहता की ज्ञान की प्यास ने उसे स्टॉक ट्रेडिंग पर विभिन्न सेमिनारों और कार्यशालाओं में भाग लेने के लिए प्रेरित किया। वह विशेष रूप से सफल ट्रेडर्स और निवेशकों द्वारा उपयोग की जाने वाली तकनीकों व रणनीतियों में रुचि रखता था। उसका मानना था कि सर्वश्रेष्ठ से सीखकर वे बाजार में अपना प्रदर्शन सुधार सकते हैं।

एक ट्रेडर के रूप में अपने शुरुआती वर्षों के दौरान हर्षद मेहता ने जो प्रमुख सबक सीखा, वह अनुसंधान और विश्लेषण का महत्त्व था। उसने महसूस किया कि स्टॉक में निवेश करने से पहले कंपनी के वित्तीय स्वास्थ्य और प्रदर्शन का गहन विश्लेषण करना आवश्यक था। इसमें अन्य बातों के साथ-साथ कंपनी की बैलेंस शीट, कैश फ्लो स्टेटमेंट और आय स्टेटमेंट की जाँच करना शामिल था।

हर्षद मेहता बाजार के रुझान का भी गहन पर्यवेक्षक था। उसने बाजार के

व्यवहार का अध्ययन किया और ऐसे पैटर्न की पहचान करने की कोशिश की, जो उसे बेहतर निवेश निर्णय लेने में मदद कर सके। उसने अन्य निवेशकों और ट्रेडर्स के कार्यों पर भी ध्यान दिया, विशेष रूप से जिनका बाजार पर महत्त्वपूर्ण प्रभाव पड़ा था।

एक और महत्त्वपूर्ण सबक, जो हर्षद मेहता ने एक ट्रेडर के रूप में अपने शुरुआती वर्षों के दौरान सीखा, वह जोखिम प्रबंधन का महत्त्व था। उसने महसूस किया कि प्रत्येक निवेश में एक निश्चित मात्रा में जोखिम होता है और विविधीकरण तथा अन्य रणनीतियों के माध्यम से इस जोखिम को कम करना आवश्यक है। उसने स्टॉप-लॉस ऑर्डर सेट करने और उनसे चिपके रहने के महत्त्व को भी सीखा, तब भी, जब बाजार में उतार-चढ़ाव था।

सीखने और अपने कौशल में सुधार करने के लिए हर्षद मेहता का समर्पण बाजार में बड़ी सफलता के रूप में रंग लाया। वह कम मूल्य वाले शेयरों की पहचान करने और उनमें सही समय पर निवेश करने में सक्षम था, जिससे वह अपने और अपने ग्राहकों के लिए महत्त्वपूर्ण रिटर्न हासिल कर सके।

हर्षद मेहता द्वारा नियोजित प्रमुख रणनीतियों में से एक अंदरूनी सूचना का उपयोग था। वह कंपनियों के बारे में संवेदनशील जानकारी प्राप्त करने और शेयर बाजार में अपने लाभ के लिए इस जानकारी का उपयोग करने की क्षमता के लिए जाना जाता था; जबकि इस अभ्यास को अनैतिक और अवैध माना जाता था। उस समय भारतीय शेयर बाजार में यह असामान्य नहीं था।

हालाँकि, हर्षद मेहता की अंदरूनी जानकारी का उपयोग अंततः उसके पतन का कारण बना। वह वर्ष 1992 के कुख्यात 'प्रतिभूति घोटाले' सहित कई घोटालों में शामिल था, जिसमें उसने शेयर बाजार में हेर-फेर किया और भारतीय अर्थव्यवस्था को काफी नुकसान पहुँचाया।

उसके तरीकों को लेकर हुए विवाद के बावजूद इस बात से इनकार नहीं किया जा सकता कि हर्षद मेहता एक कुशल ट्रेडर और निवेशक था। वह बाजार में उन अवसरों की पहचान करने में सक्षम था, जिन्हें दूसरों ने अनदेखा कर दिया था और अपने समय के दौरान वह भारतीय शेयर बाजार पर महत्त्वपूर्ण प्रभाव डालने में सक्षम था।

अंत में, एक ट्रेडर के रूप में हर्षद मेहता के शुरुआती वर्षों को सीखने और अपने कौशल में सुधार करने के लिए समर्पण द्वारा चिह्नित किया गया था। वह

बाजार का गहन पर्यवेक्षक था और हमेशा अपने ज्ञान व विशेषज्ञता को बढ़ाने के तरीकों की तलाश में रहता था। हालाँकि, उसके द्वारा अंदरूनी जानकारी के उपयोग ने उसकी प्रतिष्ठा को धूमिल किया हो सकता है, फिर भी इस बात से इनकार नहीं किया जा सकता है कि वह एक कुशल ट्रेडर था, जिसने भारतीय शेयर बाजार पर महत्त्वपूर्ण प्रभाव डाला।

□

8

स्टॉक मार्केट में सफलता पाना

शेयर बाजार में हर्षद मेहता की सफलता संख्याओं के लिए उसकी स्वाभाविक प्रतिभा, निवेश के प्रति उसके जुनून और उसकी अथक कार्य–नीति के संयोजन पर बनी थी। वह सफल होने के लिए प्रेरित था और उसने निवेश के अवसरों की पहचान करने तथा अपने रिटर्न को अधिकतम करने के लिए अथक परिश्रम किया।

हर्षद मेहता की प्रमुख शक्तियों में से एक, कम मूल्य वाले शेयरों की पहचान करने की उसकी क्षमता थी। उसे उन कंपनियों को पहचानने की उसकी क्षमता के लिए जाना जाता था, जो उनके वास्तविक मूल्य से कम पर ट्रेड कर रही थीं, और सही समय पर वह उनमें निवेश करता था। इससे उसे अपने निवेश पर महत्त्वपूर्ण रिटर्न हासिल करने और एक समझदार निवेशक के रूप में प्रतिष्ठा मिली।

साथ ही, हर्षद मेहता उन कंपनियों में निवेश करने से नहीं डरता था, जिन्हें दूसरे बहुत जोखिम भरा मानते थे या ऐसी स्थिति लेने से नहीं डरते थे, जो लोकप्रिय राय के विपरीत थी। उसका मानना था कि परिकलित जोखिम उठाकर वह उच्च रिटर्न हासिल कर सकता है और अन्य निवेशकों से बढ़त हासिल कर सकता है।

हर्षद मेहता को शेयर बाजार के कामकाज की भी गहरी समझ थी। वह बाजार के रुझानों को पढ़ने और पैटर्न की पहचान करने में सक्षम था, जिससे उसे अधिक सूचित निवेश–निर्णय लेने में आसानी हुई। उसे समय की भी गहरी समझ थी, यह जानने के लिए कि अपने रिटर्न को अधिकतम करने के लिए कब स्टॉक खरीदना और बेचना है।

हर्षद मेहता की सबसे सफल निवेश रणनीतियों में से एक, उसका बैंकिंग क्षेत्र पर ध्यान केंद्रित करना था। उसका मानना था कि बैंकिंग क्षेत्र का मूल्यांकन नहीं

किया गया था और इसमें विकास की महत्त्वपूर्ण क्षमता थी। उसने बैंकों एवं वित्तीय संस्थानों में भारी निवेश किया और इस प्रक्रिया में महत्त्वपूर्ण रिटर्न हासिल किया।

विशेष रूप से, हर्षद मेहता भारत के सबसे बड़े बैंकों में से एक भारतीय स्टेट बैंक में अपने निवेश के लिए जाना जाता था। उसने बड़ी मात्रा में एस.बी.आई. के शेयर ऐसे समय में खरीदे, जब बैंक का मूल्यांकन कम था और उसे महत्त्वपूर्ण चुनौतियों का सामना करना पड़ रहा था। समय के साथ बैंक की किस्मत में सुधार हुआ और हर्षद मेहता का एस.बी.आई. में निवेश उसके सबसे सफल ट्रेडों में से एक बन गया।

हर्षद मेहता की सफलता की एक अन्य कुंजी थी—वह अपनी अंदरूनी जानकारी के उपयोग और उन शेयरों की कीमत बढ़ाने के लिए अन्य रणनीति के लिए जाना जाता था, जिनमें उसने निवेश किया था। इससे वह महत्त्वपूर्ण रिटर्न प्राप्त करने और अपनी योजनाओं में अधिक निवेशकों को आकर्षित कर सकता था।

वर्ष 1992 में हर्षद मेहता और अन्य ब्रोकर्स द्वारा अवैध तरीकों से बैंकों से प्राप्त धन का उपयोग करके शेयरों की धोखाधड़ी से खरीद की गई। हर्षद मेहता ने कुछ शेयरों की कीमतों को बढ़ाकर शेयर बाजार में हेर-फेर किया, जिससे शेयर बाजार में उछाल आया, जो अंततः ढह गया, जिससे निवेशकों और भारतीय अर्थव्यवस्था को भारी नुकसान हुआ।

बिग ब्रेक : 1992 बुल रन

वर्ष 1992 हर्षद मेहता के कॅरियर का एक ऐतिहासिक वर्ष था। इसी साल के दौरान उसने एक बड़ा मुकाम हासिल किया और देश भर में बड़ा नाम अर्जित किया। भारतीय शेयर बाजार में ऐतिहासिक तेजी देखी गई और हर्षद मेहता इसके केंद्र में था।

वर्ष 1992 का 'बुल रन' भारतीय शेयर बाजार में अभूतपूर्व वृद्धि का दौर था। सेंसेक्स, भारत का प्रमुख शेयर बाजार सूचकांक, वर्ष 1992 की शुरुआत में लगभग 1,000 अंक से बढ़कर वर्ष के अंत तक 4,000 अंक से अधिक हो गया। सेंसेक्स में यह चार गुना वृद्धि आर्थिक उदारीकरण, विदेशी निवेश और अनिवासी भारतीयों (एन.आर.आई.) से धन की आमद सहित कई कारकों से प्रेरित थी।

इस बुल रन के केंद्र में हर्षद मेहता था। वह एक समझदार निवेशक और ट्रेडर होने की प्रतिष्ठा के साथ भारतीय शेयर बाजार में एक प्रमुख खिलाड़ी बन गया था।

उसने अंडरवैल्यूड स्टॉक्स में निवेश करके नाम बनाया था और उसे स्टॉक मार्केट के कामकाज की गहरी समझ थी।

हर्षद मेहता को बड़ा ब्रेक तब मिला, जब उसने बैंकिंग प्रणाली में एक खामी खोजी, जिसने उसे बैंकों से बड़ी रकम उधार लेने और शेयर बाजार में निवेश करने के लिए इसका इस्तेमाल करने की अनुमति दी। यह अभ्यास, जिसे 'तैयार वायदा सौदे' के रूप में जाना जाता है, उसने उसे कम कीमत पर शेयर खरीदने और उन्हें उच्च कीमत पर बेचने की अनुमति दी, जिससे उसके निवेश पर महत्त्वपूर्ण रिटर्न मिला।

हर्षद मेहता ने शेयर बाजार में हेर-फेर करने के लिए अपनी नई कमाई का इस्तेमाल किया। उसने कुछ कंपनियों में बड़ी मात्रा में शेयर्स खरीदे, उनकी कीमतें बढ़ाईं और उनके लिए कृत्रिम माँग पैदा की। इससे बाजार में लहर का असर हुआ। अन्य निवेशक उन कंपनियों में शेयर खरीदने के लिए दौड़ पड़े, जिससे उनकी कीमतें और बढ़ गईं।

जिन कंपनियों में हर्षद मेहता ने भारी निवेश किया, उनमें से एक प्रमुख सीमेंट निर्माता ए.सी.सी. लिमिटेड थी। उसने बड़ी मात्रा में ए.सी.सी. शेयर्स खरीदे। कुछ ही महीनों में उनकी कीमत 200 रुपए से लगभग 10,000 रुपए से अधिक हो गई। ए.सी.सी. शेयरों की कीमत में इस भारी वृद्धि ने हर्षद मेहता को एक महत्त्वपूर्ण लाभ कमा कर दिया और उसे भारतीय शेयर बाजार के 'बिग बुल' के रूप में जाना जाने लगा।

वर्ष 1992 के 'बुल रन' के दौरान शेयर बाजार में हर्षद मेहता की सफलता अभूतपूर्व से कम नहीं थी। वह अपने निवेश पर भारी रिटर्न हासिल करने और बड़ी संख्या में निवेशकों को अपनी योजनाओं की ओर आकर्षित करने में सक्षम था। वह भारत में एक सेलिब्रिटी बन गया, निवेशकों के एक समूह के साथ, जो उसकी सफलता का अनुकरण करना चाहते थे।

हालाँकि, हर्षद मेहता की सफलता अल्पकालिक थी। शेयर बाजार में उसका हेर-फेर सामने आया और उस पर धोखाधड़ी एवं भ्रष्टाचार का आरोप लगाया गया। भारत सरकार ने उसकी गतिविधियों की जाँच शुरू की और अंतत: उसे सन् 1992 में गिरफ्तार कर लिया गया।

वर्ष 1992 का 'बुल रन' हर्षद मेहता की गिरफ्तारी के बाद अचानक समाप्त हो गया। शेयर बाजार दुर्घटनाग्रस्त हो गया, जिससे निवेशकों को भारी नुकसान

हुआ और भारतीय अर्थव्यवस्था हिल गई। कुछ ही हफ्तों में सेंसेक्स 4,000 अंक से गिरकर लगभग 2,000 अंक पर आ गया, जिससे अरबों डॉलर की दौलत स्वाहा हो गई।

हर्षद मेहता की गिरफ्तारी और उसके बाद शेयर बाजार का पतन भारतीय इतिहास में एक महत्त्वपूर्ण मोड़ था। उसने भारतीय वित्तीय प्रणाली में कमजोरियों को उजागर किया और सुधार एवं पुनर्गठन का दौर चला। सरकार ने शेयर बाजार को विनियमित करने और धोखाधड़ी व भ्रष्टाचार को रोकने के लिए कई उपाय पेश किए।

अंत में, वर्ष 1992 का बुल रन भारतीय शेयर बाजार में अभूतपूर्व वृद्धि का दौर था, जो आर्थिक उदारीकरण और विदेशी निवेश सहित कई कारकों से प्रेरित था। इस 'बुल रन' के केंद्र में हर्षद मेहता था, जिसने शेयर बाजार के अपने ज्ञान और अपनी नई संपत्ति का इस्तेमाल स्टॉक्स की कीमतों में हेर-फेर करने और अपने निवेश पर भारी रिटर्न हासिल करने के लिए किया।

□

9

प्रतिभूति महाघोटाला, जिसने देश को हिलाकर रख दिया

वर्ष 1992 भारत के वित्तीय बाजारों के लिए एक ऐतिहासिक क्षण था। यह हर्षद मेहता घोटाले का वर्ष था, जो इतिहास में देश के सबसे बड़े वित्तीय घोटालों में से एक के रूप में जाना जाता है। हर्षद मेहता के घोटाले ने देश की वित्तीय व्यवस्था को हिलाकर रख दिया और इसका प्रभाव आज भी महसूस किया जा रहा है।

महाघोटाला

मेहता का घोटाला भारत की बैंकिंग और वित्तीय प्रणाली में खामियों का फायदा उठाने के इर्द-गिर्द घूमता है। मेहता ने ब्रोकर के रूप में अपनी स्थिति का इस्तेमाल शेयर बाजार में हेर-फेर करने और कुछ शेयरों की कीमतों को बढ़ाने के लिए किया। फिर वह बैंकों से ऋण प्राप्त करने के लिए प्रतिभूति के रूप में उन अत्यधिक शेयरों का उपयोग करता था। मेहता तब उन ऋणों का उपयोग अधिक स्टॉक्स खरीदने के लिए करता, जिसकी कीमत वह बढ़ा देता और चक्र जारी रहता।

मेहता की योजना दो प्रमुख रणनीतियों पर आधारित थी—रेडी फॉरवर्ड (आर. एफ.) सौदा और बैंक रसीद (बी.आर.) घोटाला। 'आर.एफ. सौदे' में एक पक्ष से प्रतिभूतियाँ खरीदना और उन्हें बाद की तारीख में उच्च मूल्य पर वापस बेचने का समझौता शामिल था। यह मेहता के लिए अपने स्वयं के धन का उपयोग किए बिना

अल्पकालिक वित्त प्राप्त करने का एक अनूठा तरीका था।

'बी.आर. घोटाले' में सुरक्षा लेन-देन के सबूत के रूप में नकली बैंक रसीदें बनाना शामिल था। मेहता इन नकली रसीदों का उपयोग बैंकों से ऋण प्राप्त करने के लिए करता था, जिसका उपयोग वह स्टॉक्स खरीदने और उनकी कीमतें बढ़ाने के लिए करता था।

हर्षद मेहता का घोटाला कुछ समय के लिए सफल रहा और उसे भारतीय शेयर बाजार के 'बिग बुल' के रूप में जाना जाने लगा। उसने लग्जरी कारों से लेकर महँगी पेंटिंग्स तक—सबकुछ खरीदकर बहुत बड़ी दौलत जमा कर ली।

गिरावट

मेहता का पतन तब हुआ, जब उसने अपने स्टॉक्स की खरीद के वित्त-पोषण के लिए बैंकों से अधिक-से-अधिक पैसा उधार लेना शुरू किया। जब बैंकों ने अपना पैसा वापस माँगना शुरू किया तो मेहता उन्हें चुकाने में असमर्थ था। इससे दहशत फैल गई और निवेशकों ने अपने शेयर्स बेचने शुरू कर दिए, जिससे शेयर बाजार में तेज गिरावट आई।

इस घोटाले का पर्दाफाश तब हुआ, जब पत्रकार सुचेता दलाल ने 'इंडियन एक्सप्रेस' में एक लेख प्रकाशित कर इस धोखाधड़ी का खुलासा किया। इसने जाँच की एक श्रृंखला का नेतृत्व किया और मेहता को गिरफ्तार कर लिया गया। उस पर धोखाधड़ी, जालसाजी और आपराधिक साजिश सहित कई अपराधों का आरोप लगाया गया।

मेहता को अंततः दोषी पाया गया और 5 साल की जेल की सजा सुनाई गई। दिसंबर 2001 में सजा काटने के दौरान उनकी मृत्यु हो गई।

नतीजे

हर्षद मेहता घोटाले के भारत की वित्तीय प्रणाली के लिए दूरगामी परिणाम हुए। इसने कड़े नियमों और बैंकिंग एवं वित्तीय क्षेत्र की निगरानी की आवश्यकता पर प्रकाश डाला। घोटाले के जवाब में भारत सरकार ने 'भारतीय प्रतिभूति और विनिमय बोर्ड' (SEBI) के निर्माण सहित कई सुधार पेश किए, जिसे प्रतिभूति बाजार को विनियमित करने का काम सौंपा गया था।

इस घोटाले का निवेशकों की धारणा पर भी प्रभाव पड़ा। कई लोगों का शेयर

बाजार से विश्वास उठ गया। भारतीय शेयर बाजार को घोटाले से उबरने में कई साल लग गए।

क्या हर्षद मेहता सच में घोटालेबाज था?

हर्षद मेहता घोटालेबाज था या नहीं, तो अभी भी कहीं-न-कहीं लोगों के दिमाग में यह बात आती है कि हर्षद कोई घोटालेबाज नहीं, बल्कि एक हीरो था; हालाँकि, यह बात बिल्कुल गलत है, क्योंकि सच तो यही है कि उसने घोटाला किया था।

लेकिन इस बात को भी नहीं नकारा जा सकता है कि हर्षद मेहता अकेला ऐसा इनसान नहीं था, जिसने ऐसे घोटालों को अंजाम दिया था। उससे पहले भी मार्केट में और कई बड़े-बड़े नाम थे, जो उसके आने से पहले से ही यह घोटाला कर रहे थे।

लेकिन जब हर्षद मेहता ने शेयर मार्केट में कदम रखा तो अपने तेज दिमाग के कारण वह कुछ ही समय में कुछ पुराने 'प्लेयर्स' से भी आगे निकल गया। लोग उसकी इस कामयाबी से जलने लगे और उसकी जान के दुश्मन बन गए। उन्होंने हर्षद मेहता को नीचे गिराने के लिए अपना जाल बिछाना शुरू कर दिया था।

ब्लैक कोबरा

उस समय मनु मानिक को मार्केट का बेताज बादशाह माना जाता था। उसे लोग 'ब्लैक कोबरा' के नाम से जानते थे। वह शॉर्ट सेलिंग करके मुनाफा कमाया करता था। लेकिन हर्षद मेहता के मार्केट में आने से उन लोगों को लगातार नुकसान होना शुरू हो गया था, क्योंकि इन लोगों का मुनाफा तब होता था, जब स्टॉक का प्राइस नीचे जाता था।

इसके साथ-साथ हर्षद की बरबादी में उस समय की पत्रकार सुचेता दलाल का बड़ा हाथ रहा। इसी पत्रकार ने दुनिया के सामने हर्षद के घोटालों का पर्दाफाश किया था। इसके आलावा भी हर्षद के पीछे एक साथ बहुत सारे लोग उसको बरबाद करने के लिए एड़ी से चोटी का जोर लगा रहे थे।

वैसे, इसका जिम्मेदार हर्षद को ही माना जाता है, क्योंकि वह खुद को 'शेयर मार्केट का शहंशाह' कहने लगा था। अब, जाहिर-सी बात है कि अगर कोई इनसान

हीरो बनेगा तो उसकी लाइफ में विलेन भी जरूर आएँगे, और हर्षद की लाइफ में तो बहुत से विलेन आ गए थे।

हर्षद मेहता का परिवार इन दिनों कहाँ है ?

हर्षद मेहता की दिसंबर 2001 में पुलिस हिरासत में मौत हो गई, लेकिन उसके परिवार को उसके बाद लंबी कानूनी लड़ाई लड़नी पड़ी। 27 साल की कानूनी लड़ाई के बाद आय कर न्यायाधिकरण ने आखिरकार फरवरी 2019 में दिवंगत हर्षद मेहता, उसकी पत्नी ज्योति और भाई अश्विन से 2,014 करोड़ रुपए के टैक्स की माँग को खारिज कर दिया।

वर्ष 2019 में हर्षद मेहता की पत्नी ने स्टॉक ब्रोकर किशोर जनानी और फेडरल बैंक के खिलाफ भी केस जीता। सन् 1992 से 6 करोड़ रुपए की कमाई करने वाले किशोर को अदालत ने हर्षद मेहता की पत्नी ज्योति को 18 प्रतिशत ब्याज के साथ वापस करने का आदेश दिया था।

हर्षद के भाई अश्विन मेहता ने कानून की डिग्री हासिल की और अब वह मुंबई उच्च न्यायालय के साथ-साथ सर्वोच्च न्यायालय में भी प्रैक्टिस कर रहे हैं। उन्होंने एकल न्यायालय के कई मुकदमे लड़े और अपने भाई का नाम साफ करने के लिए बैंकों को लगभग 1,700 करोड़ रुपए का भुगतान किया। वह हर्षद मेहता का वकील होने के साथ-साथ उनकी फर्म में स्टॉक ब्रोकर भी थे।

हर्षद मेहता की मौत के बाद उनके खिलाफ मामले खत्म हो गए थे। लेकिन अश्विन मेहता ने वर्ष 2018 तक कानूनी लड़ाई जारी रखी, जब तक कि एक विशेष अदालत ने उन्हें स्टेट बैंक ऑफ इंडिया को धोखा देने के एक मामले में बरी नहीं कर दिया। हर्षद के बेटे अतुर मेहता के बारे में कोई पुष्ट जानकारी नहीं है।

हर्षद मेहता नेट वर्थ

एक स्व-निर्मित करोड़पति हर्षद मेहता की कुल संपत्ति 3,542 करोड़ रुपए थी, जब वह अपने स्टॉक ब्रोकिंग गेम के चरम पर थे। डॉलर के संदर्भ में, हर्षद मेहता की कुल संपत्ति 48 करोड़ अमरीकी डॉलर से अधिक हो सकती है।

हर्षद मेहता की वित्तीय धोखाधड़ी का मूल्य 1.4 अरब डॉलर था। ऐसे समय में जब भारत के पास अंदरूनी व्यापार को दंडित करने वाला कानून नहीं था। साल 1992 के घोटाले ने भारतीय प्रतिभूति और विनिमय बोर्ड (SEBI) के अधिकार

क्षेत्र का विस्तार किया। हर्षद मेहता ने काफी हद तक अपनी ऊर्जा देश की बैंकिंग प्रणाली की खामियों को दूर करने पर केंद्रित की। हालाँकि, हर्षद मेहता का संपत्ति निवेश भी एक आदमी के लिए उसके कद के लिए उपयुक्त था।

मेहता के 'ग्रोमोर रिसर्च एंड एसेट्स मैनेजमेंट' के कार्यालय नरीमन पॉइंट पर मेकर चैंबर्स पाँच में पूरी मंजिल पर फैले हुए थे, जो दुनिया के सबसे महँगे ऑफिस स्पेस में गिने जाते हैं। उसका निवास भी कम प्रभावशाली नहीं था। हालाँकि, हर्षद मेहता के पास विदेश में कोई संपत्ति नहीं थी।

हर्षद मेहता की आवासीय संपत्ति

मुंबई के वलब सी फेस क्षेत्र में 15,000 वर्ग फीट का पेंट हाउस था, जिसमें बिलियड्र्स रूम, 9 छेद वाला गोल्फ कोर्स और एक मिनी थिएटर मौजूद था। वलब में 14 मंजिला मधुली कोऑपरेटिव हाउसिंग सोसाइटी के तीसरे व चौथे तल पर 9 फ्लैटों को आपस में जोड़कर वह पेंट हाउस बनाया गया था। उसके पेंट हाउस में ये सुविधाएँ भारत में पूरी तरह से अनसुनी थीं। 1990 के दशक में, जब अर्थव्यवस्था अभी-अभी खुलने लगी थी, मुंबई में जगह की कमी और शहर के आवास की कीमतों पर उसके प्रभाव से परिचित लोगों के लिए हर्षद मेहता का घर, जिसमें उसका पूरा परिवार रहता था, विस्मयकारी था। लगभग 29 आयातित लग्जरी कारों (उनमें से कुछ की कीमत 40 लाख रुपए तक) के अपने फैंसी बेड़े के साथ उसने मीडिया को फोटोग्राफी के लिए अपनी शानदार संपत्ति दिखाई थी।

साल 2009 में हर्षद मेहता की संपत्ति के प्रबंधन के लिए सुप्रीम कोर्ट द्वारा नियुक्त संरक्षक ने बैंकों और आय कर (आई.टी.) विभाग को अपना कर्ज चुकाने के लिए 9 में से 8 फ्लैटों की नीलामी की प्रक्रिया शुरू की। विभाग के पास चक्रवृद्धि ब्याज सहित हर्षद मेहता और सहयोगियों पर 20,000 करोड़ रुपए का दावा था। अनुमानित बाजार दर से काफी कम कीमत चुकाते हुए मुंबई स्थित स्टॉक ब्रोकर अशोक समानी ने 8 फ्लैटों को 32.6 करोड़ रुपए में खरीदने की कोशिश की। हालाँकि, बाद में मेहता परिवार ने परिवार के स्वामित्व वाली संपत्तियों की नीलामी के लिए कस्टोडियन कदम को चुनौती देते हुए कहा कि हर्षद मेहता संपत्ति के मालिक नहीं थे।

मेहता परिवार की याचिका को खारिज करते हुए अदालत ने कहा, "जो बात

प्रासंगिक है, वह यह है कि परिवार का प्रमुख व्यवसाय शेयरों और प्रतिभूतियों में कारोबार कर रहा था। देनदारियाँ प्रतिभूतियों और शेयरों में लेन-देन से उत्पन्न हो रही हैं। उसी व्यवसाय से धन का उपयोग करके संपत्तियाँ भी खरीदी गई हैं। इसलिए, लेन-देन के कारण उत्पन्न होने वाली देनदारियों (मेहता की) को साफ करने के लिए परिवार के सभी सदस्यों को अधिसूचित की जाने वाली संपत्तियों का भी निपटान करना होगा।"

इसके बाद अशोक समानी की बोली रद्द कर दी गई और मामला मुकदमेबाजी में फँस गया।

□

10

स्टॉक मार्केट धोखाधड़ी की बुनावट

वर्ष 1992 का प्रतिभूति घोटाला, जिसे 'हर्षद मेहता घोटाला' भी कहा जाता है, भारतीय इतिहास की सबसे बड़ी वित्तीय धोखाधड़ी में से एक था। यह घोटाला इतना बड़ा था कि इसने देश की पूरी वित्तीय व्यवस्था को हिलाकर रख दिया। यह घोटाला इस बात का एक ज्वलंत उदाहरण था कि कैसे कुछ बेईमान लोग शेयर बाजार में हेर-फेर कर सकते हैं और आम लोगों को भारी वित्तीय नुकसान पहुँचा सकते हैं।

हर्षद मेहता एक मास्टर मैनिपुलेटर था, जो सिस्टम में खामियों का फायदा उठाना जानता था। घोटाले के प्रमुख पहलुओं में से एक 'रेडी फॉरवर्ड' (आर. एफ.) सौदों का उपयोग था। आर.एफ. सौदे अनिवार्य रूप से बैंकों द्वारा सरकारी प्रतिभूतियों के विरुद्ध दिए गए अल्पकालिक ऋण थे। ये ऋण 15 दिनों की अवधि के लिए दिए गए थे और प्रत्येक पखवाड़े में रोल ओवर किए गए थे। मेहता को अहसास हुआ कि वह इन आर.एफ. सौदों का इस्तेमाल उन कंपनियों के शेयरों की कीमतों में हेर-फेर करने के लिए कर सकता है, जिनमें वह निवेश करना चाहता है।

घोटाले की कार्य-प्रणाली अपेक्षाकृत सरल थी। मेहता आर.एफ. ऋण का उपयोग कंपनियों के शेयर्स खरीदने के लिए करेगा, जिससे उन शेयरों की कीमतें बढ़ेंगी। फिर वह उन शेयरों को लाभ पर बेच देगा, ऋण चुकाएगा और लाभ को पॉकेट में डाल लेगा। मेहता द्वारा किए गए लाभ बहुत अधिक थे और वह शेयर बाजार में लोकप्रिय हो गया।

यह घोटाला मेहता और बैंक अधिकारियों की मिलीभगत से संभव हुआ।

मेहता बैंक अधिकारियों से इस प्रस्ताव के साथ संपर्क करता था कि वह अपना पैसा उनके बैंकों में जमा करेगा और बदले में बैंक उसे आर.एफ. ऋण देंगे। बैंकों ने इसे त्वरित लाभ कमाने के एक अवसर के रूप में देखा और मेहता के प्रस्ताव पर तुरंत सहमत हो गए।

मेहता तब कंपनियों के शेयर्स खरीदने के लिए आर.एफ. ऋण का उपयोग करता था और अकसर उन शेयरों की कीमतों को उसके वास्तविक मूल्य से अधिक बढ़ा देता था। फिर वह उन शेयरों को बिना सोचे-समझे निवेशकों को प्रीमियम पर बेच देता था, जिससे भारी मुनाफा होता था। यह सिलसिला कुछ समय तक चलता रहा और मेहता की दौलत बढ़ती गई, साथ ही शेयर बाजार में उसका प्रभाव भी बढ़ता गया।

घोटाले का एक अन्य महत्त्वपूर्ण पहलू फर्जी कंपनियों का निर्माण और नकली बैंक रसीदों का उपयोग था। मेहता ने अपने सहयोगियों की मदद से कंपनियों का एक जाल बनाया और उन कंपनियों का इस्तेमाल बैंकों से पैसा निकालने के लिए किया। इसके बाद वह उन कंपनियों के शेयरों की कीमतों में हेर-फेर करने के लिए पैसे का इस्तेमाल करता, जिनमें वह निवेश करना चाहता था।

नकली बैंक रसीदों का उपयोग एक उपकरण की तरह था, जिसका उपयोग मेहता बैंकों को धोखा देने के लिए करता था। वह यह दिखाते हुए नकली रसीदें बनाता था कि उसने अन्य बैंकों से सरकारी प्रतिभूतियाँ खरीदी हैं और फिर उन रसीदों का उपयोग अधिक आर.एफ. ऋण प्राप्त करने के लिए करता था। बदले में, बैंक इन प्राप्तियों का उपयोग भारतीय रिजर्व बैंक से धन प्राप्त करने के लिए प्रतिभूति के रूप में करते। इससे एक ऐसी स्थिति पैदा हुई, जहाँ मेहता बिना किसी वास्तविक प्रतिभूति के बैंकों से पैसा उधार लेने में सक्षम था।

पत्रकार सुचेता दलाल द्वारा उजागर किए जाने से पहले यह घोटाला कई महीनों तक चला था। उन्होंने 'द टाइम्स ऑफ इंडिया' में घोटाले और मेहता एवं बैंक अधिकारियों के बीच मिलीभगत को उजागर करने वाले लेखों की एक शृंखला लिखी। इस खुलासे ने पूरे देश को स्तब्ध कर दिया और इसकी विभिन्न सरकारी एजेंसियों द्वारा बड़े पैमाने पर जाँच की गई।

जाँच में घोटाले की भयावहता और कई प्रमुख व्यक्तियों व संस्थानों की संलिप्तता का पता चला। इस घोटाले से बैंकों और निवेशकों को 5,000 करोड़ रुपए से अधिक का नुकसान हुआ। भारतीय प्रतिभूति और विनिमय बोर्ड (SEBI)

और आर.बी.आई. ने भविष्य में इस तरह की धोखाधड़ी को रोकने के लिए घोटाले के मद्देनजर नियमों को कड़ा कर दिया।

हर्षद मेहता घोटाला इस बात की एक बड़ी मिसाल था कि कैसे कुछ व्यक्ति शेयर बाजार में हेर-फेर कर सकते हैं और आम लोगों को भारी वित्तीय नुकसान पहुँचा सकते हैं। मेहता के लालच और महत्त्वाकांक्षा ने उसे भारतीय इतिहास में सबसे बड़ी वित्तीय धोखाधड़ी करने के लिए प्रेरित किया।

मेहता ने अपनी धोखाधड़ी की गतिविधियों को जारी रखा और 1993 में, भारतीय रिजर्व बैंक (आर.बी.आई.), भारतीय प्रतिभूति और विनिमय बोर्ड (SEBI) और केंद्रीय जाँच ब्यूरो (सी.बी.आई.) द्वारा एक संयुक्त जाँच शुरू की गई। उन्हें पता चला कि मेहता ने नकली प्रतिभूतियों को गिरवी रखकर अवैध रूप से कई बैंकों से धन प्राप्त किया था, जिनका उपयोग उसने शेयर बाजार में हेर-फेर करने के लिए किया था।

मेहता की कार्य-प्रणाली काफी सरल थी। वह बैंकिंग प्रणाली की खामियों का फायदा उठाता था और नकली प्रतिभूतियों को गिरवी रखकर पैसे उधार लेता था। फिर वह उस पैसे का इस्तेमाल स्टॉक्स खरीदने के लिए करता, जिससे उनकी कीमतें बढ़ जातीं। बदले में उसने अन्य निवेशकों को आकर्षित किया, जिन्होंने बड़ी मात्रा में स्टॉक्स खरीदे, जिससे उनकी कीमतें और बढ़ गईं, और मेहता तब उन शेयरों को लाभ पर बेचता था तथा ब्याज सहित बैंक ऋण चुकाता था।

यह घोटाला तब सामने आया, जब मेहता कई बैंकों से लिये गए कर्ज को चुकाने में असमर्थ हो गया। इससे बैंकिंग प्रणाली में तरलता संकट पैदा हो गया, जिसने आर.बी.आई. को हस्तक्षेप करने और मेहता की गतिविधियों पर अस्थायी प्रतिबंध लगाने के लिए मजबूर किया। शेयर बाजार दुर्घटनाग्रस्त हो गया और कई निवेशकों को भारी नुकसान हुआ।

जाँच से पता चला कि मेहता ने शेयर बाजार में हेर-फेर करने के लिए कई अवैध तरीकों का इस्तेमाल किया था। कंपनियों और उनके शेयरों के बारे में अंदरूनी जानकारी प्राप्त करने के लिए उसने जिन प्राथमिक तरीकों का इस्तेमाल किया, उनमें से एक बैंक अधिकारियों और दलालों को रिश्वत देना था। फिर वह उस जानकारी का उपयोग बाजार में हेर-फेर करने के लिए करता था।

मेहता ने स्टॉक्स की कीमतों में हेर-फेर करने के लिए 'रेडी फॉरवर्ड' सौदे का भी इस्तेमाल किया। रेडी फॉरवर्ड सौदे में एक विक्रेता एक खरीदार को एक पूर्व

निर्धारित मूल्य पर, बाद की तारीख में उन्हें पुनःखरीद करने के समझौते के साथ प्रतिभूतियाँ बेचता है। मेहता बैंकों से उधार लिये गए पैसों का इस्तेमाल कर बाजार से स्टॉक्स खरीदता था और फिर उन्हें रेडी फॉरवर्ड डील के जरिए दूसरे ब्रोकर्स को बेच देता था। दलाल फिर उसी स्टॉक को मेहता से उच्च कीमत पर खरीदते, जिससे कृत्रिम माँग पैदा होती और स्टॉक की कीमत बढ़ जाती।

सर्कुलर ट्रेडिंग के जरिए मेहता ने बाजार में हेर-फेर करने का एक और तरीका अपनाया। वह विभिन्न दलालों व बैंकों के साथ कई खाते बनाता था और उन खातों का उपयोग आपस में शेयरों की ट्रेडिंग करने के लिए करता था। इससे यह आभास होता कि उन शेयरों की माँग अधिक थी, जिससे स्टॉक की कीमत बढ़ जाती। मेहता तब उन शेयरों को लाभ पर बेच देता।

इस घोटाले का अनुमान लगभग 5,000 करोड़ रुपए था और मेहता को नवंबर 1992 में गिरफ्तार किया गया था। उस पर जालसाजी, धोखाधड़ी और आपराधिक साजिश सहित कई आरोप लगाए गए थे।

इसके बाद भारत सरकार ने नियमों को कड़ा करने और भविष्य में ऐसे घोटालों को रोकने के लिए कई उपाय किए। शेयर बाजार को विनियमित करने के लिए सेबी (SEBI) को अधिक अधिकार दिए गए और आर.बी.आई. ने बैंकों को दलालों तथा अन्य बाजार सहभागियों को उधार देने से रोकने के लिए कई उपाय किए।

□

11

नियामक सावधान हुए

वर्षों की अनियंत्रित वित्तीय धोखाधड़ी के बाद नियामक आखिरकार हर्षद मेहता की योजनाओं को पकड़ रहे थे। भारतीय रिजर्व बैंक को बैंकिंग क्षेत्र में अनियमितताओं के प्रति सतर्क कर दिया गया था और भारतीय प्रतिभूति और विनिमय बोर्ड (SEBI) ने शेयर बाजार में हेर-फेर की जाँच शुरू कर दी थी, जो मेहता वर्षों से कर रहा था।

अप्रैल 1992 में आर.बी.आई. ने मेहता को पैसे उधार देने वाले सभी बैंकों की बहियों के निरीक्षण का आदेश दिया। यह मेहता के लिए अंत की शुरुआत थी, क्योंकि इससे उसके कुख्यात 'रेडी फॉरवर्ड' (आर.एफ.) घोटाले का पता चला।

'आर.एफ. घोटाले' में मेहता ने अपने स्वयं के खाते के लिए प्रतिभूतियों को खरीदने और बेचने के लिए बैंक के प्रतिभूति खाते से धन का उपयोग करके बैंकिंग प्रणाली में खामियों का फायदा उठाया।

मेहता वर्षों से 'आर.एफ. घोटाले' को अंजाम दे रहा था, लेकिन उसका पता तब चला, जब आर.बी.आई. ने बैंकिंग क्षेत्र की जाँच शुरू की। नियामक धोखाधड़ी के पैमाने पर हैरान थे, जिसमें कई बैंक शामिल थे और सैकड़ों करोड़ रुपए की राशि शामिल थी।

सेबी (SEBI) ने मेहता के शेयर बाजार में हेर-फेर की जाँच भी शुरू की। उन्होंने पाया कि मेहता सर्कुलर ट्रेडिंग, कीमतों में हेरा-फेरी और इनसाइडर ट्रेडिंग सहित शेयर बाजार में हेर-फेर करने के लिए कई अवैध हथकंडों का इस्तेमाल कर रहा था।

सर्कुलर ट्रेडिंग में दलालों का एक समूह शामिल होता है, जो एक ही शेयर में आपस में आगे व पीछे ट्रेडिंग करते हैं, जिससे उच्च ट्रेडिंग वॉल्यूम का भ्रम पैदा होता है और शेयरों की कीमत बढ़ जाती है। मूल्य हेरा-फेरी में मेहता ने कुछ शेयरों की कीमत बढ़ाने के लिए अपनी विशाल क्रय-शक्ति का उपयोग किया और फिर उन्हें लाभ पर बेच दिया। इनसाइडर ट्रेडिंग में मेहता को जानकारी सार्वजनिक करने से पहले ट्रेडिंग करने के लिए अंदर की जानकारी का उपयोग करना शामिल था, जिससे उसे बाजार में अनुचित लाभ मिला।

सेबी (SEBI) की जाँच से एसोसिएटेड सीमेंट कंपनी (ए.सी.सी.) के शेयरों में मेहता की भागीदारी की खोज हुई, जिसने वर्ष 1991 में कीमतों में अचानक वृद्धि देखी थी। सेबी (SEBI) ने पाया कि मेहता ने ए.सी.सी. के अधिकारियों के साथ शेयर की कीमतों में हेर-फेर करने के लिए साँठ-गाँठ की थी और 22 करोड़ रुपए से अधिक का लाभ कमाया था।

नियामक अब मेहता के करीब जा रहे थे। 23 अप्रैल, 1992 को सेबी ने मेहता और उसके सहयोगियों को शेयर बाजार में ट्रेडिंग करने से प्रतिबंधित करने का आदेश जारी किया। सेबी (SEBI) ने मेहता की संपत्ति और बैंक खातों को भी सील कर दिया।

हर्षद मेहता प्रतिबंध से नाराज था और उसने सेबी (SEBI) के आदेश को चुनौती देते हुए बंबई उच्च न्यायालय में एक रिट याचिका दायर की। हालाँकि, अदालत ने सेबी (SEBI) के आदेश को बरकरार रखा, जिसमें कहा गया था कि 'मेहता चालाक और धोखाधड़ी प्रथाओं में शामिल था' और सेबी के पास प्रतिभूति बाजार को विनियमित करने की शक्ति थी।

प्रतिबंध लगने के साथ ही मेहता का साम्राज्य चरमराने लगा। शेयर बाजार दुर्घटनाग्रस्त हो गया और मेहता द्वारा हेर-फेर किए गए कई शेयरों की कीमतों में भारी गिरावट आई। जिन बैंकों ने मेहता को पैसा उधार दिया था, वे भारी घाटे में चले गए थे और उनमें से कुछ दिवालिया होने के कगार पर थे।

सरकार ने कोशिश की और नुकसान को रोकने के लिए कदम बढ़ाया। इसने प्रतिभूति घोटाले की जाँच के लिए एक 'संयुक्त संसदीय समिति' (जे.पी.सी.) की स्थापना की और जे.पी.सी. की रिपोर्ट, जो दिसंबर 1992 में प्रस्तुत की गई थी, ने धोखाधड़ी की सीमा तथा ढीले नियामक वातावरण को उजागर किया, जिसने इसे होने दिया था।

जे.पी.सी. रिपोर्ट ने नियामक ढाँचे को मजबूत करने और भविष्य में इस तरह के घोटालों को रोकने के लिए कई उपायों की सिफारिश की। सिफारिशों में प्रतिभूति बाजार के लिए एक स्वतंत्र नियामक का निर्माण, सेबी (SEBI) की प्रवर्तन शक्तियों को मजबूत करना और प्रतिभूति धोखाधड़ी के लिए कठोर दंड की शुरुआत शामिल थी।

रिपोर्ट में उन लोगों के खिलाफ कारवाई की भी सिफारिश की गई, जिन्होंने हर्षद मेहता के घोटालों में साँठ-गाँठ की थी। राजनेताओं, नौकरशाहों और व्यापारियों सहित कई हाई-प्रोफाइल व्यक्तियों को घोटाले में शामिल पाया गया था और जे.पी.सी. ने सिफारिश की थी कि उनके खिलाफ आपराधिक कारवाई की जाए।

सरकार ने जे.पी.सी. की सिफारिशों पर तेजी से काम किया। सन् 1993 में इसने सेबी (SEBI) के फैसलों के खिलाफ अपील सुनने के लिए एक स्वतंत्र ट्रिब्यूनल 'सिक्योरिटीज अपीलेट ट्रिब्यूनल' (एस.ए.टी.) की स्थापना की। सरकार ने प्रतिभूति कानून (संशोधन) अधिनियम, 1995 भी पारित किया, जिसने सेबी को प्रतिभूति धोखाधड़ी की जाँच और मुकदमा चलाने के लिए अधिक अधिकार दिए।

इसके अलावा, सरकार ने हर्षद मेहता और उसके सहयोगियों के खिलाफ आपराधिक कारवाई शुरू की। मेहता को नवंबर 1992 में गिरफ्तार किया गया था और उस पर धोखाधड़ी, जालसाजी एवं आपराधिक साजिश सहित 72 अपराधों का आरोप लगाया गया था। उसे कई महीनों तक हिरासत में रखा गया, लेकिन अंततः वह जमानत पर रिहा कर दिया गया।

हर्षद मेहता और उसके सहयोगियों के खिलाफ मुकदमा एक लंबा मामला था। इस मामले की अदालत में सुनवाई होने में कई साल लग गए और सुनवाई पूरी होने से पहले ही मेहता की मृत्यु हो गई। दिल की बीमारी के कारण 31 दिसंबर, 2001 को 47 वर्ष की आयु में उसका निधन हो गया।

हर्षद मेहता के घोटालों की विरासत आज भी भारतीय प्रतिभूति बाजार में महसूस की जाती है। धोखाधड़ी ने नियामक ढाँचे में कमजोरियों को उजागर किया और नियामक व्यवस्था को मजबूत करने की दिशा में काम किया। सरकार ने भविष्य में इसी तरह के घोटालों को होने से रोकने के लिए कई उपायों की शुरुआत की, जिसमें एस.ए.टी. की स्थापना और प्रतिभूति धोखाधड़ी के लिए कठोर दंड की शुरुआत शामिल है।

'हर्षद मेहता घोटाले' का भी शेयर बाजार के प्रति लोगों की धारणा पर गहरा प्रभाव पड़ा। मेहता के घोटालों के परिणामस्वरूप कई निवेशकों ने अपनी जीवन भर की बचत खो दी और इससे प्रतिभूति बाजार के विश्वास में सेंध लगी। निवेशकों का भरोसा बहाल होने में कई साल लग गए और आज भी कई निवेशक शेयर बाजार में निवेश करने से कतराते हैं।

□

12

हर्षद मेहता का पतन

भारतीय शेयर बाजार में हर्षद मेहता की उल्कापिंड-सी चमक उसकी समान रूप से तेज गिरावट से भी मेल खाती है। वर्ष 1992 में मेहता अपनी सफलता के चरम पर था; लेकिन जब नियामकों ने उसकी धोखाधड़ी गतिविधियों को पकड़ा तो तेजी से उसका साम्राज्य चरमरा गया।

उसके लिए परेशानी का पहला संकेत अप्रैल 1992 में आया, जब आर.बी. आई. ने मेहता की प्रमुख कंपनी 'ग्रो मोर रिसर्च एंड एसेट मैनेजमेंट कंपनी लिमिटेड' (जी.एम.आर.ए.) और भारतीय स्टेट बैंक (एस.बी.आई.) के बीच लेन-देन की जाँच शुरू की। आर.बी.आई. ने देखा था कि जी.एम.आर.ए. और एस.बी.आई. के बीच बड़ी रकम का हस्तांतरण किया जा रहा था और यह संदेह था कि ये लेन-देन धोखाधड़ी से भरे थे।

मेहता बैंकों से पैसा उधार लेने और शेयर बाजार में निवेश करने के लिए 'रेडी फॉरवर्ड' (आर.एफ.) नामक तकनीक का उपयोग कर रहा था। 'आर.एफ. योजना' के तहत मेहता एक बैंक को उच्च कीमत पर प्रतिभूतियाँ बेचता, बाद में उन्हें कम कीमत पर वापस खरीदने के समझौते के साथ। इससे उसे बिना किसी प्रतिभूति के बैंकों से बड़ी रकम उधार मिल जाती थी।

आर.बी.आई. की जाँच से पता चला कि मेहता ने एस.बी.आई. से धन प्राप्त करने के लिए 'आर.एफ. योजना' का इस्तेमाल किया था, जिसका इस्तेमाल उसने तब कुछ कंपनियों के शेयरों की कीमतों को बढ़ाने के लिए किया था, जिसमें उसकी पर्याप्त हिस्सेदारी थी। आर.बी.आई. ने मेहता पर शेयर बाजार में हेर-फेर करने के लिए इन फंडों का इस्तेमाल करने का आरोप लगाया और उसने एस.बी.आई. को

फंड वापस लेने का आदेश दिया।

एस.बी.आई. द्वारा धन की वापसी ने एक चेन रिएक्शन शुरू किया, जिसके कारण मेहता के वित्त-पोषण के अन्य स्रोतों से तेज निकासी शुरू हो गई। मेहता को पैसे उधार देने वाले अन्य बैंकों और वित्तीय संस्थानों ने पुनर्भुगतान की माँग करना शुरू कर दिया और मेहता ने खुद को उनकी माँगों को पूरा करने में असमर्थ पाया।

जैसे-जैसे मेहता के धन के स्रोत सूखते गए, उसका साम्राज्य चरमराता गया। उसके शेयरों में गिरावट आने लगी और उसने खुद को अपना कर्ज चुकाने में असमर्थ पाया। मेहता की गिरावट के बाद शेयर बाजार में घबराहट के कारण बी.एस.ई. सेंसेक्स में तेज गिरावट आई और बाजार को ठीक होने में कई साल लग गए।

मेहता ने यह दावा करके अपनी प्रतिष्ठा बचाने की कोशिश की कि शेयर बाजार में उसकी सफलता के लिए अधिकारियों द्वारा उन्हें निशाना बनाया जा रहा है। उसने आर.बी.आई. एवं सेबी (SEBI) पर उसके खिलाफ साजिश रचने का आरोप लगाया और यहाँ तक कि उसने अपने बचाव में मीडिया को भी शामिल करने की कोशिश की।

हालाँकि, मेहता की दलील खोखली साबित हुई और अंतत: उसे गिरफ्तार कर लिया गया। उस पर प्रतिभूति धोखाधड़ी का आरोप लगाया गया। जमानत पर रिहा होने से पहले वह कई महीने हिरासत में रहा, लेकिन उस पर लगे आरोप इतने गंभीर थे कि वह सजा से बच नहीं सकता था।

मेहता की चमक का खोना बेहद नाटकीय और असाधारण था। कुछ ही महीनों में वह देश के सबसे सफल स्टॉक ब्रोकर्स में से एक सबसे बदनाम धोखेबाज बन गया था। उसके घोटालों ने भारतीय प्रतिभूति बाजार को अपूरणीय क्षति पहुँचाई थी और निवेशकों के विश्वास को बहाल करने में कई साल लग गए।

मेहता के गिरने का उसके परिवार पर भी गहरा प्रभाव पड़ा। उसकी पत्नी ज्योति मेहता और उसके भाई सुधीर मेहता को भी घोटाले में फँसाया गया था और उन पर भी प्रतिभूति धोखाधड़ी का आरोप लगाया गया था। घोटाले के परिणामस्वरूप मेहता परिवार ने अपनी बहुत सारी संपत्ति एवं प्रतिष्ठा खो दी और हर्षद मेहता एक टूटे हुए व्यक्ति की तरह मृत्यु का निवाला बन गया।

□

13

घोटाले के बाद

'हर्षद मेहता घोटाले' का भारतीय प्रतिभूति बाजार पर गहरा प्रभाव पड़ा और इसके परिणाम कई वर्षों तक महसूस किए गए। घोटाले ने नियामक ढाँचे में कमजोरियों को उजागर किया और इसने भारतीय वित्तीय क्षेत्र में महत्त्वपूर्ण सुधारों को जन्म दिया।

घोटाले के सबसे महत्त्वपूर्ण परिणामों में से एक भारतीय प्रतिभूति और विनिमय बोर्ड (SEBI) की स्थापना थी। सेबी (SEBI) की स्थापना सन् 1992 में प्रतिभूति बाजार को विनियमित करने और निवेशकों के हितों की रक्षा करने के लिए की गई थी। सेबी को प्रतिभूति धोखाधड़ी के मामलों की जाँच और मुकदमा चलाने के लिए व्यापक अधिकार दिए गए और इसे बाजार मध्यस्थों की गतिविधियों की निगरानी करने का काम भी सौंपा गया।

सेबी (SEBI) की स्थापना भारत में नियामक ढाँचे में सुधार की दिशा में एक महत्त्वपूर्ण कदम था। इसने निवेशकों को प्रतिभूति बाजार में अधिक विश्वास दिलाया और सिस्टम में उनका विश्वास बहाल करने में मदद की।

घोटाले का एक अन्य परिणाम—नए वित्तीय उत्पादों और उपकरणों का परिचय था। घोटाले के बाद अधिक परिष्कृत वित्तीय उत्पादों की आवश्यकता थी, जो निवेशकों की जरूरतों को पूरा कर सकें और उन्हें धोखाधड़ी से बचा सकें।

डेरिवेटिव्स, फ्यूचर्स और ऑप्शंस की शुरुआत इस जरूरत को पूरा करने की दिशा में एक महत्त्वपूर्ण कदम था। इन उत्पादों ने निवेशकों को अपने जोखिमों को कम करने और अपने निवेश की रक्षा करने की अनुमति दी तथा उन्होंने अटकलों और निवेश के नए रास्ते भी प्रदान किए।

हालाँकि, इन उत्पादों की शुरुआत भी चुनौतियों के अपने सेट के साथ आई। डेरिवेटिव्स, विशेष रूप से, कुछ निवेशकों द्वारा संदेह की दृष्टि से देखे गए, जिन्होंने उन्हें सट्टा और हेर-फेर के एक उपकरण के रूप में देखा।

नए वित्तीय उत्पादों की शुरुआत भी अधिक पारदर्शिता और प्रकटीकरण आवश्यकताओं के साथ हुई थी। कंपनियों को अपने वित्तीय प्रदर्शन के बारे में अधिक जानकारी का खुलासा करने की आवश्यकता थी और बाजार के मध्यस्थों को अपनी फीस का खुलासा करने की आवश्यकता थी।

इस घोटाले का बैंकिंग क्षेत्र पर भी गहरा प्रभाव पड़ा। कई बैंकों ने हर्षद मेहता और अन्य शेयर ब्रोकरों को पैसा उधार दिया था और घोटाले के परिणामस्वरूप उन्हें काफी नुकसान हुआ था। आर.बी.आई. ने बैंकिंग क्षेत्र को मजबूत करने के लिए कई उपायों की शुरुआत की, जिसमें कठोर ऋण मानदंड और बैंकों की अधिक निगरानी शामिल है।

आर.बी.आई. ने 'डिपॉजिट इंश्योरेंस एंड क्रेडिट गारंटी कॉरपोरेशन' (डी.आई.सी.जी.सी.) जैसे जमाकर्ताओं के हितों की रक्षा के लिए उपाय भी पेश किए। डी.आई.सी.जी.सी. बैंक की विफलता के मामले में जमाकर्ताओं को बीमा कवर प्रदान करता है और इससे बैंकिंग क्षेत्र में विश्वास बहाल करने में मदद मिली है।

हर्षद मेहता घोटाले का भारतीय प्रतिभूति बाजार की धारणा पर भी महत्त्वपूर्ण प्रभाव पड़ा। घोटाले ने नियामक ढाँचे में कमजोरियों को उजागर किया था और प्रतिभूति बाजार की छवि को धूमिल किया था। हालाँकि, घोटाले के बाद पेश किए गए सुधारों ने निवेशकों के विश्वास को बहाल करने और बाजार की समग्र धारणा में सुधार करने में मदद की।

घोटाले के बाद पेश किए गए सुधारों ने भी भारतीय प्रतिभूति बाजार में विदेशी निवेश को आकर्षित करने में मदद की। पारदर्शिता और नियामक निरीक्षण की कमी के कारण विदेशी निवेशक भारतीय बाजार में निवेश करने से कतरा रहे थे। हालाँकि, घोटाले के बाद शुरू किए गए सुधारों ने इन चिंताओं को दूर करने और बाजार में विदेशी निवेश को आकर्षित करने में मदद की।

घोटाले के परिणामस्वरूप मेहता परिवार ने अपनी बेगुनाही के अनेक दावे किए और अपना नाम साफ करने के लिए संघर्ष किया। ज्योति मेहता, विशेष रूप से, अपने पति के बचाव में मुखर थीं और उन्होंने दावा किया कि उन्हें अधिकारियों द्वारा गलत तरीके से निशाना बनाया जा रहा था।

हर्षद मेहता घोटाले का भारतीय जन–मानस पर भी स्थायी प्रभाव पड़ा। इसने शेयर बाजार की अचूकता के मिथक को तोड़ दिया और वित्तीय घोटालों के लिए निवेशकों की भेद्यता को उजागर किया। घोटाले ने आम जनता के बीच अधिक वित्तीय साक्षरता की आवश्यकता और निवेशकों को शेयर बाजार में निवेश के जोखिमों एवं लाभों के बारे में शिक्षित करने के महत्त्व पर भी प्रकाश डाला।

हर्षद मेहता घोटाले के बाद लोगों के धन और सफलता के प्रति दृष्टिकोण में भी बदलाव देखा गया। घोटाले ने दिखाया था कि धन एवं सफलता अनैतिक तरीकों से हासिल की जा सकती है और इसने कड़ी मेहनत तथा ईमानदार प्रयास के मूल्य को कम करके आँका था। घोटाले ने लोगों को अपनी प्राथमिकताओं की फिर से जाँच करने और नैतिक व्यवहार एवं मूल्यों पर अधिक जोर देने के लिए मजबूर किया।

'हर्षद मेहता घोटाले' का प्रभाव न केवल वित्तीय क्षेत्र में, बल्कि व्यापक सामाजिक और सांस्कृतिक संदर्भ में भी महसूस किया गया। घोटाले ने वित्तीय क्षेत्र में अधिक पारदर्शिता और जवाबदेही की आवश्यकता पर प्रकाश डाला।

हर्षद मेहता घोटाले की विरासत सावधानी और सतर्कता की है। यह एक अनुस्मारक के रूप में कार्य करता है कि प्रतिभूति बाजार अचूक नहीं है और निवेशकों को बाजार में निवेश के जोखिम एवं लाभ के बारे में पता होना चाहिए। यह मजबूत विनियामक निरीक्षण के महत्त्व और निवेशकों को बाजार में निवेश करते समय उचित परिश्रम करने की आवश्यकता पर भी प्रकाश डालता है।

□

14

कानूनी लड़ाई

'हर्षद मेहता घोटाला' भारतीय इतिहास के सबसे बड़े वित्तीय घोटालों में से एक था और भारतीय प्रतिभूति बाजार के लिए इसके दूरगामी प्रभाव थे। घोटाले के बाद एक लंबी कानूनी लड़ाई चली, क्योंकि विभिन्न हितधारकों ने घोटाले के लिए जिम्मेदार लोगों को उनके कार्यों के लिए जिम्मेदार ठहराने की माँग की थी।

घोटाला सामने आने के तुरंत बाद कानूनी लड़ाई शुरू हो गई। भारतीय प्रतिभूति और विनिमय बोर्ड (SEBI) ने घोटाले की जाँच शुरू की और हर्षद मेहता तथा उसके सहयोगियों की ट्रेडिंग गतिविधियों में कई अनियमितताओं की पहचान की। जाँच के निष्कर्षों के आधार पर, सेबी (SEBI) ने प्रतिभूति बाजार में अनियमितताओं को रोकने और भविष्य में इस तरह के घोटालों को रोकने के लिए कई उपाय किए।

सेबी (SEBI) द्वारा की गई नियामक कारवाई के अलावा हर्षद मेहता और उसके सहयोगियों के खिलाफ कई आपराधिक मामले दर्ज किए गए। ये मामले धोखाधड़ी, जालसाजी और आपराधिक साजिश सहित भारतीय दंड संहिता की विभिन्न धाराओं के तहत दर्ज किए गए थे। केंद्रीय जाँच ब्यूरो (सी.बी.आई.) को आपराधिक मामलों की जाँच का काम सौंपा गया था और इसने घोटाले की पूर्ण पैमाने पर जाँच शुरू की।

हर्षद मेहता घोटाले के बाद की कानूनी लड़ाई जटिल और लंबी थी। मामलों में कई प्रतिवादी शामिल थे और सबूत अकसर परिस्थितिजन्य एवं जटिल थे। कानूनी कारवाई इस तथ्य से भी जटिल थी कि भारतीय कानूनी प्रणाली ऐसे जटिल वित्तीय धोखाधड़ी के मामलों को सँभालने के लिए कम सक्षम थी।

कानूनी लड़ाई इस तथ्य से और जटिल हो गई थी कि हर्षद मेहता खुद

वित्तीय दुनिया में एक अत्यधिक प्रभावशाली व्यक्ति था। उसने सरकार और वित्तीय क्षेत्र में कई प्रभावशाली लोगों के साथ घनिष्ठ संबंध बनाए थे और उसके संपर्कों का नेटवर्क व्यापक था। इससे कानूनी अधिकारियों के लिए उस पर प्रभावी ढंग से मुकदमा चलाना मुश्किल हो गया और इससे कानूनी काररवाई में राजनीतिक हस्तक्षेप के आरोप भी लगे।

इन चुनौतियों के बावजूद हर्षद मेहता और उसके साथियों के खिलाफ कानूनी काररवाई जारी रही। देश भर की विभिन्न अदालतों में आपराधिक मामलों की सुनवाई हुई और कई प्रतिवादियों को दोषी ठहराया गया तथा जेल की सजा सुनाई गई। हर्षद मेहता को खुद कई मामलों में दोषी ठहराया गया और कुल 5 साल की जेल की सजा सुनाई गई।

हालाँकि, कानूनी लड़ाई हर्षद मेहता और उसके सहयोगियों को दोषी ठहराने के साथ समाप्त नहीं हुई। कई अपीलों एवं फैसलों को चुनौती देने से कानूनी काररवाई और जटिल हो गई, जो वर्षों तक चली। कानूनी लड़ाइयों ने कई नागरिक मामलों को भी जन्म दिया, क्योंकि निवेशकों और अन्य हितधारकों ने घोटाले से अपने नुकसान की वसूली की माँग की।

दीवानी मामले भी जटिल और लंबे थे। घोटाले में पैसा गँवाने वाले कई निवेशकों ने अपनी जीवन भर की बचत का निवेश किया था और वे अपने नुकसान की भरपाई करने के इच्छुक थे। हालाँकि, कानूनी काररवाई धीमी थी और परिणाम अनिश्चित थे। कई निवेशकों को अपने किसी भी नुकसान की भरपाई करने के लिए सालों तक इंतजार करना पड़ा और कुछ ने कभी भी अपने नुकसान की भरपाई नहीं पाई।

हर्षद मेहता घोटाले के बाद कानूनी लड़ाई का भारतीय कानूनी व्यवस्था के लिए दूरगामी प्रभाव पड़ा। इस मामले ने वित्तीय क्षेत्र में अधिक पारदर्शिता और उत्तरदायित्व की आवश्यकता पर प्रकाश डाला और जब जटिल वित्तीय धोखाधड़ी के मामलों को सँभालने की बात आई तो इसने भारतीय कानूनी प्रणाली की कमजोरियों को भी उजागर किया।

कानूनी लड़ाइयों का व्यापक भारतीय समाज पर भी महत्त्वपूर्ण प्रभाव पड़ा। इस मामले ने प्रतिभूति बाजार की अचूकता के मिथक को तोड़ दिया था और इसने वित्तीय घोटालों के लिए निवेशकों की भेद्यता को उजागर कर दिया था। कानूनी लड़ाइयों ने एक अभिलेख के रूप में कार्य किया कि धन व सफलता की चाह को

नैतिक व्यवहार एवं मूल्यों से संयमित होना चाहिए और जो लोग कानून का उल्लंघन करते हैं, उन्हें उनके कार्यों के लिए जवाबदेह ठहराया जाना चाहिए।

अंत में, हर्षद मेहता घोटाले के बाद की कानूनी लड़ाई जटिल और लंबी थी। मामलों में कई प्रतिवादी शामिल थे और सबूत अकसर परिस्थितिजन्य एवं जटिल थे। हर्षद मेहता और उसके सहयोगियों के प्रभाव एवं शक्ति से कानूनी काररवाई और जटिल हो गई, जिससे कानूनी अधिकारियों के लिए प्रभावी ढंग से मुकदमा चलाना मुश्किल हो गया।

आज भी हर्षद मेहता घोटाले की विरासत भारतीय प्रतिभूति बाजार में जीवित है। यह घोटाला नियामकों, निवेशकों और बाजार सहभागियों के लिए एक वेक-अप कॉल था, जो प्रतिभूति बाजार में अधिक पारदर्शिता, निरीक्षण और जवाबदेही की आवश्यकता पर प्रकाश डालता था। घोटाले के बाद से सेबी (SEBI) ने प्रतिभूति बाजार के लिए नियामक ढाँचे को मजबूत करने और भविष्य में ऐसे घोटालों की पुनरावृत्ति को रोकने के लिए कई उपाय किए। इन उपायों में सख्त प्रकटीकरण मानदंड, बढ़ी हुई निगरानी एवं निगरानी तंत्र और गैर-अनुपालन के लिए उच्च दंड लगाना शामिल है।

हर्षद मेहता घोटाले का भी निवेशकों के व्यवहार पर गहरा प्रभाव पड़ा। कई निवेशक, जिन्होंने घोटाले में पैसा खो दिया था, वे अपने निवेश निर्णयों में अधिक सतर्क व रूढ़िवादी हो गए और सावधि जमा एवं सरकारी बॉण्ड जैसे सुरक्षित निवेश विकल्पों का चयन किया। इस घोटाले ने निवेशकों के बीच उचित परिश्रम करने और निवेश निर्णय लेने से पहले पेशेवर सलाह लेने के महत्त्व के बारे में अधिक जागरूकता पैदा की।

जन-धारणा

हर्षद मेहता का नाम अपने कुख्यात घोटाले के दशकों बाद आज भी भारत में लोगों के बीच गूँजता है, जबकि कुछ अभी भी उसे एक वित्तीय प्रतिभा के रूप में देखते हैं तथा अन्य उसे भ्रष्टाचार और छल के प्रतीक के रूप में देखते हैं। हर्षद मेहता की सार्वजनिक धारणा समय के साथ विकसित हुई है, जो मीडिया, राजनीतिक आख्यानों और व्यक्तिगत अनुभवों से प्रभावित है।

घोटाले के समय हर्षद मेहता की संपत्ति और सफलता के लिए व्यापक रूप से प्रशंसा की गई थी। उसे स्टॉक मार्केट के 'बिग बुल' के रूप में जाना जाता था

और उसे एक जीनियस के रूप में देखा जाता था, जिसने शेयर बाजार में लाखों बनाने के कोड को क्रैक किया था। उसकी तेज-तर्रार जीवन-शैली एवं भव्य बयानों ने केवल उसके रहस्य को जोड़ा और वह अनगिनत मीडिया कहानियों तथा साक्षात्कारों का विषय बना। बहुत से लोग उसके जैसा बनने के इच्छुक थे और अपनी जीवन भर की बचत को उसकी योजनाओं में निवेश करने को तैयार थे।

हालाँकि, जैसे-जैसे घोटाले का विवरण सामने आने लगा, हर्षद मेहता के प्रति सार्वजनिक धारणा बदलने लगी। मीडिया, जो पहले उसे मानता था, अब उसके खिलाफ हो गया। उसे एक मास्टर मैनिपुलेटर के रूप में चित्रित किया गया, जिसने आम निवेशकों को उनकी गाढ़ी कमाई से ठग लिया था। भ्रष्टाचार और लालच के प्रतीक के रूप में कई राजनेताओं ने उसकी निंदा करते हुए राजनीतिक प्रतिष्ठान को भी तौला।

समय के साथ जैसे-जैसे घोटाले से जुड़ी कानूनी लड़ाई लंबी खिंचती गई, हर्षद मेहता की सार्वजनिक धारणा विकसित होती रही। कुछ लोगों ने उसे एक त्रुटिपूर्ण व्यवस्था के शिकार के रूप में देखते हुए उसके साथ सहानुभूति जतानी शुरू कर दी, जिसने उसे फलने-फूलने दिया और जब चीजें गलत हो गईं तो उसे दोषारोपित कर दिया। हालाँकि, अन्य लोग उसकी निंदा में अडिग रहे, यह तर्क देते हुए कि उसने जान-बूझकर कानून तोड़ा है और वह दंडित होने का हकदार है।

हाल के वर्षों में, हर्षद मेहता के प्रति सार्वजनिक धारणा अधिक सूक्ष्म हो गई है, जबकि उसे अभी भी वित्तीय गड़बड़ी के प्रतीक के रूप में देखा जाता है। कुछ लोगों ने उसकी कहानी की जटिलता की सराहना करना शुरू कर दिया है। वे मानते हैं कि उसकी प्रसिद्धि और दौलत में वृद्धि केवल उसकी खुद की प्रतिभा का परिणाम नहीं थी, बल्कि प्रणालीगत विफलताओं और वित्तीय क्षेत्र में दूसरों की मिलीभगत के कारण भी थी। वे यह भी स्वीकार करते हैं कि उसके कार्य, जबकि अवैध थे, पूरी तरह से अयोग्य नहीं थे और वास्तव में उसने भारतीय प्रतिभूति बाजार की वृद्धि व विकास में योगदान दिया।

इसके अलावा, कुछ लोगों का तर्क है कि हर्षद मेहता और उनके सहयोगियों को दी गई कठोर सजा अनुपातहीन व अनुचित थी। वे बताते हैं कि कई अन्य वित्तीय अपराधियों को सजा नहीं मिली है और यह कि हर्षद मेहता पर ध्यान आंशिक रूप से राजनीतिक प्रेरणाओं से प्रेरित था।

हर्षद मेहता की सार्वजनिक धारणा भी किसी के व्यक्तिगत अनुभवों के आधार

पर भिन्न होती है। जिन लोगों ने घोटाले में पैसा खोया है, वे उसे एक खलनायक के रूप में देखते हैं, जिसने उनका जीवन नष्ट कर दिया। दूसरे वे लोग हैं, जिन्होंने उसकी योजनाओं के माध्यम से पैसा कमाया होगा। उन्हें वह अभी भी एक वित्तीय प्रतिभा के रूप में दिखता है। इसके अलावा, ऐसे लोग भी हैं, जिन्हें हर्षद मेहता के साथ कोई सीधा अनुभव नहीं है, लेकिन उन्होंने मीडिया कवरेज और राजनीतिक विमर्श के आधार पर अपनी राय बनाई है।

हर्षद मेहता की सार्वजनिक धारणा का एक दिलचस्प पहलू पीढ़ीगत विभाजन है। जो लोग 1990 के दशक में घोटाले से गुजरे हैं, उसके बारे में अधिक नकारात्मक दृष्टिकोण रखते हैं, जबकि युवा पीढ़ी उसे अधिक जिज्ञासा और यहाँ तक कि प्रशंसा के साथ देख सकती है। ऐसा इसलिए हो सकता है, क्योंकि युवा लोगों ने घोटाले के तत्काल परिणाम का अनुभव नहीं किया है और केवल इसके बारे में सुना है।

हाल के वर्षों में, भारत और विदेश दोनों में, हर्षद मेहता में रुचि का पुनरुत्थान हुआ है। सन् 2020 में 'स्कैम 1992 : द हर्षद मेहता स्टोरी' नामक एक वेब श्रृंखला को एक भारतीय स्ट्रीमिंग प्लेटफॉर्म पर रिलीज किया गया और उसे व्यापक आलोचनात्मक प्रशंसा मिली। पत्रकार सुचेता दलाल की एक पुस्तक पर आधारित सीरीज में हर्षद मेहता और प्रतिभूति बाजार में उसकी भूमिका का सूक्ष्म चित्रण किया गया है। इसने प्रणालीगत विफलताओं को भी उजागर किया, जिसने घोटाले को होने दिया, और उसके नतीजे की मानवीय कीमत चुकानी पड़ी।

श्रृंखला की सफलता बताती है कि हर्षद मेहता और उसकी कहानी के साथ अभी भी बहुत अधिक आकर्षण है। कई लोगों के लिए हर्षद मेहता की कहानी केवल वित्तीय गड़बड़ी के बारे में नहीं है, बल्कि 1990 के दशक में भारत में हो रहे व्यापक सामाजिक व आर्थिक परिवर्तनों का भी प्रतिबिंब है।

अंत में, हर्षद मेहता की सार्वजनिक धारणा बहुआयामी है और समय के साथ विकसित होती रहती है। जबकि उसे कभी एक वित्तीय प्रतिभा के रूप में माना जाता था, अब उसे भ्रष्टाचार और लालच के प्रतीक के रूप में देखा जाता है। हालाँकि, एक बढ़ती हुई मान्यता यह भी है कि उसकी कहानी जटिल है और यह कि प्रणालीगत विफलताएँ, जिन्होंने घोटाले को होने दिया, वे आज भी भारतीय वित्तीय क्षेत्र में मौजूद हैं। हर्षद मेहता के बारे में किसी की व्यक्तिगत राय जो भी हो, यह स्पष्ट है कि आने वाले वर्षों में उसकी विरासत पर चर्चा और बहस होती रहेगी। □

15

घोटाले की मीडिया कवरेज

वर्ष 1992 के हर्षद मेहता घोटाले को व्यापक मीडिया कवरेज मिला था। घोटाले ने न केवल वित्तीय क्षेत्र को हिलाकर रख दिया, बल्कि देश के राजनीतिक परिदृश्य पर भी इसका महत्त्वपूर्ण प्रभाव पड़ा। घोटाले के शुरुआती दिनों में मीडिया कहानी को पकड़ने में धीमा था। शेयर बाजार में अनियमितताओं की पहली रिपोर्ट वित्तीय प्रेस में छपी, लेकिन कहानी को मुख्य धारा के मीडिया में आकर्षण हासिल करने में कुछ समय लगा। यह आंशिक रूप से शामिल वित्तीय साधनों की जटिलता और इस तथ्य के कारण था कि कई पत्रकार पूरी तरह से समझ नहीं पाए कि घोटाला कैसे किया गया था!

हालाँकि, जैसे-जैसे घोटाले का पैमाना स्पष्ट होता गया, मीडिया ने नोटिस लेना शुरू किया। समाचार-पत्रों एवं टेलीविजन चैनलों ने कहानी पर अधिक विस्तार से रिपोर्ट करना शुरू किया और पत्रकारों ने धोखाधड़ी को उजागर करने का काम किया। इसमें हर्षद मेहता के निजी जीवन, उसके व्यापारिक लेन-देन और वित्तीय क्षेत्र के अन्य खिलाड़ियों के कार्यों की जाँच शामिल थी।

हर्षद मेहता घोटाले के मीडिया कवरेज में सबसे महत्त्वपूर्ण योगदान पत्रकार सुचेता दलाल का था, जो उस समय 'द टाइम्स ऑफ इंडिया' के लिए काम कर रही थीं। दलाल, अपने सहयोगी देबाशीष बसु के साथ, घोटाले की कहानी को क्रैक करने और शेयर बाजार में अनियमितताओं की जाँच करने वाले पहले पत्रकारों में शामिल थीं। उन्होंने हर्षद मेहता और देश के कुछ प्रमुख बैंकों एवं वित्तीय संस्थानों के बीच मिलीभगत के सबूतों का भी खुलासा किया।

सुचेता दलाल की रिपोर्टिंग पूरी तरह से तथ्यात्मक व साहसी दोनों थी और

उन्हें सरकार तथा वित्तीय क्षेत्र में शक्तिशाली लोगों के महत्त्वपूर्ण विरोध का सामना करना पड़ा, जिन्होंने उनके काम को बदनाम करने की कोशिश की। फिर भी, वह बनी रहीं और उनकी रिपोर्टिंग ने घोटाले को प्रकाश में लाने तथा जिम्मेदार लोगों को कसूरवार ठहरवाने में महत्त्वपूर्ण भूमिका निभाई।

हर्षद मेहता घोटाले की मीडिया कवरेज के कई महत्त्वपूर्ण प्रभाव पड़े। सबसे पहले, इसने इस मुद्दे के बारे में जन-जागरूकता बढ़ाने और सरकार पर काररवाई करने के लिए दबाव बनाने में मदद की। जैसे-जैसे धोखाधड़ी का पैमाना स्पष्ट होता गया, जनता का गुस्सा बढ़ता गया एवं जिम्मेदार लोगों को दंडित करने के लिए व्यापक माँगें होने लगीं।

दूसरा, मीडिया कवरेज ने भी घटनाओं की सार्वजनिक धारणा को आकार देने में मदद की। मीडिया ने घोटाले की कथा के निर्माण में महत्त्वपूर्ण भूमिका निभाई और इस कथा ने इस मुद्दे के बारे में लोगों की सोच को आकार देने में मदद की। कुछ मामलों में, मीडिया कवरेज अत्यधिक सरलीकृत या सनसनीखेज था, जिसने अंतर्निहित मुद्दों की समझ की कमी में योगदान ही दिया।

साथ ही, मीडिया कवरेज ने भारतीय वित्तीय क्षेत्र में व्यापक विफलताओं को उद्घाटित करने और सुधार की आवश्यकता को उजागर करने में भी मदद की। हर्षद मेहता घोटाले का कवरेज केवल एक व्यक्ति के कार्यों के बारे में नहीं था, बल्कि प्रणालीगत समस्याओं के बारे में भी था, जिसने धोखाधड़ी को होने दिया। परिणामस्वरूप, मीडिया कवरेज ने वित्तीय क्षेत्र को नियंत्रित करने वाले विनियामक और कानूनी ढाँचे में बदलाव लाने में मदद की।

हर्षद मेहता घोटाले की मीडिया कवरेज का भी कुछ नकारात्मक प्रभाव पड़ा। सबसे महत्त्वपूर्ण में से एक, हर्षद मेहता के निजी जीवन पर इसका प्रभाव था। उसे प्रेस में बदनाम किया गया और एक लालची व स्वार्थी व्यक्ति के रूप में चित्रित किया गया, जिसने अनगिनत लोगों के जीवन को बरबाद कर दिया था। हालाँकि, इसमें कोई संदेह नहीं है कि वह कपटपूर्ण गतिविधियों में शामिल था। मीडिया कवरेज अत्यधिक कठोर हो सकता है और हो सकता है कि उसने प्रणालीगत समस्याओं पर ध्यान केंद्रित करने के बजाय किसी व्यक्ति के अपमान में योगदान दिया हो, जिसने घोटाले को होने दिया।

इसके अलावा, मीडिया कवरेज ने भी मुद्दे की जटिलताओं की समझ की कमी में योगदान दिया हो सकता है। कुछ मामलों में मीडिया कवरेज को सनसनीखेज

बनाया गया और अंतर्निहित मुद्दों को पूरी तरह से समझाया नहीं गया। इसने वित्तीय क्षेत्र की समझ की कमी और घोटाले के मूल कारणों में योगदान दिया हो सकता है, जो भविष्य में इसी तरह की घटनाओं को रोकने के प्रयासों में बाधा बन सकता है।

हालाँकि, इन सीमाओं के बावजूद हर्षद मेहता घोटाले के मीडिया कवरेज ने धोखाधड़ी को उजागर करने और जिम्मेदार लोगों को उत्तरदायी ठहराने में महत्त्वपूर्ण भूमिका निभाई। यह कवरेज महत्त्वपूर्ण मुद्दों को जनता के ध्यान में लाने और सत्ता में बैठे लोगों को ध्यान में रखने में प्रेस की शक्ति का एक सशक्त उदाहरण था।

घोटाले के बाद मीडिया ने इस कहानी को बड़े पैमाने पर कवर करना जारी रखा। कानूनी लड़ाई के बाद, साथ-ही-साथ वित्तीय क्षेत्र में व्यापक सुधार—सभी को प्रेस द्वारा विस्तार से कवर किया गया था। मीडिया ने वित्तीय क्षेत्र में हर्षद मेहता और अन्य खिलाड़ियों के कार्यों की जाँच करना जारी रखा तथा उन प्रथाओं एवं व्यवहारों पर प्रकाश डाला, जिन्होंने घोटाले को होने दिया था।

कुल मिलाकर, हर्षद मेहता घोटाले की मीडिया कवरेज मिली-जुली रही। हालाँकि, इसने धोखाधड़ी को उजागर करने और सुधार के लिए सार्वजनिक दबाव पैदा करने में महत्त्वपूर्ण भूमिका निभाई। इसके कुछ नकारात्मक प्रभाव भी थे, जैसे कि किसी व्यक्ति का अपमान और अंतर्निहित मुद्दों की समझ की कमी। हालाँकि, मीडिया कवरेज गलत कार्यों को उजागर करने और सत्ता में बैठे लोगों को जवाबदेह ठहराने की प्रेस की शक्ति का एक महत्त्वपूर्ण अनुस्मारक था। कवरेज ने भारतीय वित्तीय क्षेत्र में व्यापक समस्याओं के बारे में जागरूकता बढ़ाने और भविष्य में ऐसी घटनाओं को होने से रोकने के लिए आवश्यक सुधारों को आगे बढ़ाने में मदद की।

□

16

शेयर बाजार पर घोटाले का प्रभाव

हर्षद मेहता कांड का भारतीय शेयर बाजारों पर गहरा प्रभाव पड़ा था। 1990 के दशक की शुरुआत में हुआ यह घोटाला देश के इतिहास में सबसे बड़ी वित्तीय धोखाधड़ी में से एक था और इसके नतीजे पूरी भारतीय अर्थव्यवस्था पर महसूस किए गए थे।

असल में, हर्षद मेहता घोटाले में अवैध लेन-देन की एक श्रृंखला शामिल थी, जिसने कृत्रिम रूप से भारतीय शेयर बाजार में कुछ शेयरों की कीमतों को बढ़ा दिया। मेहता और उसके सहयोगियों ने 'सर्कुलर ट्रेडिंग' नामक एक प्रक्रिया के माध्यम से बाजारों में हेर-फेर किया, जिसमें वे एक कंपनी में शेयर्स खरीदते थे और फिर उन्हें बार-बार एक-दूसरे को बेचते थे, जिससे स्टॉक्स की कीमतें बढ़ जाती थीं। मेहता ने बैंकों से ऋण प्राप्त करने के लिए नकली बैंक रसीदों का भी इस्तेमाल किया, जिसके बाद वह अधिक शेयर खरीदता था तथा कीमतों को और बढ़ा देता था।

घोटाले का शेयर बाजारों पर व्यापक प्रभाव पड़ा, जिसमें धोखाधड़ी होने की अवधि के दौरान अभूतपूर्व स्तर की अस्थिरता देखी गई। बाजारों में स्टॉक्स की कीमतों में भारी उतार-चढ़ाव देखा गया। कुछ शेयरों में कुछ ही हफ्तों में 500 प्रतिशत तक की वृद्धि हुई। इस अस्थिरता ने निवेशकों के बीच भय और अनिश्चितता का माहौल पैदा कर दिया, जिनमें से कई शेयरों को खरीदने व बेचने के सही मूल्य के बारे में अनिश्चित थे।

शेयर बाजारों पर हर्षद मेहता घोटाले का प्रभाव उस अवधि तक ही सीमित नहीं था, जिसमें धोखाधड़ी हो रही थी। इस घोटाले का भारतीय अर्थव्यवस्था पर लंबे समय तक प्रभाव पड़ा, जिसमें शेयर बाजारों में निवेशकों के विश्वास का

नुकसान भी शामिल था। कई घरेलू व विदेशी—दोनों निवेशकों ने धोखाधड़ी के परिणामस्वरूप बड़ी रकम खो दी, और इस विश्वास की हानि का समग्र रूप से भारतीय अर्थव्यवस्था पर नकारात्मक प्रभाव पड़ा।

घोटाले के तत्काल बाद भारत सरकार ने शेयर बाजारों में निवेशकों का विश्वास बहाल करने के लिए कई कदम उठाए। सरकार ने धोखाधड़ी की जाँच के लिए एक समिति का गठन किया और भविष्य में इसी तरह के घोटालों को रोकने के लिए डिजाइन किए गए कई नियामक सुधार पेश किए। इन सुधारों में बैंकिंग क्षेत्र पर कड़े नियम और अंदरूनी व्यापार एवं वित्तीय धोखाधड़ी के अन्य रूपों से निपटने के लिए नए कानूनों की शुरुआत शामिल थी।

इन तमाम कोशिशों के बावजूद हर्षद मेहता घोटाले का असर भारतीय शेयर बाजारों पर लंबे समय तक रहा। निवेशकों का भरोसा पूरी तरह बहाल होने में कई साल लग गए और आज भी कई निवेशक शेयर बाजार को लेकर सतर्क रहते हैं। धोखाधड़ी ने भारतीय वित्तीय क्षेत्र में और सुधारों की आवश्यकता पर भी प्रकाश डाला, जिसमें बेहतर विनियमन तथा बाजारों की निगरानी एवं वित्तीय धोखाधड़ी में संलग्न लोगों के लिए कठोर दंड शामिल हैं।

भारतीय अर्थव्यवस्था पर हर्षद मेहता घोटाले का प्रभाव शेयर बाजार तक ही सीमित नहीं था। धोखाधड़ी का वित्तीय क्षेत्र और व्यापक भारतीय अर्थव्यवस्था पर भी गहरा प्रभाव पड़ा। घोटाले के कारण बैंकिंग क्षेत्र में विश्वास का क्षय हुआ। कई निवेशकों ने अपने निवेश को सुरक्षित रखने के लिए बैंकों की क्षमता पर सवाल उठाया। विश्वास के इस क्षय का भारतीय अर्थव्यवस्था के समग्र स्वास्थ्य पर नकारात्मक प्रभाव पड़ा। कई व्यवसाय और व्यक्ति देश में निवेश करने के लिए अनिच्छुक हो गए।

भारतीय अर्थव्यवस्था पर हर्षद मेहता कांड का प्रभाव अन्य तरीकों से भी महसूस किया गया। धोखाधड़ी ने वित्तीय क्षेत्र में अधिक पारदर्शिता एवं उत्तरदायित्व की आवश्यकता पर प्रकाश डाला और इसने बाजारों के अधिक विनियमन व निरीक्षण के लिए एक मौका दिया। इस स्कैंडल ने भारतीय समाज के मूल्यों और नैतिकता पर व्यापक सवाल खड़े किए। कई लोगों ने सवाल किया कि क्या धन की चाह देश में एक बड़ी ताकत बन गई है ?

निष्कर्षतः, हर्षद मेहता घोटाले का भारतीय शेयर बाजार और व्यापक अर्थव्यवस्था पर गहरा प्रभाव पड़ा। धोखाधड़ी ने बाजारों में अभूतपूर्व स्तर की

अस्थिरता को जन्म दिया और इसने निवेशकों के बीच भय एवं अनिश्चितता का माहौल पैदा किया। धोखाधड़ी का प्रभाव लंबे समय तक बना रहा। कई निवेशकों ने शेयर बाजार और व्यापक भारतीय अर्थव्यवस्था में विश्वास खो दिया। घोटाले ने वित्तीय क्षेत्र के अधिक विनियमन व निरीक्षण की आवश्यकता और वित्तीय धोखाधड़ी में संलग्न लोगों के लिए कठोर दंड की शुरुआत पर भी प्रकाश डाला। हर्षद मेहता घोटाले का प्रभाव आज भी भारतीय अर्थव्यवस्था में महसूस किया जाता है। कई निवेशक शेयर बाजार और व्यापक वित्तीय क्षेत्र से सावधान रहते हैं।

घोटाले के नकारात्मक प्रभाव के बावजूद कुछ सकारात्मक परिणाम भी सामने आए। धोखाधड़ी ने वित्तीय क्षेत्र में पारदर्शिता एवं जवाबदेही की आवश्यकता के बारे में अधिक जागरूकता पैदा की और इसने नए नियमों व सुधारों की शुरुआत करने में मदद की। घोटाले ने शेयर बाजार में निवेश से जुड़े जोखिमों और अवसरों सहित वित्तीय मामलों के बारे में अधिक सार्वजनिक शिक्षा की आवश्यकता पर भी प्रकाश डाला।

मीडिया ने हर्षद मेहता कांड और भारतीय अर्थव्यवस्था पर इसके प्रभाव की सार्वजनिक धारणा को आकार देने में महत्त्वपूर्ण भूमिका निभाई। इस स्कैंडल को भारतीय मीडिया में व्यापक रूप से कवर किया गया था, जिसमें कई समाचार–पत्रों एवं टेलीविजन चैनलों ने धोखाधड़ी और उसके बाद के महत्त्वपूर्ण कवरेज को समर्पित किया था। मीडिया कवरेज ने धोखाधड़ी तथा अर्थव्यवस्था पर इसके प्रभाव के बारे में जागरूकता बढ़ाने में मदद की और इसने वित्तीय क्षेत्र के अधिक विनियमन व निरीक्षण की आवश्यकता के बारे में जनमत को आकार देने में मदद की।

भारतीय शेयर बाजारों तथा व्यापक अर्थव्यवस्था पर हर्षद मेहता घोटाले का प्रभाव महत्त्वपूर्ण और लंबे समय तक चलने वाला था। धोखाधड़ी ने शेयर बाजारों और बैंकिंग क्षेत्र में निवेशकों के विश्वास को कम कर दिया तथा इसने वित्तीय क्षेत्र के अधिक विनियमन व निरीक्षण की आवश्यकता पर प्रकाश डाला।

हर्षद मेहता कांड के बाद के वर्षों में भारत ने अपने वित्तीय क्षेत्र में सुधार और अपने बाजारों की पारदर्शिता एवं जवाबदेही में सुधार करने में महत्त्वपूर्ण प्रगति की है। नए नियमों एवं सुधारों की शुरुआत ने बाजारों में निवेशकों के विश्वास को बहाल करने में मदद की है और जनता को शेयर बाजार में निवेश से जुड़े जोखिमों तथा अवसरों के बारे में शिक्षित करने पर नए सिरे से ध्यान केंद्रित किया गया है।

इन प्रयासों के बावजूद भारतीय अर्थव्यवस्था में हर्षद मेहता कांड की विरासत को महसूस किया जा रहा है। धोखाधड़ी ने वित्तीय क्षेत्र की निरंतर सतर्कता व निरीक्षण की आवश्यकता पर प्रकाश डाला और यह बाजार में निवेश से जुड़े संभावित जोखिमों एवं खतरों की याद दिलाता है। यह धन की खोज में अखंडता व पारदर्शिता के महत्त्व के बारे में एक सतर्क कहानी है और यह व्यापक समाज के सर्वोत्तम हित में कार्य करने के लिए व्यक्तियों व संस्थानों की आवश्यकता की याद दिलाने के रूप में कार्य करती है।

□

17

घोटाले में बैंकों की भूमिका

हर्षद मेहता घोटाले के केंद्र में एक स्टॉक ब्रोकर हर्षद मेहता की हरकतें थीं, जिसने शेयर बाजार में हेर-फेर करने और मुनाफे में लाखों रुपए बनाने के लिए रिश्वत, नकली बैंक रसीदों और अन्य अवैध तरीकों की एक जटिल प्रणाली का इस्तेमाल किया। हालाँकि, मेहता अकेले धोखाधड़ी नहीं कर सकता था और घोटाले में बैंकों की भूमिका एक महत्त्वपूर्ण कारक है, जिस पर इसके कारणों व परिणामों की जाँच करते समय विचार किया जाना चाहिए।

घोटाले के समय कई भारतीय बैंक ऋण देने की शिथिल प्रथाओं, अपर्याप्त जोखिम-प्रबंधन प्रणालियों और खराब निरीक्षण तंत्र के साथ काम कर रहे थे। इसने एक ऐसा वातावरण बनाया, जिसमें धोखाधड़ी व भ्रष्टाचार फल-फूल सकता था और कई बैंक अपने लेन-देन से लाभ प्राप्त करने के लिए हर्षद मेहता जैसे व्यक्तियों की गतिविधियों पर आँखें मूँदने को तैयार थे। मेहता इस माहौल का फायदा उठाते हुए फर्जी गतिविधियों में लिप्त हो गया, जिसका भारतीय अर्थव्यवस्था पर गहरा प्रभाव पड़ा।

हर्षद मेहता घोटाले में जिन प्रमुख तरीकों से बैंक शामिल थे, उनमें से एक नकली बैंक रसीदों या बी.आर. के उपयोग के माध्यम से था। मेहता और उसके सहयोगियों ने फर्जी बी.आर. का एक जटिल जाल तैयार किया, जिसका इस्तेमाल शेयर बाजार में हेर-फेर करने और बैंकों से बड़ी रकम उधार लेने के लिए किया जाता था। बी.आर. अनिवार्य रूप से नकली प्रॉमिसरी नोट थे, जिसका उपयोग बैंकों से ऋण सुरक्षित करने के लिए किया गया था; लेकिन उनका कोई वास्तविक मूल्य या प्रतिभूति समर्थन नहीं था। मेहता ने बैंकों से बड़ी रकम उधार लेने के लिए उन

फर्जी बी.आर. का इस्तेमाल किया, जिनका इस्तेमाल उसने शेयर खरीदने और बाजारों में हेर-फेर करने के लिए किया।

जिन बैंकों ने मेहता और उसके सहयोगियों को पैसा उधार दिया था, वे जानते थे या उन्हें पता होना चाहिए था कि बी.आर. फर्जी थे; लेकिन उन्होंने लेन-देन से मुनाफा कमाने के लिए इस तथ्य को नजरअंदाज करने का फैसला किया। बैंक धोखाधड़ी में सहभागी थे, क्योंकि वे अवैध गतिविधियों के बारे में जानते थे; लेकिन पैसा बनाने के लिए उन्होंने आँखें मूँद लीं।

एक अन्य तरीका, जिसमें बैंक 'हर्षद मेहता घोटाले' में शामिल थे, उनकी अपर्याप्त जोखिम-प्रबंधन प्रणाली थी। उस समय कई बैंकों के पास धोखाधड़ी गतिविधियों की पहचान करने और उन्हें रोकने के लिए पर्याप्त व्यवस्था नहीं थी और वे होने वाली धोखाधड़ी का पता लगाने में असमर्थ थे। इसने मेहता और उसके सहयोगियों को बिना पकड़े या रोके एक विस्तारित अवधि के लिए अवैध गतिविधियों में शामिल होने की अनुमति दी।

धोखाधड़ी में अपनी भूमिका के अलावा बैंक भी घोटाले के परिणाम में शामिल थे। धोखाधड़ी का पर्दाफाश होने पर मेहता और उसके सहयोगियों को पैसा उधार देने वाले कई बैंकों को भारी नुकसान हुआ और उन्हें बड़ी मात्रा में खराब ऋण को बट्टे खाते में डालने के लिए मजबूर होना पड़ा। इसका भारतीय बैंकिंग क्षेत्र पर गहरा प्रभाव पड़ा और कई बैंकों को भविष्य में होने वाली इसी तरह की धोखाधड़ी को रोकने के लिए सुधारों को लागू करने और अपनी जोखिम-प्रबंधन प्रणाली में सुधार करने के लिए मजबूर होना पड़ा।

घोटाले के बाद के वर्षों में भारतीय रिजर्व बैंक और अन्य नियामक निकायों ने बैंकों की पारदर्शिता, जवाबदेही और जोखिम-प्रबंधन में सुधार के लिए कई सुधार व उपाय लागू किए। इनमें एक केंद्रीयकृत धोखाधड़ी निगरानी प्रणाली का निर्माण और वित्तीय धोखाधड़ी में संलग्न लोगों के लिए कठोर दंड की स्थापना शामिल है।

इन सुधारों के बावजूद हर्षद मेहता घोटाले में बैंकों की भूमिका विवाद और बहस का विषय बनी हुई है। घोटाले में शामिल कई व्यक्तियों व संस्थानों को कभी भी उनके कार्यों के लिए जवाबदेह नहीं ठहराया गया और ऐसी चिंताएँ हैं कि भविष्य में इसी तरह की धोखाधड़ी हो सकती है, यदि बैंकों को उनके कार्यों के लिए जिम्मेदार नहीं ठहराया जाता है।

हर्षद मेहता और उसके घोटाले की कहानी अनियंत्रित सत्ता तथा लालच के

खतरों की कहानी है। बैंकिंग प्रणाली में हेर-फेर और नियामक अंतराल के शोषण से मेहता की शक्ति एवं धन में वृद्धि हुई। नियामक उसकी गतिविधियों पर नजर रखने में विफल रहे और बैंक उसे पैसा उधार देते समय उचित परिश्रम करने में विफल रहे। इस प्रकार, उन्होंने मेहता की धोखाधड़ी गतिविधियों को सुविधाजनक बनाया।

हालाँकि, सुधारों और घोटाले में शामिल लोगों को सजा दिए जाने के बावजूद हर्षद मेहता घोटाले के निशान अभी भी भारतीय वित्तीय प्रणाली में मौजूद हैं। घोटाले से सीखे गए सबक भारतीय वित्तीय क्षेत्र की नीतियों और विनियमों को आकार देना जारी रखे हैं, यह सुनिश्चित करते हुए कि इतने बड़े पैमाने पर धोखाधड़ी फिर कभी न हो।

□

18

घोटाले में राजनेताओं की भूमिका

वर्ष 1992 के हर्षद मेहता घोटाले ने न केवल भारतीय वित्तीय प्रणाली की खामियों को उजागर किया, बल्कि धोखाधड़ी को आसान बनाने में राजनेताओं की भूमिका को भी उद्‌घाटित किया। घोटाले में राजनेताओं की संलिप्तता ने बड़े व्यवसाय तथा राजनीति के बीच साँठ-गाँठ को उजागर किया और बताया कि कैसे अर्थव्यवस्था और आम लोगों के लिए इसके गंभीर परिणाम हो सकते हैं।

हर्षद मेहता राजनेताओं के साथ घनिष्ठ संबंधों के लिए जाना जाता था, खासकर 1990 के दशक के दौरान सत्ता में रहे नेताओं के लिए। मेहता को राजनीतिक दलों एवं व्यक्तिगत राजनेताओं को बड़ा दान देने के लिए जाना जाता था और यह अफवाह थी कि उसके पास शक्तिशाली राजनीतिक समर्थक थे, जो उसे नियामक कारखाई से बचाते थे। वास्तव में, मेहता ने खुद दावा किया था कि उसके कई राजनेताओं के साथ संबंध थे और उसने अपने लाभ के लिए अपने संबंधों का इस्तेमाल किया था।

हर्षद मेहता घोटाले में राजनेताओं की संलिप्तता सिर्फ आर्थिक सहयोग तक ही सीमित नहीं थी। कई राजनेताओं को मेहता के पक्ष में हस्तक्षेप करने के लिए जाना जाता था, जब वे नियामक अधिकारियों द्वारा जाँच के अधीन थे। वर्ष 1992 में मेहता की गिरफ्तारी ने एक राजनीतिक तूफान खड़ा कर दिया, जिसमें कई राजनेताओं ने जाँच की वैधता पर सवाल उठाए और उसकी रिहाई की माँग की।

हर्षद मेहता घोटाले में शामिल सबसे प्रमुख राजनेताओं में से एक यशवंत सिन्हा थे, जो उस समय भारत के वित्त मंत्री थे। सिन्हा पर मेहता और उसके सहयोगियों के खिलाफ जाँच में हस्तक्षेप करने तथा उन्हें कानूनी कारखाई से बचाने

का आरोप लगाया गया था। सिन्हा ने आरोपों से इनकार किया; लेकिन अंततः घोटाले में उनकी कथित संलिप्तता के कारण उन्हें वित्त मंत्री के रूप में अपने पद से इस्तीफा देने के लिए मजबूर होना पड़ा।

हर्षद मेहता घोटाले से जुड़े एक अन्य राजनेता आर.के. धवन थे, जो पूर्व प्रधानमंत्री राजीव गांधी के करीबी सहयोगी थे। धवन पर मेहता से रिश्वत लेने और उसे नियामक कारवाई से बचाने के लिए अपने राजनीतिक प्रभाव का इस्तेमाल करने का आरोप लगाया गया था। हालाँकि, धवन ने आरोपों से इनकार किया, लेकिन उनकी प्रतिष्ठा को धूमिल करते हुए उनका नाम घोटाले में घसीटा गया।

हर्षद मेहता घोटाले में राजनेताओं की संलिप्तता ने भारत के आर्थिक विकास में राजनीतिज्ञों की भूमिका पर गंभीर सवाल खड़े कर दिए। बड़े व्यापार और राजनीति के बीच गठजोड़ भारत में लंबे समय से चली आ रही एक समस्या है, जिसमें राजनेता अकसर अपनी शक्ति और प्रभाव का उपयोग व्यापार जगत् में अपने साथियों एवं दोस्तों को लाभ पहुँचाने के लिए करते हैं।

हर्षद मेहता घोटाला भारतीय वित्तीय प्रणाली में राजनीतिक भागीदारी की एक अलग घटना नहीं थी। उसके बाद से कई अन्य वित्तीय धोखाधड़ियाँ और घोटाले प्रकाश में आए हैं, जहाँ राजनेताओं और उनके सहयोगियों पर अपने लाभ के लिए जनता के धन की हेरा-फेरी करने का आरोप लगाया गया। इसका सबसे ताजा उदाहरण सन् 2018 का 'पंजाब नेशनल बैंक घोटाला' है, जहाँ व्यवसायी नीरव मोदी एवं मेहुल चोकसी ने अपने सहयोगियों के साथ राजनेताओं और वरिष्ठ बैंक अधिकारियों की कथित संलिप्तता के साथ बैंक को 14,000 करोड़ रुपए से अधिक का धोखा दिया।

वित्तीय घोटालों में राजनेताओं की संलिप्तता का अर्थव्यवस्था और आम लोगों पर गंभीर प्रभाव पड़ता है। यह वित्तीय प्रणाली में जनता के भरोसे को खत्म करता है और नियामकों के लिए धोखाधड़ी गतिविधियों के खिलाफ कारवाई करना मुश्किल बनाता है। इसके अलावा, राजनेताओं और उनके सहयोगियों द्वारा व्यक्तिगत लाभ के लिए सार्वजनिक धन का उपयोग देश के वित्त पर दबाव डालता है और इसके आर्थिक विकास को रोकता है।

हर्षद मेहता घोटाला भारत के राजनीतिक वर्ग के लिए एक वेक-अप कॉल था। इसने राजनीतिक फंडिंग और वित्तीय बाजारों के नियमन में अधिक पारदर्शिता एवं जवाबदेही की आवश्यकता पर प्रकाश डाला। भारत सरकार ने तब से इस

मुद्दे को हल करने के लिए कई कदम उठाए हैं, जिसमें चुनावी बॉण्ड की शुरुआत शामिल है, जिसका उद्देश्य राजनीतिक चंदे में पारदर्शिता लाना और भारतीय प्रतिभूति और विनिमय बोर्ड (SEBI) तथा रिजर्व बैंक जैसे नियामक निकायों को मजबूत करना है।

जैसे-जैसे जाँच गहरी हुई, यह स्पष्ट हो गया कि घोटाले में राजनेताओं की संलिप्तता पहले की सोच से कहीं अधिक व्यापक थी। कई हाई-प्रोफाइल राजनेताओं को हर्षद मेहता से बड़ी रकम मिली—या तो सीधे भुगतान के माध्यम से या ऋण के माध्यम से, जो कभी चुकाया नहीं गया था।

घोटाले में फँसने वाले सबसे प्रमुख राजनेताओं में से एक पूर्व प्रधानमंत्री पी.वी. नरसिम्हा राव थे। यह आरोप लगाया गया कि उसकी गतिविधियों पर आँखें मूँदने के बदले में राव ने मेहता से 50 लाख रुपए की रिश्वत ली थी। हालाँकि, राव को कभी भी इस मामले में किसी गलत काम के लिए दोषी नहीं ठहराया गया, लेकिन इस घोटाले ने उनकी प्रतिष्ठा को गंभीर रूप से क्षति पहुँचाई, जिसने वर्ष 1996 के आम चुनाव में उनकी हार में योगदान दिया।

घोटाले में फँसे अन्य राजनेताओं में यशवंत सिन्हा, जो तब वित्त मंत्री थे और माधवराव सिंधिया, जो उस समय नागरिक उड्डयन मंत्री थे, शामिल बताए गए। सिन्हा और सिंधिया दोनों पर घोटाले को कवर करने में उनकी सहायता के बदले में मेहता से भुगतान प्राप्त करने का आरोप लगाया गया था। हालाँकि, बाद में सबूतों की कमी के कारण उन्हें सभी आरोपों से मुक्त कर दिया गया।

घोटाले में राजनेताओं की संलिप्तता ने न केवल भारतीय राजनीति में गहरी जड़ें जमाए भ्रष्टाचार को उजागर किया, बल्कि नियामक प्रणाली की प्रभावशीलता पर भी सवाल उठाए। यह स्पष्ट था कि नियामक निकाय घोटाले को होने से रोकने में विफल रहे थे और एक बार यह सामने आने के बाद इसकी ठीक से जाँच करने में भी विफल रहे थे।

इस घोटाले का भारतीय अर्थव्यवस्था और वित्तीय प्रणाली पर गहरा प्रभाव पड़ा। घोटाले के बाद बी.एस.ई. सेंसेक्स के मूल्य का लगभग 30 प्रतिशत खोने के कारण शेयर बाजार गंभीर रूप से प्रभावित हुआ। घोटाले में शामिल होने के परिणामस्वरूप कई बैंकों और वित्तीय संस्थानों को भी काफी नुकसान हुआ।

वर्ष 1992 में भारतीय प्रतिभूति और विनिमय बोर्ड (SEBI) की स्थापना सहित वित्तीय क्षेत्र में घोटाले के नतीजे के कारण कई सुधार हुए। सेबी (SEBI)

को प्रतिभूति बाजार को विनियमित करने और यह सुनिश्चित करने का काम सौंपा गया कि निवेशक धोखाधड़ी गतिविधियों से सुरक्षित रहें। सेबी की स्थापना भारतीय वित्तीय प्रणाली में विश्वास बहाल करने और पारदर्शिता एवं जवाबदेही में सुधार की दिशा में एक महत्त्वपूर्ण कदम था।

घोटाले के बाद जो सुधार शुरू किए गए थे, वे इन मुद्दों को हल करने की दिशा में आगे बढ़े हैं; लेकिन यह सुनिश्चित करने के लिए अभी भी बहुत काम किया जाना बाकी है कि भारतीय वित्तीय प्रणाली ईमानदारी और पारदर्शिता के साथ काम करे।

□

19

घोटाले में नियामकों की भूमिका

जैसा कि पूर्व कथ्य है, हर्षद मेहता घोटाले ने देश में नियामक प्रणाली की कमियों को भी उजागर किया। इस घोटाले में शेयर बाजार और बैंकिंग प्रणाली में हेर-फेर शामिल था और इससे निवेशकों एवं वित्तीय संस्थानों को व्यापक नुकसान हुआ।

उस समय वित्तीय क्षेत्र की देख-रेख के लिए जिम्मेदार नियामक निकाय भारतीय रिजर्व बैंक (आर.बी.आई.) और भारतीय प्रतिभूति और विनिमय बोर्ड (SEBI) थे। हालाँकि, ये दोनों निकाय घोटाले को होने से रोकने और एक बार सामने आने के बाद इसकी ठीक से जाँच करने के अपने कर्तव्यों में विफल पाए गए।

आर.बी.आई. बैंकिंग प्रणाली को विनियमित करने के लिए जिम्मेदार था और यह हर्षद मेहता तथा उनके सहयोगियों द्वारा किए गए बैंकिंग लेन-देन में अनियमितताओं का पता लगाने में विफल रहा था। मेहता ने कोई प्रतिभूति प्रदान किए बिना बैंकों से बड़ी रकम उधार लेने के लिए 'बैंक रसीद वित्त-पोषण' नामक एक विधि का उपयोग किया था। यह प्रथा उस समय अवैध नहीं थी, लेकिन मेहता ने इसका इस्तेमाल बैंकिंग प्रणाली में हेर-फेर करने और अपने स्वयं के उपयोग के लिए बड़ी रकम निकालने के लिए किया था।

आर.बी.आई. हर्षद मेहता और उसके सहयोगियों द्वारा किए गए अंतर-बैंक लेन-देन की निगरानी करने में भी विफल रहा था। इस लेन-देन का इस्तेमाल शेयर बाजार में हेर-फेर करने और कुछ शेयरों की कीमतों को बढ़ाने के लिए किया गया था। भारतीय स्टेट बैंक द्वारा इन अनियमितताओं के बारे में आर.बी.आई. को सतर्क

किया गया था, लेकिन वह उन्हें जारी रखने से रोकने के लिए कोई काररवाई करने में विफल रहा था।

दूसरी ओर, सेबी (SEBI) प्रतिभूति बाजार को विनियमित करने के लिए जिम्मेदार था और यह हो रहीं अनियमितताओं का पता लगाने में भी विफल रहा था। मेहता ने नकली बैंक रसीदों के उपयोग और फर्जी कंपनियों के निर्माण सहित शेयर बाजार में हेर-फेर करने के लिए कई तरह के हथकंडे अपनाए थे। इन रणनीतियों ने उसे कुछ शेयरों की कीमतों को कृत्रिम रूप से बढ़ाने का सामर्थ्य प्रदान किया।

सेबी (SEBI) बॉम्बे स्टॉक एक्सचेंज (बी.एस.ई.) द्वारा रिपोर्ट की गई अनियमितताओं की जाँच करने में भी विफल रहा था। बी.एस.ई. ने कुछ कंपनियों के शेयरों की कीमतों में हेर-फेर के लिए सेबी को सतर्क किया था, लेकिन सेबी उसे जारी रखने से रोकने के लिए कोई काररवाई करने में नाकाम रही थी।

जैसा कि तय था, घोटाले को होने से रोकने में नियामक निकायों की विफलता का भारतीय वित्तीय प्रणाली पर गहरा प्रभाव पड़ा। इस घोटाले ने निवेशकों को व्यापक नुकसान पहुँचाया और भारतीय वित्तीय क्षेत्र की प्रतिष्ठा को नुकसान पहुँचाया। इसने नियामक प्रणाली की कमियों को भी उजागर किया और मजबूत निरीक्षण तथा प्रवर्तन तंत्र की आवश्यकता पर प्रकाश डाला।

घोटाले के नतीजे से वित्तीय क्षेत्र में कई सुधार हुए, जिसमें एक स्वतंत्र नियामक के रूप में सेबी (SEBI) की स्थापना भी शामिल है। सेबी (SEBI) को प्रतिभूति बाजार को विनियमित करने तथा नियमों का उल्लंघन करने वालों की जाँच करने और दंडित करने की शक्ति दी गई। सेबी की स्थापना देश में नियामक ढाँचे में सुधार और भारतीय वित्तीय प्रणाली में विश्वास बहाल करने की दिशा में एक महत्त्वपूर्ण कदम बना।

हर्षद मेहता घोटाले के बाद जो सुधार शुरू किए गए थे, वे नियामक प्रणाली की कमियों को दूर करने की दिशा में आगे बढ़े हैं। हालाँकि, यह सुनिश्चित करने के लिए अभी भी बहुत काम किया जाना बाकी है कि नियामक निकाय अपने कर्तव्यों में प्रभावी हैं और वे वित्तीय क्षेत्र में धोखाधड़ी एवं कदाचार को रोक सकते हैं!

हर्षद मेहता घोटाले से कठोर सबक सीखने के बावजूद नियामक प्रणाली में अभी भी कई खामियाँ थीं, जिन्हें दूर करने की आवश्यकता थी। भारतीय प्रतिभूति और विनिमय बोर्ड (SEBI) ने घोटाले की प्रतिक्रिया में कई बदलाव लागू किए, जिसमें स्टॉक मार्केट लेन-देन पर नए नियम और ब्रोकरेज फर्मों व बैंकों की जाँच

में वृद्धि शामिल है। सेबी (SEBI) ने स्टॉक ब्रोकर्स के लिए कड़े नियम भी पेश किए और उल्लंघन के लिए कठोर दंड लगाया।

घोटाले के बाद लागू किए गए महत्त्वपूर्ण परिवर्तनों में से एक डिपॉजिटरी सिस्टम की शुरुआत थी, जिसमें शेयरों के भौतिक हस्तांतरण को एक इलेक्ट्रॉनिक प्रणाली से बदल दिया गया। यह सिस्टम शेयर बाजार में धोखाधड़ी और हेर-फेर के जोखिम को कम करने में मदद करता है। सेबी ने किसी भी अनियमितता या हेर-फेर के लिए शेयर बाजार की निगरानी के लिए एक 'व्यापक निगरानी प्रणाली' भी स्थापित की है।

इसके अलावा, सेबी (SEBI) ने कंपनियों के लिए किसी भी इनसाइडर ट्रेडिंग या मूल्य-संवेदनशील जानकारी को तुरंत रिपोर्ट करना अनिवार्य कर दिया। अतीत में, कंपनियाँ इस तरह की जानकारी की रिपोर्टिंग में देरी कर सकती थीं, जिससे अंदरूनी लोगों और जनता को इसके बारे में पता चलने की जानकारी से लाभ मिल सके। इन नए नियमों के साथ अब इनसाइडर ट्रेडिंग से संबंधित किसी भी अवैध गतिविधि के लिए कंपनियों और व्यक्तियों को जवाबदेह ठहराया जाता है।

सेबी (SEBI) ने नैतिक व्यवहार को बढ़ावा देने और हितों के टकराव को रोकने के लिए दलालों, मर्चेंट बैंकरों और पोर्टफोलियो प्रबंधकों सहित सभी बाजार मध्यस्थों के लिए एक आचार-संहिता भी स्थापित की है। ये नियम यह सुनिश्चित करने में मदद करते हैं कि ये बिचौलिए अपने स्वयं के हितों को साधने के बजाय अपने ग्राहकों और समग्र रूप से बाजार के सर्वोत्तम हित में कार्य करें।

ऐसे घोटालों को रोकने में नियामकों की भूमिका को कम करके नहीं आँका जा सकता है। नियामक निकाय वित्तीय बाजारों की अखंडता सुनिश्चित करने और धोखाधड़ी एवं कदाचार को रोकने में महत्त्वपूर्ण भूमिका निभाते हैं। हालाँकि, नियामकों के लिए सतर्क रहना और नई चुनौतियों तथा बदलते बाजार की गतिशीलता के लिए लगातार अनुकूल होना भी आवश्यक है। जैसा कि हर्षद मेहता घोटाले के साथ देखा गया है, विनियामक ढाँचा जल्द ही पुराना और अप्रभावी हो सकता है, जिससे धोखेबाज खामियों का फायदा उठा सकते हैं।

इसके अलावा, नियामकों के पास अपनी जिम्मेदारियों को प्रभावी ढंग से निभाने के लिए आवश्यक संसाधन और शक्तियाँ होनी चाहिए। उनके पास अपराधियों की जाँच करने और उन पर मुकदमा चलाने का अधिकार होना चाहिए तथा भविष्य के गलत कामों को रोकने के लिए कठोर दंड देने की क्षमता होनी चाहिए। इसके

अलावा, नियामकों के लिए राजनीतिक हस्तक्षेप से मुक्त अपनी स्वतंत्रता और स्वायत्तता बनाए रखना महत्त्वपूर्ण है, ताकि यह सुनिश्चित किया जा सके कि वे बिना किसी बाहरी दबाव के अपने कर्तव्यों का पालन कर सकें।

इन परिवर्तनों ने वित्तीय बाजारों की अखंडता को मजबूत करने में मदद की; लेकिन यह सुनिश्चित करने के लिए अभी भी बहुत काम किया जाना बाकी है कि ऐसे घोटाले दोबारा न हों। धोखेबाजों से एक कदम आगे रहने के लिए नियामकों को सतर्क रहना चाहिए और बदलते बाजार की गतिशीलता के अनुकूल होना चाहिए। इसके अतिरिक्त, नियामकों के लिए यह आवश्यक है कि वे राजनीतिक हस्तक्षेप से मुक्त अपनी स्वतंत्रता और स्वायत्तता बनाए रखें।

□

20

पत्रकारों की भूमिका

हर्षद मेहता एक प्रमुख भारतीय स्टॉक ब्रोकर और ट्रेडर था, जो वर्ष 1992 के भारतीय प्रतिभूति घोटाले में अपनी भूमिका के लिए कुख्यात है। इस अध्याय में हम हर्षद मेहता घोटाले में पत्रकारों की भूमिका पर चर्चा करेंगे कि कैसे उनकी जाँच और रिपोर्टिंग ने घोटाले को उजागर करने में मदद की!

वित्तीय घोटालों और भ्रष्टाचार को उजागर करने में पत्रकारों की भी भूमिका महत्त्वपूर्ण है। वे जनता को सूचित करने और जवाबदेही ठहराने में महत्त्वपूर्ण भूमिका निभाते हैं। हर्षद मेहता घोटाले के मामले में पत्रकारों ने भारतीय शेयर बाजार में भ्रष्टाचार और धोखाधड़ी को उजागर करने में महत्त्वपूर्ण भूमिका निभाई। घोटाले की सूचना सबसे पहले सुचेता दलाल नाम की एक वित्तीय पत्रकार ने दी थी, जो उस समय 'द टाइम्स ऑफ इंडिया' के साथ काम कर रही थीं।

सुचेता दलाल की जाँच तब शुरू हुई, जब उन्हें एक बैंक कर्मचारी से एक बैंक खाते से दूसरे बैंक खाते में एक बड़ी रकम ट्रांसफर होने की सूचना मिली। उन्होंने पैसे की ट्रेल का पीछा किया और पता चला कि यह हर्षद मेहता से जुड़ा था। सुचेता दलाल ने गहरी विवेचना शुरू की और पाया कि हर्षद मेहता शेयर बाजार में हेर-फेर करने के लिए अवैध तरीकों का इस्तेमाल कर रहा था। उन्होंने घोटाले पर लेखों की एक शृंखला लिखी, जो अप्रैल 1992 में 'द टाइम्स ऑफ इंडिया' में क्रमशः प्रकाशित हुई।

सुचेता दलाल के लेखों से लोगों में आक्रोश फैल गया और सरकार को इस मामले की जाँच करने के लिए मजबूर होना पड़ा। भारतीय प्रतिभूति और विनिमय बोर्ड (SEBI) ने घोटाले की जाँच शुरू की और अंततः हर्षद मेहता को गिरफ्तार

कर लिया गया। दलाल की रिपोर्टिंग ने न केवल घोटाले को उजागर किया, बल्कि सरकार को इसमें शामिल लोगों के खिलाफ कारखाई करने में भी मदद की।

दलाल की जाँच जोखिम से भरी थी। उन्हें हर्षद मेहता सहित घोटाले में शामिल लोगों से धमकियों और चेतावनियों का सामना करना पड़ा। हालाँकि, वह अप्रभावित रहीं और उन्होंने अपनी जाँच जारी रखी। उनकी रिपोर्टिंग पत्रकारिता की शक्ति एवं भ्रष्टाचार और धोखाधड़ी को उजागर करने में खोजी पत्रकारिता के महत्त्व का एक अभिलेख बनी।

सुचेता दलाल के अलावा और भी कई पत्रकार थे, जिन्होंने हर्षद मेहता घोटाले का पर्दाफाश करने में अहम भूमिका निभाई थी। तमल बंद्योपाध्याय, जो उस समय 'बिजनेस स्टैंडर्ड' के साथ काम कर रहे थे, ने घोटाले पर एक पुस्तक लिखी, जिसका शीर्षक था—'द स्कैम : फ्रॉम हर्षद मेहता टू केतन पारेख' पुस्तक ने घोटाले और भारतीय शेयर बाजार पर इसके प्रभाव का गहन विश्लेषण प्रदान किया।

एक अन्य पत्रकार सुचेता अरोड़ा, जो 'दि इकोनॉमिक टाइम्स' के साथ काम कर रही थीं, ने भी घोटाले को उजागर करने में महत्त्वपूर्ण भूमिका निभाई। उन्होंने घोटाले और भारत में बैंकिंग प्रणाली पर इसके प्रभाव पर कई लेख लिखे। उनकी रिपोर्टिंग ने बैंकिंग प्रणाली और शेयर बाजार के बीच साँठ-गाँठ को उजागर करने में मदद की।

दलाल, बंद्योपाध्याय और अरोड़ा जैसे पत्रकारों की रिपोर्टिंग ने हर्षद मेहता घोटाले को उजागर करने और जवाबदेह ठहराने में महत्त्वपूर्ण भूमिका निभाई। उनकी रिपोर्टिंग ने घोटाले और भारतीय वित्तीय प्रणाली पर इसके प्रभाव के बारे में जन-जागरूकता पैदा करने में मदद की। उनके काम ने वित्तीय क्षेत्र में मजबूत नियमों और निरीक्षण की आवश्यकता पर भी प्रकाश डाला।

उनकी रिपोर्टिंग ने न केवल भारतीय शेयर बाजार में भ्रष्टाचार और धोखाधड़ी को उजागर किया, बल्कि सरकार को इसमें शामिल लोगों के खिलाफ कारखाई करने में भी मदद की। हर्षद मेहता घोटाला भ्रष्टाचार को उजागर करने और जवाबदेह ठहराने में खोजी पत्रकारिता के महत्त्व की याद दिलाता है। सुचेता दलाल, तमल बंद्योपाध्याय और सुचेता अरोड़ा जैसे पत्रकारों के काम की प्रशंसा की जानी चाहिए और भारतीय पत्रकारिता एवं समाज में उनके योगदान के लिए उन्हें मान्यता दी जानी चाहिए।

□

21

स्टॉक मार्केट घोटालों का मनोविज्ञान

स्टॉक मार्केट घोटालों का मनोविज्ञान एक जटिल और आकर्षक विषय है। यह एक ऐसा क्षेत्र है, जिसका अध्ययन मनोवैज्ञानिकों, अर्थशास्त्रियों और वित्तीय विशेषज्ञों द्वारा समान रूप से किया गया है। वर्ष 1992 का हर्षद मेहता घोटाला इस बात का एक उत्कृष्ट उदाहरण है कि कैसे मानव मनोविज्ञान शेयर बाजार के घोटालों में महत्त्वपूर्ण भूमिका निभा सकता है!

स्टॉक मार्केट घोटाले आमतौर पर ऐसे व्यक्तियों या समूहों द्वारा किए जाते हैं, जिन्हें वित्तीय प्रणाली और यह कैसे काम करती है, इसकी गहरी समझ होती है। इन व्यक्तियों के पास अकसर उच्च स्तरीय वित्तीय बुद्धि होती है और वे अपने लाभ के लिए सिस्टम में हेर-फेर करने में माहिर होते हैं। हालाँकि, स्टॉक मार्केट घोटाले की सफलता इसमें शामिल लोगों के मनोविज्ञान पर भी निर्भर करती है।

स्टॉक मार्केट घोटालों के प्रमुख तत्त्वों में से एक लालच की अवधारणा है। लालच एक शक्तिशाली प्रेरक है और यह अकसर लोगों को तर्कहीन निर्णय लेने के लिए प्रेरित करता है। हर्षद मेहता घोटाले के मामले में, निवेशकों को त्वरित और पर्याप्त रिटर्न का लालच दिया गया था। मेहता, जो एक करिश्माई व्यक्तित्व था, निवेशकों को यह विश्वास दिलाने में सक्षम था कि उसकी अंदरूनी जानकारी तक पहुँच थी और वह अपने वादों को पूरा कर सकता था।

एक अन्य मनोवैज्ञानिक कारक, जो स्टॉक मार्केट घोटालों में महत्त्वपूर्ण भूमिका निभाता है, वह डर है। खो जाने का डर, पैसा खोने का डर और पीछे रह जाने का डर—ये सभी आम डर हैं, जो निवेशकों को अनुभव होते हैं। स्कैमर्स अकसर इन आशंकाओं का उपयोग निवेशकों को ऐसे निर्णय लेने में हेर-फेर करने

के लिए करते हैं, जो उनके सर्वोत्तम हित में नहीं हैं।

हर्षद मेहता घोटाले के मामले में डर ने शेयर बाजार में हेर-फेर करने में महत्त्वपूर्ण भूमिका निभाई। मेहता स्टॉक की कीमतों को बढ़ाने के लिए अपने प्रभाव का उपयोग करके बाजार में खलबली मचाने में सक्षम था। निवेशक जल्दी लाभ कमाने के अवसर से चूकने से डरते थे और बढ़ी हुई कीमतों पर स्टॉक खरीदने को तैयार थे। इससे बाजार में एक बुलबुला बन गया, जो अंततः फट गया, जिससे निवेशकों को भारी नुकसान हुआ।

एक और मनोवैज्ञानिक कारक, जो अकसर स्टॉक मार्केट घोटालों में खेलता है, वह अति आत्मविश्वास है। अति आत्मविश्वास किसी की क्षमताओं और किसी विशेष निवेश में शामिल जोखिमों को कम आँकने की प्रवृत्ति है। हर्षद मेहता घोटाले के मामले में, निवेशकों को शेयर बाजार में पैसा बनाने की अपनी क्षमता पर अति विश्वास था। उनका मानना था कि वे सिस्टम को मात दे सकते हैं और उनके पास अंदरूनी जानकारी तक पहुँच है, जो उन्हें अन्य निवेशकों पर बढ़त देगी।

हर्षद मेहता को खुद शेयर बाजार में हेर-फेर करने की अपनी क्षमता पर बहुत भरोसा था। उसका मानना था कि वह बाजार को नियंत्रित कर सकता है और वह अजेय था। यही अति आत्मविश्वास उसके पतन का कारण बना, क्योंकि उसने जोखिम भरा निवेश किया, जो अंततः उलटा पड़ गया।

एक और मनोवैज्ञानिक कारक, जो अकसर स्टॉक मार्केट घोटालों में खेलता है, वह सामूहिक मानसिकता है। सामूहिक मानसिकता भीड़ का अनुसरण करने और दूसरों के कार्यों के आधार पर निर्णय लेने की प्रवृत्ति है। हर्षद मेहता घोटाले के मामले में निवेशक बाजार में पैसा बनाने वाले अन्य निवेशकों का अनुसरण कर रहे थे। इसने एक मजबूत चक्र का नेतृत्व किया, जहाँ निवेशकों ने फुलाई हुए कीमतों पर स्टॉक खरीदना जारी रखा, जिससे बाजार और भी ऊँचा हो गया।

समूह की मानसिकता ने बाजार में गिरावट आने पर घबराहट लाने में भी भूमिका निभाई। निवेशकों को पीछे छूट जाने का डर सता रहा था और घबराहट में उन्होंने अपने शेयर्स बेच दिए, जिससे बाजार में और गिरावट आई।

अंत में, स्टॉक मार्केट घोटालों का मनोविज्ञान एक महत्त्वपूर्ण कारक है, जिसे निवेशकों और वित्तीय नियामकों द्वारा अनदेखा नहीं किया जाना चाहिए। लालच, भय, अति आत्मविश्वास और सामूहिक मानसिकता—सभी मनोवैज्ञानिक कारक हैं, जो शेयर बाजार में हेर-फेर में महत्त्वपूर्ण भूमिका निभा सकते हैं। हर्षद मेहता

घोटाला इस बात का एक बड़ा उदाहरण है कि कैसे मानव मनोविज्ञान का उपयोग वित्तीय बाजारों में हेर-फेर करने के लिए किया जा सकता है, जिससे निवेशकों को महत्त्वपूर्ण नुकसान हो सकता है! भविष्य में इस तरह के घोटालों को रोकने के लिए निवेशकों को शेयर बाजार में शामिल जोखिमों के बारे में शिक्षित करना और अच्छी तरह से विनियमित वित्तीय प्रणाली स्थापित करना आवश्यक है। शेयर बाजार में घोटालों की ओर ले जाने वाले मनोवैज्ञानिक कारकों से अवगत होकर निवेशक सोच-समझकर निर्णय ले सकते हैं और वित्तीय धोखाधड़ी का शिकार होने से बच सकते हैं।

□

22

हर्षद मेहता की विरासत

हर्षद मेहता की विरासत एक जटिल घटक है, जो सकारात्मक और नकारात्मक दोनों पहलुओं से भरा हुआ है। मेहता एक स्व-निर्मित व्यक्ति था, जो विनम्र शुरुआत से उठकर भारत के सबसे सफल स्टॉक ब्रोकर्स में से एक बन गया। वह अपने करिश्माई व्यक्तित्व, अपने वित्तीय कौशल और शेयर बाजार में हेर-फेर करने की क्षमता के लिए जाना जाता था। हालाँकि, उसकी विरासत को वर्ष 1992 के कुख्यात प्रतिभूति घोटाले ने भी प्रभावित किया, जिसने भारतीय वित्तीय प्रणाली को हिलाकर रख दिया और यह उसके पतन का कारण बना।

हर्षद मेहता की सबसे महत्त्वपूर्ण विरासतों में से एक भारतीय वित्तीय प्रणाली पर उसका प्रभाव है। मेहता भारतीय शेयर बाजार में अग्रणी था और उसने कई नवीन वित्तीय साधनों को पेश किया; जैसे तैयार वायदा सौदे, जिसका पहले उपयोग नहीं किया गया था। उसने बॉम्बे स्टॉक एक्सचेंज (बी.एस.ई.) के विकास में भी महत्त्वपूर्ण भूमिका निभाई और इसे एशिया के सबसे महत्त्वपूर्ण स्टॉक एक्सचेंजों में से एक में बदलने में महत्त्वपूर्ण भूमिका निभाई।

भारतीय वित्तीय प्रणाली पर मेहता का प्रभाव आज भी महसूस किया जाता है। उसके द्वारा पेश किए गए कई वित्तीय साधन, जैसे तैयार वायदा सौदे, भारतीय शेयर बाजार में उपयोग किए जाते हैं। उसकी विरासत ने निवेशकों एवं उद्यमियों की एक नई पीढ़ी को भी प्रेरित किया है, जो उसके नक्शे-कदम पर चलना चाहते हैं और वित्तीय दुनिया में अपना नाम बनाना चाहते हैं।

हालाँकि, हर्षद मेहता की विरासत वर्ष 1992 के प्रतिभूति घोटाले से भी कलंकित हुई, जिसका भारतीय वित्तीय प्रणाली पर महत्त्वपूर्ण प्रभाव पड़ा। इस

घोटाले में मेहता और सहयोगियों का एक समूह शामिल था, जिन्होंने धोखाधड़ी वाली बैंक रसीदों का उपयोग करके शेयर बाजार में हेर-फेर किया था। इस घोटाले के कारण स्टॉक मार्केट क्रैश हो गया, जिसके परिणामस्वरूप निवेशकों को काफी नुकसान हुआ और भारतीय वित्तीय प्रणाली में विश्वास का नुकसान हुआ।

वर्ष 1992 के प्रतिभूति घोटाले के दूरगामी परिणाम हुए और इसका प्रभाव आज भी महसूस किया जाता है। इस घोटाले ने भारतीय वित्तीय प्रणाली में जाँच और सुधारों की एक शृंखला को जन्म दिया, जिसका उद्देश्य भविष्य में इसी तरह की घटनाओं को होने से रोकना था। इसने भारतीय प्रतिभूति और विनिमय बोर्ड (SEBI) का निर्माण भी किया, जो भारत में प्रतिभूति बाजार को विनियमित करने के लिए जिम्मेदार है।

हर्षद मेहता की विरासत का एक अन्य पहलू भारत में शेयर बाजार की धारणा को बदलने में निभाई गई भूमिका है। मेहता ने निवेशकों एवं उद्यमियों की एक नई पीढ़ी को प्रेरित किया, जिन्होंने शेयर बाजार को धन बनाने और सफलता प्राप्त करने के तरीके के रूप में देखा।

शेयर बाजार में मेहता की सफलता ने इस धारणा को भी चुनौती दी कि केवल अभिजात वर्ग और विशेषाधिकार प्राप्त लोग ही वित्तीय दुनिया में सफल हो सकते हैं। उसने साबित कर दिया कि कड़ी मेहनत, समर्पण और वित्तीय प्रणाली की अच्छी समझ से कोई भी शेयर बाजार में सफलता हासिल कर सकता है।

हालाँकि, मेहता की विरासत लालच के खतरों और नैतिक व्यावसायिक प्रथाओं के महत्त्व की एक सतर्क कहानी भी है। वर्ष 1992 का प्रतिभूति घोटाला इस बात का स्पष्ट उदाहरण था कि कैसे लालच और नैतिक मानकों की कमी वित्तीय धोखाधड़ी एवं हेर-फेर का कारण बन सकती है! मेहता का पतन एक अनुस्मारक के रूप में कार्य करता है कि वित्तीय दुनिया में सफलता नैतिक मानकों की कीमत पर हासिल नहीं की जानी चाहिए और धन का लालच व्यवसाय का एकमात्र लक्ष्य नहीं होना चाहिए।

निष्कर्षतः, हर्षद मेहता की विरासत उसके जीवन और कार्य के सकारात्मक और नकारात्मक दोनों पहलुओं को दरशाती है। भारतीय वित्तीय प्रणाली पर उसका प्रभाव आज भी महसूस किया जा सकता है, क्योंकि वह शेयर बाजार में अग्रणी था और उसने कई नवीन वित्तीय साधनों की शुरुआत की। उसकी सफलता ने शेयर बाजार की पारंपरिक धारणाओं को चुनौती दी और भारत में निवेशकों एवं उद्यमियों

की एक नई पीढ़ी को प्रेरित किया। हालाँकि, वर्ष 1992 का कुख्यात प्रतिभूति घोटाला, जिसके कारण उसका पतन हुआ, लालच के खतरों और व्यापार में नैतिक मानकों के महत्त्व की एक कलंकित कहानी के रूप में भी काम करता है। मेहता की विरासत भारतीय वित्तीय प्रणाली को प्रभावित करना जारी रखती है और वित्तीय उद्योग में पारदर्शिता एवं नैतिक प्रथाओं की आवश्यकता की याद दिलाती है।

□

23

घोटाले के सबक

हर्षद मेहता घोटाले से सीखे गए सबसे महत्त्वपूर्ण सबकों में से एक वित्तीय उद्योग में पारदर्शिता का महत्त्व है। घोटाला भारतीय वित्तीय प्रणाली में पारदर्शिता की कमी के कारण संभव हुआ, जिसने हर्षद मेहता और उसके सहयोगियों को फर्जी बैंक रसीदों का उपयोग करके शेयर बाजार में हेर-फेर करने की अनुमति दी। घोटाले ने वित्तीय प्रणाली में अधिक पारदर्शिता की आवश्यकता को उजागर किया और भारतीय प्रतिभूति और विनिमय बोर्ड (SEBI) के निर्माण का नेतृत्व किया, जो भारत में प्रतिभूति बाजार को विनियमित करने के लिए जिम्मेदार है।

सेबी (SEBI) का निर्माण भारतीय वित्तीय प्रणाली में पारदर्शिता में सुधार की दिशा में एक महत्त्वपूर्ण कदम था। सेबी (SEBI) भारत में प्रतिभूति बाजार को विनियमित करने, निष्पक्ष प्रथाओं को सुनिश्चित करने और निवेशकों के हितों की रक्षा करने के लिए जिम्मेदार है। इसकी स्थापना भारतीय वित्तीय प्रणाली की विश्वसनीयता में सुधार लाने और बाजार में निवेशकों के विश्वास को बहाल करने में सहायक रही है।

हर्षद मेहता घोटाले से सीखा एक और सबक वित्तीय उद्योग में उचित विनियमन का महत्त्व है। घोटाले ने वित्तीय उद्योग में धोखाधड़ी गतिविधियों को रोकने और निवेशकों की सुरक्षा के लिए मजबूत नियामक निरीक्षण की आवश्यकता पर प्रकाश डाला। सेबी (SEBI) की स्थापना यह सुनिश्चित करने के लिए एक महत्त्वपूर्ण कदम था कि भारतीय वित्तीय प्रणाली को ठीक से विनियमित किया जाता है तथा धोखाधड़ी गतिविधियों का पता लगाया जाता है और उन्हें रोका जा सकता है।

हर्षद मेहता कांड ने तकनीकी प्रगति को अपनाने के लिए भारतीय वित्तीय

प्रणाली की आवश्यकता पर भी प्रकाश डाला। घोटाला भारतीय वित्तीय प्रणाली में तकनीकी बुनियादी ढाँचे की कमी के कारण संभव हुआ। हर्षद मेहता और उसके सहयोगी कागज आधारित लेन-देन का उपयोग करके शेयर बाजार में हेर-फेर करने में सक्षम थे, जिन्हें ट्रैक करना और निगरानी करना मुश्किल था।

भारतीय वित्तीय प्रणाली में प्रौद्योगिकी की शुरुआत पारदर्शिता और दक्षता में सुधार की दिशा में एक महत्त्वपूर्ण कदम है। ऑनलाइन ट्रेडिंग प्लेटफॉर्म की शुरुआत और इलेक्ट्रॉनिक सेटलमेंट सिस्टम को अपनाने से लेन-देन को ट्रैक करना एवं निगरानी करना आसान हो गया है, जिससे धोखाधड़ी की गतिविधियों को अंजाम देना मुश्किल हो गया है।

हर्षद मेहता कांड से सीखा गया एक और सबक व्यापार में नैतिक मानकों का महत्त्व है। घोटाला इस बात का स्पष्ट उदाहरण था कि कैसे लालच और नैतिक मानकों की कमी वित्तीय धोखाधड़ी एवं हेर-फेर का कारण बन सकती है! घोटाले ने व्यवसायों को ईमानदारी व नैतिक मानकों के साथ काम करने की आवश्यकता को उजागर किया और नैतिकता की कीमत पर मुनाफे को प्राथमिकता नहीं दी।

हर्षद मेहता कांड ने निवेशक शिक्षा के महत्त्व को भी उजागर किया। घोटाला संभव था, क्योंकि कई निवेशकों को वित्तीय प्रणाली के ज्ञान और समझ की कमी थी और मेहता एवं उसके सहयोगियों द्वारा उसमें आसानी से हेर-फेर कर लिया गया था। इस स्कैंडल ने अधिक निवेशक शिक्षा व जागरूकता की आवश्यकता को उजागर किया, ताकि निवेशकों को सूचित निर्णय लेने के लिए ज्ञान एवं उपकरणों के साथ सशक्त बनाया जा सके और खुद को धोखाधड़ी की गतिविधियों से बचाया जा सके।

कुल मिलाकर, वर्ष 1992 का 'हर्षद मेहता प्रतिभूति घोटाला' भारतीय वित्तीय प्रणाली के इतिहास में एक महत्त्वपूर्ण क्षण था। घोटाले ने भारतीय वित्तीय प्रणाली में कई खामियों को उजागर किया और सेबी (SEBI) के निर्माण का नेतृत्व किया, जो भारत में प्रतिभूति बाजार को विनियमित करने के लिए जिम्मेदार है। घोटाले ने वित्तीय उद्योग में पारदर्शिता, उचित विनियमन और नैतिक मानकों के महत्त्व पर प्रकाश डाला। इसने तकनीकी प्रगति को अपनाने और निवेशक शिक्षा में सुधार के लिए भारतीय वित्तीय प्रणाली की आवश्यकता पर भी जोर दिया। हर्षद मेहता घोटाले से सीखे गए सबक आज भी भारतीय वित्तीय प्रणाली को आकार दे रहे हैं और वित्तीय उद्योग में पारदर्शिता, अखंडता तथा नैतिक मानकों की आवश्यकता की याद दिलाते हैं।

वित्त जगत् पर हर्षद मेहता का प्रभाव

हर्षद मेहता भारतीय वित्तीय प्रणाली में एक प्रमुख व्यक्ति था और उद्योग पर उसका प्रभाव आज भी महसूस किया जाता है। उसके पतन और वर्ष 1992 के कुख्यात प्रतिभूति घोटाले के बावजूद भारतीय वित्तीय प्रणाली पर उसका प्रभाव निर्विवाद है।

हर्षद मेहता भारतीय शेयर बाजार में अग्रणी था और उसके काम का उद्योग पर महत्त्वपूर्ण प्रभाव पड़ा। वह अपने नवोन्मेषी वित्तीय साधनों, जैसे रेडी फॉरवर्ड सौदों और इंडेक्स-आधारित ट्रेडिंग की शुरुआत के लिए जाना जाता था। मेहता द्वारा भारतीय वित्तीय प्रणाली में आर.एफ. सौदों की शुरुआत ने बाजार में क्रांति ला दी और निवेशकों का एक नया वर्ग बनाने में मदद की।

स्टॉक मार्केट में मेहता के काम ने उद्योग की पारंपरिक धारणाओं को चुनौती दी और भारत में निवेशकों एवं उद्यमियों की एक नई पीढ़ी को प्रेरित किया। उसकी सफलता ने प्रदर्शित किया कि शेयर बाजार सिर्फ अमीरों के लिए नहीं था, बल्कि कोई भी व्यक्ति निवेश कर सकता था और बाजार में सफल हो सकता था।

भारतीय वित्तीय प्रणाली पर मेहता का प्रभाव शेयर बाजार तक ही सीमित नहीं है, बल्कि भारत में बैंकिंग उद्योग पर भी उसका महत्त्वपूर्ण प्रभाव पड़ा। बैंकिंग उद्योग में मेहता के काम ने कई नए वित्तीय उत्पादों की शुरुआत की, जैसे—इंटरबैंक कॉल मनी, वाणिज्यिक पत्र और जमा प्रमाण-पत्र। इन वित्तीय उत्पादों ने भारत में एक अधिक मजबूत बैंकिंग प्रणाली बनाने में मदद की और व्यवसायों और व्यक्तियों के लिए ऋण की उपलब्धता में सुधार किया।

भारतीय वित्तीय प्रणाली पर हर्षद मेहता का प्रभाव वर्ष 1992 के प्रतिभूति घोटाले के बाद से हुए परिवर्तनों में भी परिलक्षित होता है। इस घोटाले ने भारतीय वित्तीय प्रणाली में कई खामियों को उजागर किया और मेहता के पतन के कारण उद्योग में कई महत्त्वपूर्ण सुधार हुए। सेबी (SEBI) की स्थापना और इलेक्ट्रॉनिक ट्रेडिंग प्लेटफॉर्म एवं सेटलमेंट सिस्टम की शुरुआत स्कैंडल के बाद हुए बदलावों के कुछ उदाहरण हैं।

मेहता की विरासत आज भी भारतीय वित्तीय प्रणाली को प्रभावित करती है। उसके अभिनव विचारों और उद्योग में योगदान ने भारतीय वित्तीय प्रणाली में नई प्रगति तथा अवसरों का मार्ग प्रशस्त किया है। मेहता की विरासत वित्तीय उद्योग में पारदर्शिता, नैतिक मानकों और उचित विनियमन की आवश्यकता की याद दिलाती है।

हालाँकि, यह ध्यान रखना महत्त्वपूर्ण है कि भारतीय वित्तीय प्रणाली पर हर्षद मेहता का प्रभाव पूरी तरह से सकारात्मक नहीं है। वर्ष 1992 के प्रतिभूति घोटाले ने लालच के खतरों और उद्योग में नैतिक मानकों के महत्त्व को उजागर किया। मेहता का पतन कपटपूर्ण गतिविधियों के परिणामों और उद्योग में उचित विनियमन की आवश्यकता की एक कलुषित कहानी के रूप में कार्य करता है। मेहता का पतन और वर्ष 1992 का प्रतिभूति घोटाला लालच के खतरों और वित्तीय उद्योग में पारदर्शिता, नैतिक मानकों एवं उचित विनियमन की आवश्यकता की याद दिलाता है।

□

24

निवेशक, जिन्होंने सबकुछ खो दिया!

वर्ष 1992 के प्रतिभूति घोटाले ने भारतीय शेयर बाजार को धराशायी कर दिया और हजारों निवेशकों की बचत को चाट लिया। घोटाले, जिसमें ब्रोकर्स और ट्रेडर्स द्वारा शेयर की कीमतों में हेर-फेर शामिल था, के परिणामस्वरूप उन निवेशकों को भारी नुकसान हुआ, जिन्होंने शेयर बाजार में अपना विश्वास बनाए रखा था। इस अध्याय में हम उन निवेशकों की कहानियों का पता लगाएँगे, जिन्होंने हर्षद मेहता घोटाले में अपना सबकुछ खो दिया।

कई निवेशकों ने जल्दी लाभ कमाने की उम्मीद में अपनी सारी बचत शेयर बाजार में लगा दी थी। स्टॉक्स की बढ़ती कीमतों और उच्च रिटर्न के वादे से उन्हें प्रोत्साहन किया। हालाँकि, ब्रोकर्स और ट्रेडर्स द्वारा स्टॉक्स की कीमतों में हेर-फेर करने से शेयर बाजार में भारी गिरावट आई और कई निवेशकों ने सबकुछ खो दिया।

ऐसे ही एक निवेशक थे राकेश शर्मा, जिन्होंने अपनी जीवन भर की कमाई शेयर बाजार में लगा दी थी। शर्मा ने 1980 के दशक में बाजार में निवेश करना शुरू किया था और 1990 के दशक की शुरुआत में तेजी के बाजार में अपना भाग्य बनाया था। हालाँकि, वर्ष 1992 के प्रतिभूति घोटाले के बाद हुई दुर्घटना में उन्होंने सबकुछ खो दिया। राकेश शर्मा की कहानी अनोखी नहीं है, क्योंकि उनके जैसे हजारों निवेशकों ने घोटाले में अपना सबकुछ खो दिया था।

सीमा देसाई एक अन्य निवेशक थीं, जिन्होंने हर्षद मेहता घोटाले में सबकुछ खो दिया था। देसाई ने अपने परिवार के लिए बेहतर भविष्य प्रदान करने की आशा के साथ शेयर बाजार में निवेश किया था। हालाँकि, शेयर बाजार

के पतन ने उनकी बचत को मिटा दिया और उनके पास कुछ भी नहीं बचा। देसाई की कहानी एक सामान्य कहानी है, क्योंकि कई निवेशकों ने अपने और अपने परिवार के लिए बेहतर भविष्य प्रदान करने की आशा के साथ बाजार में निवेश किया था।

घोटाले का प्रभाव व्यक्तिगत निवेशकों तक ही सीमित नहीं था। शेयर बाजार की गिरावट से कई कारोबार भी प्रभावित हुए। जिन छोटे व्यवसायों ने बाजार में निवेश किया था, उन्होंने सबकुछ खो दिया, जिससे कई व्यवसाय बंद हो गए और हजारों नौकरियों का नुकसान हुआ।

हर्षद मेहता घोटाले में अपना सबकुछ गँवाने वाले निवेशकों की कहानियाँ शेयर बाजार में निवेश के खतरों की याद दिलाती हैं। जबकि शेयर बाजार उच्च रिटर्न प्रदान कर सकता है, यह एक जोखिम भरा निवेश भी है और निवेशकों को इसमें शामिल जोखिमों के बारे में पता होना चाहिए।

हर्षद मेहता घोटाले का असर आज भी महसूस किया जाता है, क्योंकि कई निवेशक शेयर बाजार में निवेश करने से सावधान रहते हैं। बाजार के पतन और बचत के नुकसान ने वित्तीय प्रणाली में विश्वास की कमी तथा शेयर बाजार में निवेश करने की अनिच्छा को जन्म दिया है।

निष्कर्ष के तौर पर, हर्षद मेहता घोटाले ने भारतीय शेयर बाजार को धराशायी कर दिया और हजारों निवेशकों की बचत को मिटा दिया। निवेशकों की कहानियाँ, जिन्होंने सबकुछ खो दिया, शेयर बाजार में निवेश के खतरों और वित्तीय उद्योग में बेहतर विनियमन एवं पारदर्शिता की आवश्यकता की याद दिलाती हैं। घोटाले का प्रभाव आज भी महसूस किया जाता है, क्योंकि कई निवेशक बाजार में निवेश करने से सावधान रहते हैं और निवेशकों को वित्तीय प्रणाली में विश्वास हासिल करने में समय लगेगा।

निवेशक, जो बाल-बाल बचे

वर्ष 1992 के प्रतिभूति घोटाले की अराजकता और उथल-पुथल के बीच कुछ बचे हुए लोग थे, जो तूफान का सामना करने में कामयाब रहे और अपेक्षाकृत पूर्ण रूप से उभरे।

हर्षद मेहता घोटाले के सबसे प्रमुख बचे लोगों में से एक राकेश झुनझुनवाला थे, जो बाद में एक प्रसिद्ध निवेशक और अरबपति बने। झुनझुनवाला ने 1990

के दशक के दौरान शेयर बाजार में भारी निवेश किया था; लेकिन वह बाजार के पतन से बचने में कामयाब रहे और भारत में सबसे सफल निवेशकों में से एक के रूप में उभरे। झुनझुनवाला की सफलता का श्रेय निवेश के लिए उनकी गहरी नजर और बाजार में अवसरों को पहचानने की उनकी क्षमता को दिया जा सकता है।

हर्षद मेहता घोटाले के एक अन्य उत्तरजीवी राधाकिशन दमानी थे, जो अब लोकप्रिय खुदरा शृंखला 'डीमार्ट' के संस्थापक हैं। दमानी ने 1990 के दशक के दौरान शेयर बाजार में भारी निवेश किया था; लेकिन वह बाजार के पतन से बचने में कामयाब रहे और अपने मुनाफे का इस्तेमाल अपना खुद का व्यवसाय शुरू करने के लिए किया। आज 'डीमार्ट' भारत में सबसे सफल खुदरा शृंखलाओं में से एक है, जिसके देश भर में 200 से अधिक स्टोर हैं।

उत्तरजीविता और सफलता की ये कहानियाँ दरशाती हैं कि कठिन-से-कठिन परिस्थितियों से भी पार पाना संभव है। हर्षद मेहता घोटाले के बचे लोग अराजकता से उभरने में सक्षम थे और अपने लक्ष्यों पर ध्यान केंद्रित करके तथा कड़ी मेहनत जारी रखते हुए अपने जीवन का पुनर्निर्माण कर पाए।

हालाँकि, यह ध्यान रखना महत्त्वपूर्ण है कि हर्षद मेहता घोटाले के बचे लोग नियम के बजाय अपवाद थे। अधिकांश निवेशक शेयर बाजार के पतन से बच नहीं पाए और सबकुछ खो दिया। बचे लोग सफल होने में सक्षम थे, क्योंकि उनके पास शेयर बाजार के अशांत जल में तैरने के लिए आवश्यक कौशल, ज्ञान और संसाधन थे।

हर्षद मेहता घोटाले के उत्तरजीवी भी निवेश में विविधीकरण और जोखिम प्रबंधन के महत्त्व की याद दिलाते हैं। बचे लोग बचे रहने में सक्षम थे, क्योंकि उन्होंने अपने निवेश में विविधता ला दी थी और अपने जोखिमों को प्रभावी ढंग से प्रबंधित करने में सक्षम थे। उन्होंने उचित परिश्रम भी किया था और वे बाजार में निवेश के अच्छे अवसरों की पहचान करने में सक्षम थे।

अंत में, हर्षद मेहता घोटाले के उत्तरजीवी शेयर बाजार के पतन से प्रभावित निवेशकों के लिए आशा और प्रेरणा की एक किरण के रूप में काम करते हैं। उनकी कहानियों से पता चलता है कि सबसे कठिन परिस्थितियों को भी पार करना और मजबूत तथा अधिक सफल होना संभव है। हालाँकि, यह ध्यान रखना महत्त्वपूर्ण है कि बचे हुए लोग नियम के बजाय अपवाद थे और अधिकांश निवेशक बाजार के

पतन से बचने में सक्षम नहीं थे। उत्तरजीवियों की सफलता का श्रेय उनके कौशल, ज्ञान और संसाधनों के साथ-साथ उनके निवेश में विविधता लाने तथा अपने जोखिमों को प्रभावी ढंग से प्रबंधित करने की क्षमता को दिया जा सकता है। हर्षद मेहता घोटाले के उत्तरजीवी विविधीकरण, जोखिम-प्रबंधन और निवेश में उचित परिश्रम के महत्त्व की याद दिलाते हैं।

□

25

भारतीय समाज पर घोटाले का प्रभाव

वर्ष 1992 के हर्षद मेहता घोटाले का न केवल भारतीय अर्थव्यवस्था पर, बल्कि समग्र रूप से भारतीय समाज पर भी गहरा प्रभाव पड़ा। हर्षद मेहता घोटाले के सबसे महत्त्वपूर्ण प्रभावों में से एक वित्तीय प्रणाली में विश्वास की हानि थी। इस घोटाले ने भारतीय वित्तीय प्रणाली की खामियों को उजागर किया और सिस्टम में निवेशकों के भरोसे को चकनाचूर कर दिया। जनता शेयर बाजार और नियामक प्राधिकरणों के प्रति तेजी से संदेह करने लगी और मोहभंग एवं अविश्वास की एक सामान्य भावना थी।

इस घोटाले ने भारतीय समाज में सनक और भ्रष्टाचार को भी बढ़ावा दिया। घोटाले के खुलासे ने वित्तीय क्षेत्र में मौजूद बड़े पैमाने पर भ्रष्टाचार और अनैतिक प्रथाओं को उजागर किया। इसने ट्रेडर्स और राजनीतिक वर्ग के बीच साँठ-गाँठ को भी उजागर किया, जिससे पारदर्शिता और जवाबदेही की कमी की धारणा पैदा हुई। इससे सनक में वृद्धि हुई और जनता में मोहभंग की भावना पैदा हुई।

इस घोटाले का भारतीय मध्यम वर्ग पर भी महत्त्वपूर्ण प्रभाव पड़ा। कई मध्यम वर्ग के निवेशकों ने आर्थिक उछाल से लाभ की उम्मीद में अपनी बचत को शेयर बाजार में निवेश किया था। हालाँकि, शेयर बाजार के पतन और घोटाले के उजागर होने के कारण उनकी गाढ़ी कमाई का नुकसान हुआ। इसका उनकी वित्तीय स्थिरता पर गहरा प्रभाव पड़ा और चिंता व असुरक्षा की सामान्य भावना पैदा हुई।

हर्षद मेहता घोटाले का भारतीय मीडिया पर भी खासा प्रभाव पड़ा। मीडिया ने घोटाले को उजागर करने और इसे जनता के ध्यान में लाने में महत्त्वपूर्ण भूमिका निभाई। घोटाले का मीडिया कवरेज गहन व व्यापक था, जिससे सार्वजनिक

जागरूकता और वित्तीय क्षेत्र की जाँच में सामान्य वृद्धि हुई। हालाँकि, घोटाले में मीडिया की भूमिका के कारण भी सनसनी बढ़ी और रेटिंग के लिए कहानियों को प्रचारित करने की प्रवृत्ति शुरू हुई, जिससे मीडिया में विश्वास का सामान्यत: क्षरण हुआ।

घोटाले से निवेशक जागरूकता और शिक्षा में सामान्य वृद्धि हुई। शेयर बाजार के पतन से निवेश में विविधीकरण और जोखिम-प्रबंधन के महत्त्व का सामान्य अहसास हुआ। घोटाले ने कई निवेशक शिक्षा कार्यक्रमों की शुरुआत की, जिसने जनता को वित्तीय बाजारों और निवेश के बारे में शिक्षित करने में मदद की। घोटाले का प्रभाव आज भी महसूस किया जाता है और यह वित्तीय क्षेत्र में पारदर्शिता, जवाबदेही तथा नैतिक व्यवहार के महत्त्व की याद दिलाता है।

स्टॉक मार्केट ट्रेडिंग की नैतिकता

वर्ष 1992 के हर्षद मेहता घोटाले के कारण स्टॉक मार्केट ट्रेडिंग में नैतिकता का मुद्दा प्रकाश में आया। घोटाले ने भारतीय वित्तीय प्रणाली में मौजूद अनैतिक प्रथाओं को उजागर किया, जैसे कि इनसाइडर ट्रेडिंग बाजार में हेर-फेर और धोखाधड़ी। इस अध्याय में हम स्टॉक मार्केट ट्रेडिंग की नैतिकता और भारतीय वित्तीय प्रणाली में नैतिक व्यवहार पर हर्षद मेहता घोटाले के प्रभाव का पता लगाएँगे।

स्टॉक मार्केट ट्रेडिंग को अकसर एक उच्च जोखिम, उच्च लाभ गतिविधि के रूप में देखा जाता है, जो त्वरित लाभ कमाने के इच्छुक व्यक्तियों और संस्थानों को आकर्षित करती है। हालाँकि, एक गला-काट प्रतिस्पर्धी गतिविधि के रूप में ट्रेडिंग की यह धारणा अकसर अनैतिक व्यवहार की ओर ले जाती है, जैसे इनसाइर ट्रेडिंग, फ्रंट-रनिंग और बाजार में हेर-फेर। ये प्रथाएँ न केवल कानून का उल्लंघन करती हैं, बल्कि वित्तीय प्रणाली में निवेशकों के भरोसे को भी तोड़ देती हैं, जिससे विश्वास और निवेश का नुकसान होता है।

हर्षद मेहता घोटाले ने भारतीय वित्तीय प्रणाली में मौजूद अनैतिक प्रथाओं को उजागर किया। मेहता ने शेयर बाजार में हेर-फेर करने और कुछ शेयरों के लिए झूठी माँग पैदा करने के लिए अवैध तरीकों का इस्तेमाल किया, जिससे उनकी कीमतों में भारी वृद्धि हुई। वह इनसाइडर ट्रेडिंग में भी शामिल था, जहाँ उसने अपने फायदे के लिए शेयर खरीदने और बेचने के लिए गोपनीय जानकारी का इस्तेमाल किया। घोटाले ने न केवल वित्तीय प्रणाली में विश्वास की हानि की, बल्कि शेयर बाजार

की ट्रेडिंग में नैतिक व्यवहार की आवश्यकता पर भी प्रकाश डाला।

वित्तीय प्रणाली के समुचित कार्य के लिए स्टॉक मार्केट ट्रेडिंग में नैतिकता आवश्यक है। निवेशक वित्तीय प्रणाली के पारदर्शी, निष्पक्ष एवं स्पष्ट होने पर भरोसा करते हैं और अनैतिक व्यवहार उस भरोसे को खत्म कर सकते हैं, जिससे विश्वास व निवेश की हानि हो सकती है। स्टॉक मार्केट ट्रेडिंग में नैतिक व्यवहार में ईमानदारी, पारदर्शिता और निष्पक्षता के सिद्धांतों का पालन करना शामिल है।

हर्षद मेहता कांड ने भारतीय वित्तीय प्रणाली में नैतिक व्यवहार पर नए सिरे से ध्यान केंद्रित किया। भारतीय प्रतिभूति और विनिमय बोर्ड (SEBI) को प्रतिभूति बाजार को विनियमित करने और धोखाधड़ी गतिविधियों को रोकने के लिए बनाया गया था। सेबी (SEBI) ने वित्तीय प्रणाली में पारदर्शिता और निष्पक्ष खेल सुनिश्चित करने के लिए अनिवार्य प्रकटीकरण जैसे कई नियमों को लागू किया है। इलेक्ट्रॉनिक ट्रेडिंग की शुरुआत और शेयरों के डीमैटेरियलाइजेशन ने भी ट्रेडिंग को अधिक पारदर्शी व जवाबदेह बना दिया है।

हालाँकि, स्टॉक मार्केट ट्रेडिंग में नैतिक व्यवहार केवल नियामक प्राधिकरणों की जिम्मेदारी नहीं है। वित्तीय प्रणाली में नैतिक व्यवहार सुनिश्चित करने की जिम्मेदारी निवेशकों, ट्रेडर्स और ब्रोकर्स की भी है। निवेशकों को अपना शोध करना चाहिए और सार्वजनिक रूप से उपलब्ध जानकारी के आधार पर सूचित निर्णय लेना चाहिए। ट्रेडर्स को इनसाइडर ट्रेडिंग, बाजार में हेर-फेर और अन्य अनैतिक प्रथाओं में शामिल होने से बचना चाहिए। ब्रोकर्स को यह सुनिश्चित करना चाहिए कि वे अपने ग्राहकों के सर्वोत्तम हित में कार्य करें और सभी प्रासंगिक जानकारियों का खुलासा करें।

हर्षद मेहता कांड ने वित्तीय प्रणाली में नैतिक व्यवहार को बढ़ावा देने के लिए शिक्षा और जागरूकता के महत्त्व पर भी प्रकाश डाला। निवेशकों को स्टॉक मार्केट ट्रेडिंग के जोखिमों, लाभों और नैतिक व्यवहार के महत्त्व के बारे में शिक्षित किया जाना चाहिए। ब्रोकर्स एवं ट्रेडर्स को नैतिक व्यवहार और अनैतिक प्रथाओं के परिणामों पर प्रशिक्षित किया जाना चाहिए।

अंत में, वर्ष 1992 के हर्षद मेहता घोटाले ने स्टॉक मार्केट ट्रेडिंग में नैतिक व्यवहार के महत्त्व पर प्रकाश डाला। अंदरूनी लेन-देन और बाजार में हेरा-फेरी जैसी अनैतिक प्रथाएँ वित्तीय प्रणाली में निवेशकों के भरोसे को खत्म कर देती हैं और इससे विश्वास एवं निवेश में कमी आती है। सेबी (SEBI) के निर्माण और

विनियमों के कार्यान्वयन ने भारतीय वित्तीय प्रणाली में नैतिक व्यवहार को बढ़ावा देने में मदद की है। हालाँकि, नैतिक व्यवहार को बढ़ावा देना न केवल नियामक अधिकारियों की जिम्मेदारी है, बल्कि निवेशकों, ट्रेडर्स और ब्रोकर्स की भी है। नैतिक व्यवहार को बढ़ावा देने के लिए शिक्षा और जागरूकता के महत्त्व को कम करके नहीं आँका जा सकता है। यह वित्तीय प्रणाली के उचित कामकाज को सुनिश्चित करने के लिए आवश्यक है।

□

26

वित्त में लालच की संस्कृति

हर्षद मेहता कांड लालच की संस्कृति का एक उत्कृष्ट उदाहरण है, जो वित्तीय दुनिया में व्याप्त है। जल्दी और आसानी से धन का लालच, धन एवं स्थिति की इच्छा और सफल होने के दबाव ने लालच की संस्कृति में योगदान दिया है, जिसके परिणामस्वरूप अनैतिक प्रथाओं, धोखाधड़ी और वित्तीय घोटालों का जन्म हुआ।

वित्त में लालच की संस्कृति एक जटिल घटना है, जिसमें कई कारक शामिल हैं, जिनमें उद्योग की प्रतिस्पर्धी प्रकृति, उच्च लाभ का आकर्षण और सफल होने का दबाव शामिल है। वित्तीय दुनिया अत्यधिक प्रतिस्पर्धी है और व्यक्तियों को मान्यता, पदोन्नति तथा उच्च वेतन प्राप्त करने के लिए अकसर अपने साथियों से बेहतर प्रदर्शन करने के लिए प्रेरित किया जाता है। यह प्रतिस्पर्धी माहौल लालच की संस्कृति पैदा कर सकता है, जहाँ व्यक्ति अपने लक्ष्यों को प्राप्त करने के लिए जोखिम लेने और कलंकित काम करने के भी इच्छुक हो जाते हैं।

उच्च मुनाफे का लालच एक अन्य कारक है, जो वित्त में लालच की संस्कृति में योगदान देता है। निवेश पर उच्च प्रतिफल की संभावना के कारण कई व्यक्ति वित्तीय उद्योग की ओर आकर्षित होते हैं। हालाँकि, लाभ की यह इच्छा अनैतिक व्यवहार, जैसे इनसाइडर ट्रेडिंग, बाजार में हेर-फेर और धोखाधड़ी को जन्म दे सकती है। सफल होने का दबाव भी व्यक्तियों को अनैतिक प्रथाओं में शामिल होने के लिए प्रेरित कर सकता है। वित्तीय उद्योग में सफलता को अकसर मुनाफे से मापा जाता है। जो व्यक्ति अपने लक्ष्यों को पूरा करने में विफल रहते हैं, उन्हें दंडित किया जा सकता है या निकाल भी दिया जा सकता है।

वित्त में लालच की संस्कृति का प्रभाव दूरगामी है और व्यक्तियों तथा समाज

के लिए समग्र रूप से महत्त्वपूर्ण परिणाम हो सकते हैं। हर्षद मेहता घोटाले जैसे वित्तीय घोटालों से निवेशकों को व्यापक नुकसान हो सकता है, वित्तीय उद्योग की प्रतिष्ठा को नुकसान हो सकता है और सिस्टम में विश्वास का नुकसान हो सकता है। लालच की संस्कृति भी उद्योग में विविधता की कमी का कारण बन सकती है, क्योंकि जो व्यक्ति लाभ या स्थिति से प्रेरित नहीं होते हैं, वे वित्त में कॅरियर बनाने से हतोत्साहित हो सकते हैं।

वित्त में लालच की संस्कृति को संबोधित करने के लिए व्यक्तिगत और संस्थागत—दोनों स्तरों पर बदलाव की आवश्यकता है। व्यक्तिगत स्तर पर, व्यक्तियों को अपने कार्यों के नैतिक प्रभाव और दूसरों पर उनके व्यवहार के प्रभाव को पहचानने की आवश्यकता होती है। नैतिक प्रशिक्षण, सलाह और साथियों से समर्थन व्यक्तियों को बेहतर निर्णय लेने तथा अनैतिक प्रथाओं में शामिल होने के दबाव का विरोध करने में मदद कर सकता है।

संस्थागत स्तर पर धोखाधड़ी और अन्य अनैतिक प्रथाओं को रोकने के लिए मजबूत विनियमन एवं निरीक्षण की आवश्यकता है। नियामकों को नियमों व विनियमों को अधिक प्रभावी ढंग से लागू करने और दूसरों को समान व्यवहार में शामिल होने से रोकने के लिए गलत काम करने वालों को दंडित करने की आवश्यकता है। संस्थानों को नैतिकता एवं अखंडता की संस्कृति बनाने की भी आवश्यकता है, जो जिम्मेदार व्यवहार को बढ़ावा देती है और अनैतिक प्रथाओं को हतोत्साहित करती है।

वित्तीय उद्योग में अधिक पारदर्शिता की भी आवश्यकता है। निवेशकों को उन कंपनियों के बारे में सटीक और समय पर जानकारी प्राप्त करने की आवश्यकता होती है, जिनमें वे निवेश करते हैं, साथ ही उनके द्वारा खरीदे जाने वाले वित्तीय उत्पादों के बारे में भी जानकारी होती है। अधिक पारदर्शिता धोखाधड़ी को रोकने में मदद कर सकती है और यह सुनिश्चित कर सकती है कि निवेशक सूचित निर्णय ले रहे हैं।

हर्षद मेहता कांड लालच की उस संस्कृति की याद दिलाता है, जिसने वित्तीय उद्योग में घुसपैठ कर ली है। दौलत और हैसियत की चाह, सफल होने का दबाव और उच्च मुनाफे का लालच—इन सभी ने एक ऐसी संस्कृति में योगदान दिया है, जहाँ अनैतिक प्रथाओं को स्वीकार किया जाता है और प्रोत्साहित भी किया जाता है। इस समस्या के समाधान के लिए व्यक्तिगत और संस्थागत—दोनों स्तरों पर

परिवर्तन की आवश्यकता है। इसमें नैतिक प्रशिक्षण, मजबूत विनियमन व निरीक्षण और वित्तीय उद्योग में अधिक पारदर्शिता शामिल है। केवल काररवाई करके ही हम एक ऐसी वित्तीय प्रणाली बना सकते हैं, जो निष्पक्ष, पारदर्शी और नैतिक हो।

धन एवं शक्ति की खोज

हर्षद मेहता के जीवन और घोटालों की कहानी धन एवं शक्ति की खोज में एक आकर्षक अंतर्दृष्टि प्रदान करती है। यह महत्त्वाकांक्षा, लालच और किसी भी कीमत पर सफलता की खोज की कहानी है। हर्षद मेहता की प्रसिद्धि और भाग्य में वृद्धि तथा उसका अंतिम पतन, अधिक धन व शक्ति प्राप्त करने की इच्छा रखने वाले किसी भी व्यक्ति के लिए एक चौकस कहानी प्रदान करता है।

धन एवं शक्ति की खोज एक स्वाभाविक मानवीय इच्छा है। पूरे इतिहास में व्यक्तियों ने विजय, व्यापार और उद्यमिता सहित विभिन्न माध्यमों से इन चीजों को हासिल करने की कोशिश की है। आधुनिक युग में वित्त धन-सृजन के एक प्रमुख साधन के रूप में उभरा है। शेयर बाजार व्यक्तियों को अपेक्षाकृत कम समय में बड़ी संपत्ति अर्जित करने का अवसर प्रदान करता है।

कई लोगों के लिए, शेयर बाजार की अपील निवेश पर त्वरित और महत्त्वपूर्ण रिटर्न की क्षमता में निहित है। सफल निवेशकों और ट्रेडर्स की ग्लैमरस जीवन-शैली से शेयर बाजार का आकर्षण और बढ़ जाता है। धन एवं शक्ति का पीछा वित्त उद्योग में प्रवेश करने वाले कई लोगों के लिए प्रेरक शक्ति बन जाता है।

हालाँकि, जैसा कि हर्षद मेहता की कहानी दिखाती है, धन एवं शक्ति की खोज के विनाशकारी परिणाम हो सकते हैं। धन एवं शक्ति के प्रति हर्षद मेहता के जुनून ने उसे धोखाधड़ी और धोखे का रास्ता दिखाया, जिसने अंततः उसकी प्रतिष्ठा को नष्ट कर दिया और उसे जेल में डाल दिया।

वित्त में मौजूद लालच की संस्कृति हर्षद मेहता जैसे व्यक्तियों के कार्यों के लिए आंशिक रूप से जिम्मेदार है। वित्त की उच्च दबाव वाली दुनिया में साथियों से बेहतर प्रदर्शन करने और निवेशकों के लिए रिटर्न उत्पन्न करने का लगातार दबाव होता है। इस दबाव से अनैतिक और यहाँ तक कि अवैध व्यवहार भी हो सकता है।

धन एवं शक्ति की खोज के समग्र रूप से समाज के लिए नकारात्मक परिणाम भी हो सकते हैं। हर्षद मेहता के घोटालों ने भारतीय अर्थव्यवस्था को काफी नुकसान पहुँचाया और देश के वित्तीय बाजारों की प्रतिष्ठा को ठेस पहुँचाई। घोटाले का असर

उन आम नागरिकों पर पड़ा, जिन्होंने मेहता की योजनाओं में अपनी जीवन भर की जमा-पूँजी खो दी थी।

यह पहचानना आवश्यक है कि धन एवं शक्ति की खोज स्वाभाविक रूप से नकारात्मक नहीं है। वास्तव में, सफलता की खोज व्यक्तियों के लिए एक शक्तिशाली प्रेरक तत्त्व हो सकती है और समाज में नवाचार एवं प्रगति को प्रेरित कर सकती है। हालाँकि, इस इच्छा को नैतिक विचारों और सामाजिक जिम्मेदारी के प्रति प्रतिबद्धता के साथ संतुलित करना आवश्यक है।

वित्त उद्योग की यह सुनिश्चित करने की जिम्मेदारी है कि इसकी प्रथाएँ पारदर्शी और नैतिक हों। व्यक्तियों को कपटपूर्ण व्यवहार में शामिल होने से रोकने के लिए नियामकों को नियमों और विनियमों को लागू करना चाहिए। निवेशकों को अपने निवेश निर्णयों में भी सतर्क रहना चाहिए और अपने निवेश से जुड़े जोखिमों पर सावधानी से विचार करना चाहिए।

व्यक्तियों को अपने कार्यों और समाज पर उनके प्रभाव के लिए व्यक्तिगत जिम्मेदारी भी लेनी चाहिए। धन एवं शक्ति की खोज दूसरों की कीमत पर नहीं आनी चाहिए। नैतिक सिद्धांतों और सामाजिक जिम्मेदारी के प्रति प्रतिबद्धता को बरकरार रखते हुए सफलता के लिए प्रयास करना भी आवश्यक है।

वैसे, धन एवं शक्ति की खोज एक स्वाभाविक मानवीय इच्छा है। हालाँकि, वित्त उद्योग में सफलता की खोज को नैतिक विचारों और सामाजिक जिम्मेदारी के प्रति प्रतिबद्धता से संयमित होना चाहिए। वित्त उद्योग को लालच की संस्कृति को रोकने के लिए काम करना चाहिए, जिससे अनैतिक और अवैध व्यवहार हो सकता है। निवेशकों को अपने निवेश निर्णयों में सतर्क रहना चाहिए और व्यक्तियों को अपने कार्यों तथा समाज पर उनके प्रभाव के लिए व्यक्तिगत जिम्मेदारी लेनी चाहिए। धन एवं शक्ति की खोज दूसरों की कीमत पर नहीं आनी चाहिए।

□

27

सफलता का काला पक्ष

हर्षद मेहता की कहानी उल्लेखनीय सफलता और अपार असफलता की कहानी है। हर्षद मेहता कांड ने उसकी सफलता के काले पक्ष का खुलासा किया, अपने धन एवं शक्ति को बनाए रखने के लिए उसने जो अनैतिक और अवैध तरीके अपनाए।

हर्षद मेहता का सत्ता में उदय 1990 के दशक की शुरुआत में शुरू हुआ, जब उसने बैंकिंग प्रणाली में एक खामी खोजी, जिसने उसे बैंकों द्वारा जारी सुरक्षा रसीदों का लाभ उठाने की अनुमति दी। मेहता की सफलता झूठ और धोखे की नींव पर टिकी थी। उसने बैंक अधिकारियों को रिश्वत दी और अपने पक्ष में बाजार में हेर-फेर करने के लिए दलालों के साथ मिलीभगत की। उसने नियामकों एवं निवेशकों को धोखा देने के लिए झूठे दस्तावेज और खाते बनाए। उनके धोखे की हद वर्ष 1992 में सामने आई, जब घोटाले का पर्दाफाश हुआ और हर्षद मेहता को गिरफ्तार कर लिया गया।

हर्षद मेहता की कहानी अनोखी नहीं है। बहुत से सफल लोग सत्ता एवं धन के प्रलोभन के आगे झुक गए हैं और अपने अनैतिक तथा अवैध कार्यों के लिए बेनकाब हो गए हैं। सफलता का स्याह पक्ष शक्ति का आकर्षण और उस शक्ति को बनाए रखने के लिए आवश्यक किसी भी साधन का उपयोग करने का प्रलोभन है। यह विश्वास है कि सफलता नैतिकता से अधिक महत्त्वपूर्ण है।

धन एवं शक्ति का पीछा स्वाभाविक रूप से गलत नहीं है। हालाँकि, जब वह खोज लालच और नैतिकता की कमी से प्रेरित होती है तो उसके विनाशकारी परिणाम हो सकते हैं। हर्षद मेहता कांड इसका एक प्रमुख उदाहरण है। मेहता के लालच

और सत्ता की इच्छा ने उसे अनैतिक व अवैध प्रथाओं में शामिल होने के लिए प्रेरित किया, जो अंततः उसके पतन का कारण बना।

सफलता का स्याह पक्ष वित्तीय उद्योग तक ही सीमित नहीं है। यह हर उद्योग में मौजूद है, जहाँ सफलता और शक्ति को अत्यधिक महत्त्व दिया जाता है। सफलता का आकर्षण लोगों को उनके कार्यों के परिणामों के प्रति अंधा कर सकता है और उन्हें धोखे व भ्रष्टाचार के रास्ते पर ले जा सकता है।

सफलता के स्याह पक्ष और अनियंत्रित महत्त्वाकांक्षा के खतरों को पहचानना आवश्यक है। सफलता को केवल धन एवं शक्ति से नहीं मापा जाना चाहिए, बल्कि समाज पर उसके सकारात्मक प्रभाव से मापा जाना चाहिए। हर उद्योग में नैतिकता और नैतिकता की संस्कृति विकसित करना तथा लोगों को उनके कार्यों के लिए जवाबदेह ठहराना महत्त्वपूर्ण है।

हर्षद मेहता की विरासत अनियंत्रित महत्त्वाकांक्षा और धन एवं शक्ति की खोज के खतरों की कहानी के रूप में कार्य करती है। यह एक अनुस्मारक है कि नैतिकता की कीमत पर सफलता नहीं मिलनी चाहिए। धन एवं शक्ति की खोज को जिम्मेदारी और जवाबदेही की भावना के साथ संतुलित किया जाना चाहिए। सफलता के इस अँधेरे पक्ष को पहचानना और हर उद्योग में नैतिकता और नैतिकता की संस्कृति को विकसित करना आवश्यक है।

धन एवं शक्ति खुशी की गारंटी नहीं

खुशी की तलाश पूरे मानव इतिहास में एक सार्वभौमिक विषय रहा है और भारत कोई अपवाद नहीं है। प्राचीन आध्यात्मिक प्रथाओं से लेकर आधुनिक उपभोक्तावादी संस्कृति तक, भारत में सुख की खोज ने विभिन्न रूप धारण किए हैं।

आधुनिक भारत में खुशी

हाल के वर्षों में, खुशी की तलाश भारत में एक मुख्य धारा का विषय बन गई है। बढ़ते मध्यम वर्ग और बढ़ती अर्थव्यवस्था के साथ भारतीयों के पास अपनी खुशी का पीछा करने के लिए अधिक डिस्पोजेबल आय और अवकाश का समय है। हालाँकि, समय के साथ खुशी की परिभाषा भी विकसित हुई है, जबकि पारंपरिक भारतीय समाज ने खुशी प्राप्त करने के साधन के रूप में आध्यात्मिक प्रथाओं

और सामुदायिक सेवा पर जोर दिया। आधुनिक भारत ने अधिक व्यक्तिवादी और भौतिकवादी दृष्टिकोण अपनाया है।

इस बदलाव के सबसे प्रमुख उदाहरणों में से एक, भारत में उपभोक्तावाद का उदय है। वैश्वीकरण के आगमन के साथ पश्चिमी संस्कृति ने भारतीय समाज में प्रवेश किया है और भौतिक संपत्ति सामाजिक स्थिति एवं सफलता का प्रतीक बन गई है। खुशी की खोज को अकसर धन के संचय और शानदार वस्तुओं के कब्जे के साथ जोड़ा जाता है। इस मानसिकता ने भारतीय वित्तीय क्षेत्र में बड़े पैमाने पर भ्रष्टाचार और लालच में योगदान दिया है, जिसका उदाहरण हर्षद मेहता घोटाला है।

हर्षद मेहता की कहानी और खुशी की खोज

हर्षद मेहता अपने समय के कई भारतीयों की तरह वित्तीय सफलता और सामाजिक स्थिति प्राप्त करने की इच्छा से प्रेरित था। एक मध्य वर्गीय परिवार में जनमे मेहता ने वित्त की दुनिया में अपना नाम बनाने की ठान ली थी। उसने 1980 के दशक की शुरुआत में एक स्टॉक ब्रोकर के रूप में अपना कॅरियर शुरू किया और अपनी समझदार ट्रेडिंग रणनीतियों और आक्रामक रणनीति के साथ तेजी से प्रसिद्धि हासिल की।

हर्षद मेहता की सफलता में जबरदस्त वृद्धि आधुनिक भारत की बदलती मानसिकता का एक अभिलेख है। वह उस नए भारत का प्रतीक था, जो गरीबी और उपनिवेशवाद की छाया से उभर रहा था। उसने एक ऐसी पीढ़ी की आकांक्षाओं का प्रतिनिधित्व किया, जो परंपरा की बाधाओं से मुक्त होकर वैश्वीकृत दुनिया के अवसरों को गले लगाना चाहती थी।

हालाँकि, मेहता की खुशी की खोज ने उसे एक अँधेरे रास्ते पर पहुँचा दिया। शेयर बाजार का बादशाह बनने की चाहत में उसने अवैध और अनैतिक प्रथाओं का सहारा लिया। उसने विभिन्न कंपनियों के शेयरों की कीमतों में हेर-फेर किया और धोखाधड़ी के माध्यम से बैंकों से पैसे निकाले। उसके लालच की कोई सीमा नहीं थी और अंततः वह भारतीय इतिहास के सबसे बड़े वित्तीय घोटालों में से एक का मास्टरमाइंड बन गया।

हर्षद मेहता का उत्थान और पतन आधुनिक भारत के बदलते मूल्यों और आकांक्षाओं का प्रतिबिंब है। हर्षद मेहता की कहानी ने भारतीय समाज, विशेषकर वित्तीय क्षेत्र पर, स्थायी प्रभाव छोड़ा है। इसने नियामक प्रणाली में खामियों को

उजागर किया है और पारदर्शिता एवं जवाबदेही की आवश्यकता पर प्रकाश डाला है। हर्षद मेहता की विरासत ने खुशी की खोज में भौतिक धन की भूमिका पर भी बहस छेड़ दी है। धन एवं शक्ति का पीछा, जिसे कभी अंत के साधन के रूप में देखा जाता था, अब अपने आप में एक अंत बन गया है। इस मानसिकता के कारण भारतीय समाज में, विशेषकर वित्तीय क्षेत्र में, नैतिक मूल्यों और नैतिक मानकों का क्षरण हुआ है।

खुशी की खोज और भारतीय लोकाचार

खुशी की खोज हमेशा भारतीय लोकाचार का एक अभिन्न अंग रही है। हालाँकि, खुशी की परिभाषा समय के साथ विकसित हुई है। खुशी का पारंपरिक भारतीय दृष्टिकोण धर्म की अवधारणा पर आधारित था, जिसमें कर्तव्य, सेवा और निस्स्वार्थता पर जोर दिया गया था। खुशी की खोज को आध्यात्मिक ज्ञान प्राप्त करने और जन्म एवं मृत्यु के चक्र से मुक्ति के साधन के रूप में देखा जाता था।

खुशी की खोज आधुनिक भारतीय समाज का एक अभिन्न अंग है। लोग कड़ी मेहनत करते हैं, अपने लक्ष्यों को प्राप्त करने का प्रयास करते हैं और खुश रहने के तरीकों की तलाश करते हैं। कई मामलों में, धन एवं सफलता को खुशी प्राप्त करने के लिए आवश्यक घटकों के रूप में देखा जाता है और इस विश्वास को फलती-फूलती अर्थव्यवस्था तथा बढ़ते मध्यम वर्ग द्वारा प्रबल किया गया है।

हालाँकि, हर्षद मेहता की कहानी खुशी को धन और सफलता से जोड़ने के खतरों पर प्रकाश डालती है। हर्षद मेहता की प्रसिद्धि और भाग्य में जबरदस्त वृद्धि के बाद एक तेज और विनाशकारी पतन हुआ। दौलत एवं सत्ता की उसकी खोज ने अनैतिक व अवैध प्रथाओं को जन्म दिया और अंततः उसकी प्रतिष्ठा, स्वतंत्रता और यहाँ तक कि उसके जीवन की हानि हुई।

हर्षद मेहता की कहानी बताती है कि धन एवं शक्ति खुशी की गारंटी नहीं हैं। लालच और अधिक के लिए इच्छा ने मेहता को अंततः अपने पतन और कई अन्य लोगों के पतन का कारण बना दिया, जो उसके धोखे के जाल में फँस गए थे।

यह पहचानना महत्त्वपूर्ण है कि खुशी भौतिक संपदा और सफलता से परे विभिन्न स्रोतों से आ सकती है। परिवार, दोस्त, शौक और अन्य गतिविधियाँ खुशी और तृप्ति प्रदान कर सकती हैं; जबकि कड़ी मेहनत करना और सफलता के लिए

प्रयास करना महत्त्वपूर्ण है, संतुलन बनाए रखना भी उतना ही महत्त्वपूर्ण है और धन एवं शक्ति की खोज को जीवन के अन्य पहलुओं पर हावी न होने दें।

खुशी की खोज नैतिकता और नैतिक सिद्धांतों की कीमत पर नहीं आनी चाहिए। साध्य को साधनों का औचित्य सिद्ध नहीं करना चाहिए, जैसा कि हर्षद मेहता का मामला स्पष्ट रूप से दरशाता है। इसके बजाय कड़ी मेहनत, समर्पण और नैतिक प्रथाओं के माध्यम से सफलता एवं खुशी प्राप्त करनी चाहिए। यह पहचानना महत्त्वपूर्ण है कि खुशी विभिन्न स्रोतों से आ सकती है और सफलता की खोज में नैतिकता और नैतिक सिद्धांतों का त्याग नहीं करना चाहिए।

□

28

सफलता और असफलता की कीमत

हर्षद मेहता की जीवन-कथा सफलता की कीमत का एक उत्कृष्ट उदाहरण है। उसकी कहानी इस तथ्य पर प्रकाश डालती है कि सफलता हमेशा खुशी और तृप्ति के साथ नहीं प्राप्त होती है। वास्तव में, सफलता अकसर एक बड़ी कीमत पर मिलती है और कीमत हमारी कल्पना से कहीं अधिक हो सकती है। मेहता की धन एवं शक्ति की खोज ने उसे अपने मूल्यों व सिद्धांतों से समझौता करने के लिए प्रेरित किया और अंततः उसने इसके लिए भारी कीमत चुकाई।

अस्तु, सफलता केवल भौतिक संपदा और शक्ति प्राप्त करने के बारे में नहीं है। सफलता को एक पूर्ण और सार्थक जीवन जीने की हमारी क्षमता से मापा जाना चाहिए, जिसमें हम अपने और अपने मूल्यों के प्रति सच्चे हैं। हमारे मूल्यों और सिद्धांतों की कीमत पर मिलने वाली सफलता पीछा करने लायक नहीं है, जैसा कि मेहता की कहानी स्पष्ट रूप से दिखाती है।

इसके अलावा, मेहता की कहानी व्यवसाय और समाज में नैतिकता और नैतिक मूल्यों के महत्त्व पर प्रकाश डालती है। सफलता की खोज कभी भी नैतिक सिद्धांतों की कीमत पर नहीं होनी चाहिए। अनैतिक और अवैध प्रथाओं से अल्पकालिक लाभ हो सकता है, लेकिन वे अंततः प्रतिष्ठा, विश्वास तथा विश्वसनीयता की हानि का कारण बनते हैं और उसके दीर्घकालिक परिणाम भी हो सकते हैं।

असफलता की कीमत

हर्षद मेहता की प्रसिद्धि में वृद्धि चामत्कारिक थी। एक छोटे स्टॉक ब्रोकर से लेकर एक स्टॉक मार्केट टाइकून तक, उसके लिए सबकुछ ठीक चल रहा था, जब

तक कि वह दुर्भाग्यपूर्ण दिन नहीं आ गया। इसके बाद हुए घोटाले को अच्छी तरह से प्रलेखित किया गया है। लेकिन घोटाले के बाद हर्षद मेहता को अपनी विफलता के लिए जो कीमत चुकानी पड़ी, उसका क्या?

हर्षद मेहता के लिए असफलता की कीमत बहुत बड़ी थी। उसने अपनी प्रतिष्ठा और पद सहित वह सबकुछ खो दिया, जिसके लिए उसने काम किया था। उसका परिवार बिखर गया था और उसने अपना नाम साफ करने के लिए कानूनी लड़ाई लड़ने में कई साल लगा दिए। लालच और भ्रष्टाचार की विरासत को पीछे छोड़ते हुए हर्षद मेहता का दिसंबर 2001 में 47 साल की उम्र में निधन हो गया। उसकी मृत्यु इस बात की याद दिलाती है कि दौलत और ताकत के पीछे भागने की कीमत हमेशा चुकानी पड़ती है।

हर्षद मेहता की असफलता का असर सिर्फ उस तक और उसके परिवार तक ही सीमित नहीं था, इसका भारतीय वित्तीय प्रणाली पर भी दूरगामी प्रभाव पड़ा। निवेशकों का भरोसा डगमगा चुका था और शेयर बाजार को इस झटके से उबरने में कई साल लग गए।

दौलत और सत्ता के पीछे भागना हर्षद मेहता को महँगा पड़ा और उसने अपने लालच की कीमत चुकाई। उसने जो विरासत छोड़ी, वह उन लोगों के लिए एक चौकस कहानी के रूप में काम करती है, जो किसी भी कीमत पर सफलता पाना चाहते हैं। दौलत और ताकत की तलाश की कीमत चुकानी पड़ती है और हर्षद मेहता ने उस कीमत को अपनी जान देकर चुकाया। उसकी कहानी उन लोगों के लिए एक चेतावनी के रूप में कार्य करती है, जो किसी भी कीमत पर सफलता चाहते हैं और याद दिलाती है कि विफलता की कीमत सहन करने के लिए बहुत अधिक हो सकती है।

स्टॉक मार्केट ट्रेडिंग का भावनात्मक टोल

शेयर बाजार को अकसर एक ऐसी जगह के रूप में देखा जाता है, जहाँ किस्मत बनती है और खो जाती है। हालाँकि, यह सच है कि शेयर बाजार में ट्रेडिंग के साथ एक महत्त्वपूर्ण भावनात्मक टोल आता है। सही निर्णय लेने का दबाव, पैसा खोने का डर और बाजार में लगातार उतार-चढ़ाव सबसे अनुभवी ट्रेडर्स पर भी भारी पड़ सकता है।

हर्षद मेहता की कहानी भावनात्मक टोल का एक उदाहरण है। मेहता के पतन

का उस पर महत्त्वपूर्ण भावनात्मक प्रभाव पड़ा। वह एक ऐसा व्यक्ति था, जिसने कम उम्र में ही सफलता का स्वाद चख लिया था और सुर्खियों में रहने का आदी था। हालाँकि, जब घोटाला सामने आया तो उसे मीडिया में बदनाम किया गया और उसे सार्वजनिक आक्रोश का सामना करना पड़ा। वह रातोरात एक प्रसिद्ध हस्ती से अछूत व्यक्ति बन गया।

गिरफ्तारी के बाद हर्षद मेहता के कार्यों में घोटाले का भावनात्मक प्रभाव स्पष्ट था। उसने कई महीने जेल में बिताए, जहाँ वह कथित तौर पर अवसाद और चिंता से पीड़ित था। अंततः उसे जमानत पर रिहा कर दिया गया। लेकिन उसका स्वास्थ्य बिगड़ गया था और वह पहले जैसा व्यक्ति नहीं रहा।

स्टॉक मार्केट ट्रेडिंग का भावनात्मक टोल उन लोगों तक सीमित नहीं है, जो घोटालों में फँस गए हैं। शेयर बाजार से निपटने के दौरान, यहाँ तक कि रोजमर्रा के ट्रेडर्स भी चिंता और तनाव का अनुभव कर सकते हैं। सही निर्णय लेने का दबाव, पैसा खोने का डर और बाजार में लगातार उतार-चढ़ाव व्यक्ति के मानसिक स्वास्थ्य पर भारी पड़ सकता है।

अध्ययनों से पता चला है कि सामान्य आबादी की तुलना में ट्रेडर्स को चिंता और अवसाद से पीड़ित होने की अधिक संभावना है। ट्रेडिंग की तेज-तर्रार प्रकृति, प्रदर्शन करने के लिए निरंतर दबाव के साथ मिलकर बर्नआउट और भावनात्मक थकावट का कारण बन सकती है।

व्यक्तियों पर भावनात्मक टोल के अलावा समाज पर भी व्यापक प्रभाव पड़ता है। स्टॉक मार्केट क्रैश और घोटालों से आर्थिक अस्थिरता हो सकती है और व्यापक अर्थव्यवस्था पर इसका प्रभाव पड़ सकता है। उदाहरण के लिए, वर्ष 2008 के वित्तीय संकट ने कई लोगों के लिए बड़े पैमाने पर नौकरी का नुकसान और आर्थिक कठिनाई पैदा की।

इसलिए, इस भावनात्मक टोल को समझना आवश्यक है, क्योंकि स्टॉक मार्केट ट्रेडिंग व्यक्तियों और समाज को समग्र रूप से प्रभावित कर सकती है। ट्रेडर्स के रूप में, हमारी भावनात्मक भलाई को प्रबंधित करने के लिए कदम उठाना महत्त्वपूर्ण है; जैसे—ब्रेक लेना, मित्रों एवं परिवार से समर्थन माँगना तथा चेतनता और आत्म-देखभाल का अभ्यास करना।

ट्रेडर्स की भावनात्मक भलाई की रक्षा करने और शेयर बाजार के घोटालों को रोकने में नियामकों की भी भूमिका होती है। अधिक पारदर्शिता, बेहतर नियमन और

गलत काम करने वालों के लिए कड़ी सजा जैसे उपाय अनैतिक व्यवहार को रोकने और अधिक स्थिर एवं स्वस्थ वित्तीय प्रणाली को बढ़ावा देने में मदद कर सकते हैं। जबकि धन और सफलता का पीछा करना आकर्षक हो सकता है, यह याद रखना महत्त्वपूर्ण है कि ऐसी सफलता के लिए कीमत चुकानी पड़ती है। ट्रेडर्स और नियामकों के रूप में हमें अपनी भावनात्मक भलाई को प्रबंधित करने और अधिक स्थिर एवं नैतिक वित्तीय प्रणाली को बढ़ावा देने के लिए कदम उठाने चाहिए।

□

29

वित्त का मानवीय पक्ष

वित्त एवं निवेश को अकसर ठंडे, गणनात्मक और विशुद्ध रूप से तर्कसंगत क्षेत्रों के रूप में देखा जाता है। ध्यान—संख्या, डेटा और मुनाफे पर होता है। हालाँकि, इन उद्योगों के केंद्र में लोग हैं, जो लोग निर्णय लेते हैं, जोखिम उठाते हैं और भावनाओं का अनुभव करते हैं। हर्षद मेहता घोटाले के मामले में वित्त का मानवीय पक्ष पूरे प्रदर्शन पर था, जिससे वित्तीय सफलता और असफलता से होने वाले भावनात्मक नुकसान का पता चलता है।

इस कहानी का नायक हर्षद मेहता धन, शक्ति और प्रतिष्ठा की इच्छा से प्रेरित था। उसकी कहानी एक क्लासिक चीर-फाड़ की कहानी है, क्योंकि वह मुंबई में विनम्र शुरुआत से उठकर भारत के सबसे सफल स्टॉक ब्रोकर्स में से एक बन गया। उसकी महत्त्वाकांक्षा और ड्राइव ने उसे एक भाग्य बनाने और शेयर बाजार में एक साम्राज्य बनाने में मदद की। हालाँकि, शीर्ष पर उसका उदय अनैतिक प्रथाओं और हेर-फेर के साथ हुआ, जिससे उसका अंतिम पतन और कारावास हुआ।

हालाँकि, घोटाले का भावनात्मक टोल हर्षद मेहता तक ही सीमित नहीं था। जिन निवेशकों ने अपनी बचत व आजीविका खो दी, जिन पत्रकारों ने धोखाधड़ी का पर्दाफाश किया और नियामक, जो इसे रोकने में विफल रहे, सभी ने मेहता के लालच और हेर-फेर का अनुभव किया। वित्तीय घोटालों की मानवीय कीमत को नजरअंदाज नहीं किया जा सकता है।

जिन निवेशकों ने सबकुछ खो दिया, उनके लिए अनुभव विनाशकारी था। कई लोगों ने हर्षद मेहता की योजनाओं में शेयर बाजार की तेजी को भुनाने की उम्मीद में अपने जीवन भर की बचत का निवेश किया था। जब घोटाले का पर्दाफाश हुआ

तो उनके पास सिवाय इस अहसास के कुछ नहीं बचा कि वित्तीय सुरक्षा का उनका सपना चूर-चूर हो गया है! कुछ निवेशकों ने न केवल अपनी बचत खोई, बल्कि अपने कारोबार और घरों को भी खो दिया। वित्तीय तबाही का भावनात्मक टोल बहुत अधिक हो सकता है, जिससे शर्म, अपराध-बोध और निराशा की भावनाएँ पैदा होती हैं।

घोटाले का पर्दाफाश करने वाले पत्रकारों को भी अपनी तरह की चुनौतियों का सामना करना पड़ा। वे हर्षद मेहता के रूप में एक शक्तिशाली और प्रभावशाली व्यक्ति के खिलाफ थे, जिसके पास उन्हें डराने व धमकाने के संसाधन थे। इन चुनौतियों के बावजूद वे जनता के प्रति कर्तव्य और जिम्मेदारी की भावना से प्रेरित होकर सत्य की खोज में लगे रहे। उनके काम का भावनात्मक प्रभाव उनके द्वारा लिये गए जोखिमों और उनके द्वारा किए गए बलिदानों में स्पष्ट था।

घोटाले को रोकने में नाकाम रहने वाले नियामकों को भी अपनी कमियों का नतीजा भुगतना पड़ा। उनकी निगरानी की कमी और अपर्याप्त नियामक ढाँचे के लिए उनकी आलोचना की गई थी। कुछ ने अपनी नौकरी खो दी या कानूनी कारवाई का सामना किया। असफलता का भावनात्मक टोल अपराध-बोध, शर्म और अपर्याप्तता की भावनाओं को जन्म दे सकता है।

हर्षद मेहता घोटाला वित्त के मानवीय पक्ष की एक कड़ी याद दिलाता है, जबकि संख्या और डेटा इन उद्योगों में निर्णय लेने को प्रेरित कर सकते हैं। उन निर्णयों के परिणाम वास्तविक जीवन और भावनाओं वाले वास्तविक लोगों को प्रभावित करते हैं। वित्तीय सफलता बहुत खुशी और संतुष्टि ला सकती है; लेकिन यह उस सफलता को बनाए रखने के लिए तनाव, चिंता और दबाव के साथ भी हो सकती है। असफलता समान रूप से विनाशकारी हो सकती है, जिससे लज्जा, ग्लानि और निराशा की भावनाएँ पैदा होती हैं।

निवेश और धन-सृजन के बारे में चर्चा में अकसर वित्त के मानवीय पक्ष की अनदेखी की जाती है। हालाँकि, यह इन उद्योगों का एक महत्त्वपूर्ण घटक है, जिसे अनदेखा नहीं किया जा सकता है। वित्तीय लाभ का पीछा मानव-कल्याण और सम्मान की कीमत पर नहीं होना चाहिए। हमें याद रखना चाहिए कि प्रत्येक वित्तीय लेन-देन के पीछे आशाओं, सपनों और भावनाओं वाला एक व्यक्ति होता है। वित्त के मानवीय पक्ष को नजरअंदाज नहीं किया जा सकता है और हमें एक ऐसी वित्तीय प्रणाली बनाने का प्रयास करना चाहिए, जो लाभदायक व दयालु दोनों हो।

व्यापार में नैतिकता का महत्त्व

हर्षद मेहता कांड व्यापार में नैतिकता के महत्त्व की याद दिलाता है। जबकि मेहता शेयर बाजार में एक प्रतिभाशाली व्यक्ति हो सकता है, लेकिन उसके कार्यों के कारण अंततः उसका पतन हुआ और वित्तीय प्रणाली में विश्वास की हानि हुई।

व्यापार में नैतिकता

व्यवसाय में नैतिकता नैतिक सिद्धांतों के एक समूह को संदर्भित करती है, जो यह नियंत्रित करती है कि व्यक्ति और संगठन अपने पेशेवर जीवन में खुद को कैसे संचालित करते हैं! नैतिकता न केवल सही करने के बारे में है, बल्कि गलत से बचने के बारे में भी है। नैतिक व्यवहार में सभी व्यावसायिक व्यवहारों में ईमानदारी, निष्पक्षता और उत्तरदायित्व शामिल होता है।

अनैतिक व्यवहार के परिणाम गंभीर हो सकते हैं। ऐसी कंपनियाँ, जो अनैतिक प्रथाओं में संलग्न हैं, साख को नुकसान, कानूनी नतीजों और हितधारकों के बीच विश्वास की क्षति का जोखिम उठाती हैं। अनैतिक व्यवहार कंपनियों और इसमें संलग्न व्यक्तियों के पतन का कारण बन सकता है।

इसके विपरीत, नैतिक व्यवहार के व्यवसायों के लिए कई लाभ हो सकते हैं। कंपनियाँ, जो खुद को नैतिक रूप से संचालित करती हैं, वे हितधारकों के साथ विश्वास बनाने और ग्राहकों, कर्मचारियों एवं आपूर्तिकर्ताओं के साथ मजबूत संबंध बनाए रखने की अधिक संभावना रखती हैं। नैतिक व्यवहार से कंपनी की प्रतिष्ठा में भी सुधार हो सकता है, कानूनी जोखिम कम हो सकते हैं और शेयरधारक मूल्य में वृद्धि हो सकती है।

हर्षद मेहता कांड

हर्षद मेहता कांड व्यापार में अनैतिक व्यवहार के परिणामों का एक प्रमुख उदाहरण है। शेयर बाजार में मेहता की हरकतें अनैतिक थीं और अंततः उसके पतन का कारण बनीं। घोटाले से नतीजा महत्त्वपूर्ण था। निवेशकों का विश्वास बहाल करने के लिए भारत सरकार को हस्तक्षेप करने और वित्तीय प्रणाली में सुधार करने के लिए मजबूर होना पड़ा। मेहता को गिरफ्तार किया गया, आरोप लगाया गया और अंततः प्रतिभूति धोखाधड़ी का दोषी ठहराया गया, जिसके परिणामस्वरूप उसे जेल की सजा हुई।

सीख

हर्षद मेहता कांड व्यवसाय में नैतिकता के महत्त्व पर प्रकाश डालता है। घोटाले से निम्नलिखित सबक सीखे जा सकते हैं—

- व्यापार में नैतिकता आवश्यक है। जो कंपनियाँ अनैतिक व्यवहार में संलग्न हैं, वे साख को नुकसान, कानूनी असर और हितधारकों के बीच विश्वास की क्षति का जोखिम उठाती हैं।
- फर्जी गतिविधियों का अंततः पता चल जाता है। मेहता की कपटपूर्ण गतिविधियों का पता चला, जिससे उसका पतन हुआ और भारतीय वित्तीय प्रणाली में विश्वास की क्षति हुई।
- अनैतिक व्यवहार के परिणाम गंभीर हो सकते हैं। हर्षद मेहता घोटाले के नतीजे के कारण भारतीय वित्तीय प्रणाली में सुधार हुआ और निवेशकों के बीच विश्वास का नुकसान हुआ।
- नैतिक व्यवहार को बढ़ावा देना।

कंपनियाँ अपने संगठनों में नैतिक व्यवहार को बढ़ावा देने के लिए कई कदम उठा सकती हैं। इन चरणों में शामिल हैं—

- एक आचार-संहिता विकसित करें। आचार-संहिता कंपनी के नैतिक मानकों को रेखांकित करती है और कर्मचारियों को अपने पेशेवर जीवन में खुद को कैसे संचालित करना है, इस पर मार्गदर्शन प्रदान करती है।
- ऊपर से नीचे नैतिक व्यवहार को बढ़ावा दें। कंपनी के नेताओं को उदाहरण द्वारा नेतृत्व करना चाहिए और अपने कार्यों एवं निर्णयों में नैतिक व्यवहार का प्रदर्शन करना चाहिए।
- कर्मचारी रिपोर्टिंग को प्रोत्साहित करें। कंपनियों को प्रतिशोध के डर के बिना अनैतिक व्यवहार की रिपोर्ट करने के लिए कर्मचारियों के लिए एक रिपोर्टिंग तंत्र स्थापित करना चाहिए।
- प्रशिक्षण प्रदान करना। कंपनियों को कर्मचारियों को नैतिक व्यवहार और अनैतिक व्यवहार के परिणामों पर प्रशिक्षण देना चाहिए।
- व्यवहार की निगरानी करें। कंपनियों को नैतिक मानकों का अनुपालन सुनिश्चित करने के लिए कर्मचारियों के व्यवहार की निगरानी करनी चाहिए।

निष्कर्षतः, हर्षद मेहता कांड उजागर करता है कि अनैतिक व्यवहार के गंभीर परिणाम हो सकते हैं, जिसमें प्रतिष्ठित क्षति, कानूनी प्रभाव और हितधारकों के बीच विश्वास की क्षति शामिल है। कंपनियाँ, जो खुद को नैतिक रूप से संचालित करती हैं, वे हितधारकों के साथ विश्वास बनाने और ग्राहकों, कर्मचारियों एवं आपूर्तिकर्ताओं के साथ मजबूत संबंध बनाए रखने की अधिक संभावना रखती हैं। कंपनियाँ नैतिक व्यवहार को बढ़ावा देने के लिए कई कदम उठा सकती हैं, जिनमें आचार-संहिता विकसित करना, नैतिक व्यवहार को बढ़ावा देकर ऊपर से नीचे नैतिक व्यवहार को बढ़ावा देना, कर्मचारी रिपोर्टिंग को प्रोत्साहित करना, प्रशिक्षण प्रदान करना और व्यवहार की निगरानी करना शामिल हैं।

□

30

हर्षद मेहता : परिवार की भूमिका

हर्षद मेहता की कहानी सिर्फ एक ऐसे शख्स की कहानी नहीं है, जो वित्त की दुनिया में बहुत ऊँचाई तक पहुँचा और फिर गिर गया। यह एक ऐसे व्यक्ति की भी कहानी है, जो विनम्र शुरुआत से आया था और जिसने अपनी यात्रा के दौरान समर्थन के लिए अपने परिवार पर बहुत अधिक भरोसा किया। हर्षद मेहता के परिवार ने उसकी सफलता और उसके पतन दोनों में महत्त्वपूर्ण भूमिका निभाई।

मेहता मुंबई में एक निम्न-मध्यम वर्गीय परिवार में पले-बढ़े। मेहता के परिवार ने वित्त में उसके कॅरियर के दौरान उसका समर्थन करना जारी रखा। जब वह शुरुआत ही कर रहा था तो उसके भाई सुधीर मेहता ने उसे अपनी ब्रोकरेज फर्म शुरू करने के लिए ऋण प्रदान किया। मेहता की पत्नी ज्योति मेहता का भी उसकी सफलता में अहम योगदान रहा। उसने उसके साथ उसकी फर्म में काम किया और बैक-ऑफिस संचालन का प्रबंधन किया। मेहता के भाई और पत्नी ही अकेले नहीं थे, जिन्होंने उसका समर्थन किया—उसके ससुराल वालों सहित उसके विस्तारित परिवार ने भी उसे अपना व्यवसाय बढ़ाने में मदद करने में भूमिका निभाई।

हालाँकि, मेहता और उसके परिवार के सदस्यों के बीच घनिष्ठ संबंधों ने भी उसके पतन में योगदान दिया। प्रतिभूति घोटाले में मेहता की संलिप्तता केवल उसकी ही करनी नहीं थी। यह अन्य ब्रोकर्स, बैंकरों और राजनेताओं से जुड़े धोखे का एक जटिल जाल था। हालाँकि, मेहता के परिवार के सदस्यों को भी घोटाले में फँसाया गया था। सुधीर मेहता, जिसने हर्षद मेहता को अपनी ब्रोकरेज फर्म शुरू करने में मदद की थी, को भी घोटाले के सिलसिले में गिरफ्तार किया गया। ज्योति मेहता पर घोटाले में अपने पति की मदद करने का भी आरोप लगाया गया।

घोटाले के नतीजों का हर्षद मेहता के परिवार पर गहरा प्रभाव पड़ा। जमानत पर रिहा होने से पहले सुधीर मेहता ने कई साल जेल में बिताए। ज्योति मेहता, जो अपनी गिरफ्तारी के समय गर्भवती थीं, हिरासत में रहते हुए उनका गर्भपात हो गया। दिसंबर 2001 में अपनी मौत से पहले हर्षद मेहता ने खुद कई साल जेल में बिताए थे।

हर्षद मेहता और उसके परिवार की कहानी भारत में परिवार तथा सफलता के बीच के जटिल संबंधों को उजागर करती है। एक ओर, व्यवसाय और वित्त की दुनिया में सफलता प्राप्त करने के इच्छुक व्यक्तियों के लिए परिवार महत्त्वपूर्ण सहायता व संसाधन प्रदान कर सकते हैं। दूसरी ओर, पारिवारिक बंधन भी व्यक्तियों को भ्रष्टाचार और अन्य प्रकार के अनैतिक व्यवहार के प्रति संवेदनशील बना सकते हैं। हर्षद मेहता के मामले में, उसके परिवार ने उसकी सफलता और उसके पतन—दोनों में दोहरी भूमिका निभाई।

हर्षद मेहता की कहानी में परिवार की भूमिका से कई सबक सीखे जा सकते हैं। सबसे पहले परिवार, व्यवसाय और वित्त में सफलता प्राप्त करने के इच्छुक व्यक्तियों के लिए समर्थन व मार्गदर्शन का एक महत्त्वपूर्ण स्रोत प्रदान कर सकते हैं। हालाँकि, पारिवारिक संबंधों व व्यापारिक लेन-देन के बीच एक स्पष्ट सीमा बनाए रखना महत्त्वपूर्ण है। भाई-भतीजावाद एवं पक्षपात से अनैतिक व्यवहार और भ्रष्ट आचरण हो सकते हैं।

दूसरे, हर्षद मेहता की कहानी व्यवसाय और वित्त में नैतिक नेतृत्व के महत्त्व को रेखांकित करती है। प्रतिभूति घोटाले में मेहता की संलिप्तता केवल उसके अपने लालच और महत्त्वाकांक्षा का परिणाम नहीं थी। यह भ्रष्टाचार की उस संस्कृति का भी परिणाम था, जो उस समय वित्तीय क्षेत्र में व्याप्त थी। व्यापार एवं वित्त के नेताओं की नैतिक व्यवहार को बढ़ावा देने और पारदर्शिता तथा जवाबदेही की संस्कृति बनाने की जिम्मेदारी है।

दरअसल, हर्षद मेहता और उसके परिवार की कहानी भारत में परिवार और सफलता के बीच के जटिल संबंधों पर प्रकाश डालती है, जबकि परिवार व्यवसाय एवं वित्त में सफलता प्राप्त करने के इच्छुक व्यक्तियों के लिए महत्त्वपूर्ण सहायता एवं संसाधन प्रदान कर सकते हैं, पारिवारिक संबंध भी व्यक्तियों को भ्रष्टाचार के प्रति संवेदनशील बना सकते हैं। परिवार का समर्थन किसी भी व्यक्ति के जीवन में महत्त्वपूर्ण होता है, खासकर कठिन समय के दौरान। हर्षद मेहता के लिए उसके

परिवार ने उसके जीवन में महत्त्वपूर्ण भूमिका निभाई, विशेष रूप से शेयर बाजार घोटाले की अवधि के दौरान। हालाँकि, घोटाले के परिणाम गंभीर थे और उसने उसके परिवार को गहराई से प्रभावित किया।

हर्षद मेहता की पत्नी ज्योति मेहता जीवन भर उसके समर्थन की स्तंभ रहीं। वह उसके सफल दिनों में उसके साथ खड़ी रहीं और उसके कठिन दिनों में भी अडिग रहीं। घोटाला सामने आने के बाद ज्योति मेहता ने अपने पति का साथ देना जारी रखा; हालाँकि, उसका जीवन उलटा हो गया था। उसने बैंकों को चुकाने के लिए आवश्यक धन जुटाने में मदद करने के लिए अपने परिवार के घर को भी गिरवी रख दिया।

हर्षद मेहता के भाई सुधीर मेहता भी उसके जीवन में एक महत्त्वपूर्ण व्यक्ति थे। वे दोनों एक साथ काम करते थे और सुधीर मेहता हर्षद मेहता की ब्रोकरेज फर्म के बैक-ऑफिस संचालन के प्रबंधन के लिए जिम्मेदार थे। घोटाले के दौरान सुधीर मेहता को हर्षद मेहता के साथ गिरफ्तार किया गया था; लेकिन बाद में उन्हें सभी आरोपों से बरी कर दिया गया। सुधीर मेहता पारिवारिक व्यवसाय का प्रबंधन करना जारी रखे हुए हैं और उनके समूह को अब 'रोजी ब्लू ग्रुप' के रूप में जाना जाता है।

हर्षद मेहता की माँ रसीलाबेन मेहता का भी उनके जीवन पर खासा प्रभाव था। उन्हें अपने बेटे की सफलता पर गर्व था, लेकिन वह इस घोटाले और उसके बाद से तबाह हो गई थीं। एक साक्षात्कार में रसीलाबेन मेहता ने बताया कि कैसे घोटाले ने उनके परिवार को प्रभावित किया था और उन्हें मीडिया के निरंतर ध्यान से कैसे निपटना पड़ा!

व्यक्तिगत परिवार के अलावा, हर्षद मेहता के विस्तारित परिवार ने भी उसके जीवन में अहम भूमिका निभाई। उसका चचेरा भाई, हितेन दलाल, 1990 के दशक के दौरान शेयर बाजार में एक महत्त्वपूर्ण व्यक्ति था। हालाँकि, वह भी घोटाले में फँस गया था और उसकी स्टॉक ब्रोकिंग फर्म 'फेयरग्रोथ फाइनेंशियल सर्विसेज' ढह गई। सभी आरोपों से बरी होने से पहले हितेन दलाल को गिरफ्तार किया गया और उसने 3 साल से अधिक जेल में बिताए।

हालाँकि, हर्षद मेहता का परिवार सीधे तौर पर घोटाले में शामिल नहीं था, लेकिन उसे मेहता के कार्यों के परिणाम भुगतने पड़े। घोटाले के परिणाम से निपटने में उसकी मदद करने में उनका समर्थन महत्त्वपूर्ण था। उसके परिवार पर घोटाले का प्रभाव बहुत अधिक था; लेकिन वे पूरे समय मजबूत और सहयोगी बने रहे।

सफलता और असफलता में शिक्षा की भूमिका

शिक्षा को अकसर सफलता की कुंजी के रूप में देखा जाता है। लेकिन हर्षद मेहता का जीवन सवाल पूछता है—क्या शिक्षा वास्तव में सफलता की गारंटी दे सकती है ? हर्षद मेहता ने अच्छी शिक्षा हासिल की थी और इंजीनियरिंग की पढ़ाई भी की थी; लेकिन अंत में, वह भारतीय इतिहास के सबसे बड़े वित्तीय घोटालों में से एक में शामिल हो गया। यह अध्याय केस स्टडी के रूप में हर्षद मेहता की कहानी का उपयोग करते हुए सफलता और असफलता में शिक्षा की भूमिका पर प्रकाश डालता है।

हर्षद मेहता पढ़ा-लिखा व्यक्ति था। उसने महाराष्ट्र के नागपुर में लक्ष्मीनारायण इंस्टीट्यूट ऑफ टेक्नोलॉजी में मेकैनिकल इंजीनियरिंग का अध्ययन किया। अपनी डिग्री पूरी करने के बाद उसने बॉल बेयरिंग बनाने वाली कंपनी के लिए एक विक्रेता के रूप में अपना कॅरियर शुरू किया। हालाँकि, उसने जल्द ही महसूस किया कि उसकी वास्तविक रुचि वित्त में है। उसने शेयर बाजार में निवेश करना शुरू किया और जल्द ही एक सफल स्टॉक ब्रोकर बन गया।

स्टॉक मार्केट में हर्षद मेहता की सफलता उसकी इंजीनियरिंग की औपचारिक शिक्षा से नहीं आई, बल्कि यह वित्त के प्रति उसके जुनून और शेयर बाजार को समझने की उसकी जन्मजात प्रतिभा से आई थी। हर्षद मेहता की कहानी बताती है कि शिक्षा ही इनसान को जीवन में इतनी दूर तक ले जा सकती है। यह जुनून, दृढ़ संकल्प और सीखने की इच्छा है, जो वास्तव में सफलता की ओर ले जाती है।

हालाँकि, यह कहना सही नहीं है कि शिक्षा महत्त्वपूर्ण नहीं है। शिक्षा किसी व्यक्ति के ज्ञान और कौशल के लिए एक मजबूत आधार प्रदान करती है। यह व्यक्तियों को जटिल अवधारणाओं को समझने, महत्त्वपूर्ण सोच कौशल विकसित करने और सूचित निर्णय लेने में मदद कर सकती है। शिक्षा लोगों के लिए अवसर भी खोल सकती है और उन्हें सफल होने के लिए आवश्यक उपकरण भी प्रदान कर सकती है।

हर्षद मेहता की शिक्षा भले ही सीधे वित्त में उसकी सफलता से संबंधित न हो, लेकिन इसने उसे समस्या के समाधान और विश्लेषणात्मक कौशल में एक मजबूत आधार प्रदान किया। इंजीनियरिंग में उसकी पृष्ठभूमि ने उसे शेयर बाजार पर एक अनूठा दृष्टिकोण दिया और उन्हें वित्तीय समस्याओं के लिए अभिनव समाधान विकसित करने में मदद की। बॉक्स के बाहर सोचने की इस क्षमता

ने हर्षद मेहता को अपने प्रतिस्पर्धियों से अलग किया और उसकी सफलता में योगदान दिया।

दूसरी ओर, शिक्षा की भी अपनी सीमाएँ हो सकती हैं। भारत में शिक्षा-प्रणाली, कई अन्य देशों की तरह, कौशल और ज्ञान के एक विशिष्ट सेट की ओर तैयार है। इसका तात्पर्य यह है कि जो व्यक्ति इस साँचे में फिट नहीं बैठते, उन्हें पारंपरिक शिक्षा-प्रणाली में सफल होने में कठिनाई हो सकती है। इसके अलावा, शिक्षा अकेले तेजी से बदलती दुनिया में सफलता की गारंटी नहीं दे सकती है।

हर्षद मेहता का पतन सफल होने के लिए केवल शिक्षा पर निर्भर रहने की सीमाओं को उजागर करता है। अपनी शिक्षा और वित्तीय सफलता के बावजूद वह अभी भी उस लालच और प्रलोभन का शिकार हुआ, जिसके कारण प्रतिभूति घोटाला हुआ। उसने अपनी प्रतिष्ठा, अपनी स्वतंत्रता और अपने जीवन सहित सबकुछ खो दिया। उसकी कहानी एक चेतावनी के रूप में कार्य करती है कि केवल शिक्षा ही सफलता की गारंटी के लिए पर्याप्त नहीं है, और यह कि व्यक्तियों को ईमानदारी, सत्यनिष्ठा एवं करुणा जैसे मूल्यों को भी विकसित करना चाहिए।

हालाँकि, शिक्षा सफलता का एक महत्त्वपूर्ण कारक है, लेकिन यह एकमात्र कारक नहीं है। जुनून, दृढ़ संकल्प और सीखने की इच्छा समान रूप से महत्त्वपूर्ण हैं। हर्षद मेहता की कहानी से पता चलता है कि एक अच्छी शिक्षा सफलता के लिए एक मजबूत नींव प्रदान कर सकती है; लेकिन यह ज्ञान और कौशल का प्रयोग है, जो वास्तव में सफलता को आगे बढ़ाता है। इसके अलावा, शिक्षा की अपनी सीमाएँ हो सकती हैं। व्यक्तियों को इन सीमाओं के बारे में पता होना चाहिए और सफलता के लिए आवश्यक अतिरिक्त कौशल तथा मूल्यों को विकसित करने के लिए तैयार रहना चाहिए। हर्षद मेहता के जीवन से सीखी जाने वाली सीख यह है कि सफलता केवल शिक्षा या वित्तीय कौशल के बारे में नहीं है, बल्कि मूल्यों; नैतिकता और सही काम करने की प्रतिबद्धता के बारे में भी है।

सफलता और असफलता पर बचपन के अनुभवों का प्रभाव

हर्षद मेहता का जन्म एक मध्य वर्गीय गुजराती परिवार में हुआ। वह आठ भाई-बहनों में दूसरे नंबर पर था और एक मामूली पड़ोस में एक छोटे से अपार्टमेंट में पला-बढ़ा। उसके पिता एक छोटे व्यवसायी थे, जो कपड़े की एक दुकान चलाते थे, जबकि उसकी माँ एक गृहिणी थीं।

हर्षद का बचपन चुनौतियों से भरा था। वह डिस्लेक्सिया से जूझ रहा था—एक सीखने की अक्षमता, जिसने उसके लिए पढ़ना व लिखना मुश्किल बना दिया था। इससे उसके लिए अपनी पढ़ाई जारी रखना मुश्किल हो गया और अकसर वह निराशा व हताशा महसूस करने लगा। लेकिन वह सफल होने के लिए दृढ़ था और उसने अपनी इस कमी को दूर करने के लिए अथक परिश्रम किया।

हर्षद के अपने डिस्लेक्सिया से निपटने के तरीकों में से एक अपनी असाधारण याददाश्त विकसित करना था। उसके पास बेहतरीन फोटोग्राफिक मेमोरी थी, जिसने उसे बड़ी मात्रा में जानकारी और डेटा याद रखने में सक्षम बनाया। यह प्रतिभा बाद में एक स्टॉक ब्रोकर के रूप में उसके कॅरियर में एक मूल्यवान् संपत्ति साबित हुई।

एक अन्य कारक, जिसने हर्षद के बचपन को आकार दिया, वह व्यवसाय और वित्त की दुनिया से उसका संपर्क था। उसके पिता कपड़े की एक छोटी सी दुकान चलाते थे और हर्षद अकसर कच्चा माल खरीदने तथा कीमतों पर बातचीत करने के लिए उनके साथ बाजार जाता था। इन शुरुआती अनुभवों ने हर्षद को व्यापार कौशल की गहरी समझ और बाजार के कामकाज की समझ दी।

जैसे-जैसे हर्षद बड़ा होता गया, बिजनेस और फाइनेंस में उसकी दिलचस्पी बढ़ती गई। उसने इस विषय पर पुस्तकें पढ़ना और वित्तीय बाजारों का अध्ययन करना शुरू किया। उसने एक ब्रोकरेज फर्म के लिए एक सेल्समैन के रूप में पार्ट-टाइम काम करना भी शुरू किया, जहाँ उसने व्यावहारिक अनुभव प्राप्त किया और शेयर बाजार के अंदर व बाहर का कौशल सीखा।

हर्षद के बचपन के अनुभवों का शेयर बाजार में उसकी बाद की सफलता पर महत्त्वपूर्ण प्रभाव पड़ा। डिस्लेक्सिया, जबकि उसके लिए एक चुनौती थी, ने उसे बाधाओं को दूर करने के तरीके खोजने में साधन-संपन्न और रचनात्मक होना सिखाया। कम उम्र से व्यापार और वित्त की दुनिया में उसके संपर्क ने उसे एक स्टॉक ब्रोकर के रूप में अपने कॅरियर की शुरुआत करने की ओर अग्रसर किया।

हालाँकि, बचपन के सभी अनुभवों का किसी व्यक्ति की सफलता पर सकारात्मक प्रभाव नहीं पड़ता है। दर्दनाक अनुभव, जैसे दुर्व्यवहार या उपेक्षा, किसी व्यक्ति के मानसिक स्वास्थ्य और कल्याण पर स्थायी प्रभाव डाल सकते हैं। कुछ मामलों में, इन अनुभवों से व्यवहार संबंधी समस्याएँ, व्यसन या अन्य नकारात्मक परिणाम हो सकते हैं।

हर्षद के मामले में कुछ ऐसे नकारात्मक अनुभव भी थे, जिनका प्रभाव उसके

बाद के जीवन पर पड़ा। एक परीक्षा में नकल करने के लिए उसे स्कूल से निकाल दिया गया था, जिससे उसे शर्मिंदगी महसूस हुई और वह अपने साथियों से अलग हो गया। हो सकता है कि इसने उसे अपने व्यापारिक व्यवहार में जोखिम लेने की प्रवृत्ति में योगदान दिया हो!

इसके अलावा, हर्षद मेहता के पिता का व्यवसाय तब विफल हो गया, जब हर्षद अभी छोटा ही था। इसने परिवार के अर्थ-तंत्र पर दबाव डाला और हो सकता है कि सफल होने और पैसा बनाने के लिए हर्षद के अभियान में योगदान दिया हो, जबकि यह ड्राइव उसकी सफलता का एक कारक था। इसने हर्षद को अनैतिक शॉर्टकट लेने और धोखाधड़ी की गतिविधियों में शामिल होने के लिए भी प्रेरित किया।

अंततः, सफलता व असफलता पर बचपन के अनुभवों का प्रभाव जटिल और बहुआयामी होता है। सकारात्मक अनुभव, जैसे व्यवसाय और वित्त के संपर्क में आना, सफलता के लिए एक मूल्यवान् आधार प्रदान कर सकता है। आघात या विपत्ति जैसे नकारात्मक अनुभव किसी व्यक्ति के मानसिक स्वास्थ्य एवं कल्याण पर स्थायी प्रभाव डाल सकते हैं और नकारात्मक परिणामों का कारण बन सकते हैं।

हर्षद मेहता के बचपन के अनुभव सकारात्मक और नकारात्मक के मिश्रण थे। उसके डिस्लेक्सिया और व्यवसाय एवं वित्त के संपर्क ने उसकी सफलता की नींव रखी, जबकि नकारात्मक अनुभव, जैसे कि स्कूल से निष्कासन और उसके पिता के असफल व्यवसाय ने धोखाधड़ी की गतिविधियों में शामिल होने की प्रवृत्ति में योगदान दिया हो सकता है!

बचपन के अनुभवों के प्रभाव को स्वीकार करना और एक सहायक वातावरण बनाने की दिशा में काम करना महत्त्वपूर्ण है, जो सकारात्मक वृद्धि और विकास को बढ़ावा देता है।

□

31

जोखिम लेने का मनोविज्ञान

हर्षद मेहता एक ऐसा व्यक्ति था, जो अपने साहसिक और जोखिम भरे वित्तीय कदमों के लिए जाना जाता था। शेयरों पर बड़े दाँव लगाने की उसकी प्रवृत्ति के कारण उसे अकसर शेयर बाजार का 'बिग बुल' कहा जाता था, जिसे अन्य लोग बहुत जोखिम भरा मानते थे। शेयर बाजार में हर्षद की सफलता काफी हद तक उसकी जोखिम लेने की इच्छा के कारण थी; लेकिन उसके मनोविज्ञान के बारे में ऐसा क्या था, जिसने उसे ऐसा करने में सक्षम बनाया?

जोखिम लेने का मनोविज्ञान एक जटिल विषय है, जिसका मनोवैज्ञानिकों और व्यावहारिक अर्थशास्त्रियों द्वारा बड़े पैमाने पर अध्ययन किया गया है। शोधकर्ताओं ने कई कारकों की पहचान की है, जो किसी व्यक्ति की जोखिम लेने की इच्छा को प्रभावित करते हैं, जिसमें व्यक्तित्व लक्षण, संज्ञानात्मक पूर्वग्रह और पर्यावरणीय कारक शामिल हैं।

एक व्यक्तित्व विशेषता, जो जोखिम लेने वाले व्यवहार से जुड़ी है, वह सनसनीखेज है। सनसनीखेज चाहने वाले ऐसे व्यक्ति होते हैं, जो नए और रोमांचक अनुभवों की खोज से प्रेरित होते हैं। वे अकसर उन अनुभवों को प्राप्त करने के लिए जोखिम उठाने को तैयार रहते हैं और अनिश्चितता एवं अप्रत्याशितता के रोमांच का आनंद ले सकते हैं। हर्षद मेहता की जोखिम लेने की प्रवृत्ति उसके संवेदना चाहने वाले व्यक्तित्व से प्रभावित हो सकती है।

संज्ञानात्मक पूर्वग्रह जोखिम लेने वाले व्यवहार में भी भूमिका निभा सकते हैं। ऐसा ही एक पूर्वग्रह अति आत्मविश्वास पूर्वग्रह है, जो अपनी क्षमताओं और सफलता की संभावना को कम आँकने की प्रवृत्ति है। यह पूर्वग्रह व्यक्तियों को

जोखिम लेने के लिए प्रेरित कर सकता है, जो शामिल जोखिम के वास्तविक स्तर से उचित नहीं है। हर्षद मेहता इस पूर्वग्रह के अधीन हो सकता है, क्योंकि वह अपनी क्षमताओं में विश्वास और बाजार की गतिविधियों की भविष्यवाणी करने की क्षमता के लिए जाना जाता था।

एक अन्य संज्ञानात्मक पूर्वग्रह, जो जोखिम लेने वाले व्यवहार में योगदान कर सकता है, वह है फ्रेमिंग प्रभाव। फ्रेमिंग प्रभाव उस तरीके को संदर्भित करता है, जिसमें सूचना की प्रस्तुति निर्णय लेने को प्रभावित कर सकती है। उदाहरण के लिए, एक जोखिम को कम जोखिम भरा माना जा सकता है, यदि उसे एक सकारात्मक फ्रेम में प्रस्तुत किया जाता है (उदाहरण के लिए, 'सफलता का 75 प्रतिशत मौका है')—एक नकारात्मक फ्रेम के बजाय (उदाहरण के लिए, 'असफलता का 25 प्रतिशत मौका है')। हो सकता है कि हर्षद मेहता अपने निर्णय लेने के प्रभाव से प्रभावित रहा हो, क्योंकि वह किसी स्टॉक के बारे में नकारात्मक समाचारों को सकारात्मक प्रकाश में लाने की अपनी क्षमता के लिए जाना जाता था।

जोखिम लेने वाले व्यवहार में पर्यावरणीय कारक भी भूमिका निभा सकते हैं। उदाहरण के लिए, वित्तीय उद्योग की संस्कृति जोखिम लेने वाले व्यवहार को प्रोत्साहित कर सकती है, क्योंकि इस क्षेत्र में सफलता अकसर नैतिक व्यवहार, जैसे अधिक व्यक्तिपरक कारकों के बजाय वित्तीय लाभ से मापी जाती है। हर्षद मेहता एक ऐसे माहौल में काम कर रहा था, जो वित्तीय सफलता को बहुत महत्त्व देता था और इस सफलता को हासिल करने के लिए जोखिम उठाने का दबाव महसूस कर सकता था।

हालाँकि, यह ध्यान रखना महत्त्वपूर्ण है कि सभी जोखिम लेने वाला व्यवहार हानिकारक या अनैतिक नहीं है। वास्तव में, परिकलित जोखिम उठाना व्यवसाय और वित्त सहित जीवन के कई क्षेत्रों में सफलता प्राप्त करने का एक महत्त्वपूर्ण हिस्सा हो सकता है। कुंजी जोखिम के संभावित लाभों को संभावित परिणामों के साथ संतुलित करना है और सटीक जानकारी के आधार पर सूचित निर्णय लेना है।

हर्षद मेहता के मामले में उसका जोखिम लेने वाला व्यवहार अंततः उसके पतन का कारण बना। वह शेयर बाजार पर बड़ा और जोखिम भरा दाँव लगाने के लिए धोखाधड़ी की गतिविधियों में लिप्त था और अंततः पकड़ा गया तथा उस पर मुकदमा चलाया गया। जोखिम लेने का उसका मनोविज्ञान, जबकि संभावित रूप से सनसनीखेज चाहने और संज्ञानात्मक पूर्वग्रहों जैसे कारकों से प्रभावित था, अंततः वित्तीय लाभ और सफलता की उसकी इच्छा से प्रेरित था।

सफलता और असफलता में भाग्य की भूमिका

भाग्य एक अवधारणा है, जिसने सदियों से लोगों को आकर्षित किया है। कुछ का मानना है कि सफलता और असफलता पूरी तरह से भाग्य के कारण होती है, जबकि अन्य का मानना है कि कड़ी मेहनत और दृढ़ संकल्प प्राथमिक कारक हैं, जो सफलता या असफलता को निर्धारित करते हैं। वास्तव में, सफलता और असफलता में भाग्य की भूमिका एक जटिल व बहुआयामी विषय है, जो कई प्रकार के कारकों से प्रभावित होता है।

भाग्य को एक ऐसी घटना के रूप में परिभाषित किया जा सकता है, जो हमारे नियंत्रण से बाहर है और किसी स्थिति के परिणाम पर इसका महत्त्वपूर्ण प्रभाव पड़ता है। ऐसे कई कारक हैं, जो भाग्य में योगदान कर सकते हैं, जिनमें अनुमानित अवसर, समय और बाहरी परिस्थितियाँ शामिल हैं। हर्षद मेहता के मामले में, भाग्य ने उसकी सफलता और उसके पतन—दोनों में महत्त्वपूर्ण भूमिका निभाई।

भारतीय शेयर बाजार में हर्षद मेहता की प्रसिद्धि काफी हद तक भाग्य के कारण थी। 1990 के दशक की शुरुआत में भारत सरकार ने शेयर बाजार पर प्रतिबंधों को ढीला कर दिया था, जिससे शेयर की कीमतों में उछाल आया। यह विदेशी निवेश में वृद्धि के साथ जुड़ा हुआ था, जिसने हर्षद मेहता की सफलता के लिए एकदम सही तूफान खड़ा कर दिया। मेहता शेयरों पर साहसिक और जोखिम भरा दाँव लगाकर इस अनुकूल माहौल का लाभ उठाने में सक्षम था, जिसने शानदार भुगतान किया। हालाँकि, यह सफलता काफी हद तक बाहरी कारकों के कारण थी, जो मेहता के नियंत्रण से बाहर थे।

भाग्य ने हर्षद मेहता की सफलता में भूमिका निभाने के अलावा उसके पतन में भूमिका निभाई। वर्ष 1992 में एक प्रमुख प्रतिभूति घोटाला उजागर हुआ, जिसमें मेहता शामिल था। इससे शेयर बाजार में भारी गिरावट आई और मेहता के वित्तीय साम्राज्य का पतन हो गया। घोटाले में उसकी संलिप्तता काफी हद तक दुर्भाग्य के कारण थी, क्योंकि वह अवैध गतिविधियों के जाल में फँस गया था, जिस पर उसका बहुत कम नियंत्रण था।

सफलता और असफलता में भाग्य की भूमिका अकसर बाहरी परिस्थितियों से प्रभावित होती है। उदाहरण के लिए, किसी घटना के समय का उसके परिणाम पर महत्त्वपूर्ण प्रभाव पड़ सकता है। हर्षद मेहता के मामले में, भारतीय शेयर बाजार में उसकी प्रसिद्धि का समय काफी हद तक बाहरी परिस्थितियों के कारण था, जो

उसके नियंत्रण से बाहर थीं। इसी तरह, प्रतिभूति घोटाले में उसकी संलिप्तता का पता चलने का समय भी काफी हद तक बाहरी कारकों के कारण था।

एक अन्य कारक, जो सफलता और असफलता में भाग्य की भूमिका को प्रभावित कर सकता है, वह जोखिम का स्तर है। एक उद्यम जितना अधिक जोखिम भरा होता है, उसके परिणाम में भाग्य की भूमिका उतनी ही अधिक होती है। शेयर बाजार में हर्षद मेहता की सफलता काफी हद तक उसकी जोखिम लेने की इच्छा के कारण थी, जिसने उसकी सफलता में किस्मत की भूमिका को बढ़ा दिया। हालाँकि, इससे असफलता की संभावना भी बढ़ गई; क्योंकि मेहता की सफलता काफी हद तक उन बाहरी कारकों पर निर्भर थी, जो उनके नियंत्रण से बाहर थे।

यह भी ध्यान रखना महत्त्वपूर्ण है कि भाग्य सकारात्मक और नकारात्मक दोनों हो सकता है। हर्षद मेहता के मामले में, भाग्य ने भारतीय शेयर बाजार में उसकी प्रसिद्धि में सकारात्मक भूमिका निभाई, लेकिन उसके पतन में नकारात्मक भूमिका निभाई। यह उस भूमिका को स्वीकार करने के महत्त्व पर प्रकाश डालता है, जो भाग्य सफलता और असफलता दोनों में निभा सकता है।

भाग्य सफलता और असफलता में एक भूमिका निभा सकता है, जबकि दीर्घकालिक सफलता प्राप्त करने में कड़ी मेहनत, दृढ़ संकल्प एवं नैतिक व्यवहार की भूमिका को स्वीकार करना महत्त्वपूर्ण है।

□

32

वित्त में नेटवर्किंग का महत्त्व

नेटवर्किंग वित्त उद्योग में सफलता का एक अनिवार्य घटक है। इसमें सहकर्मियों, ग्राहकों और अन्य हितधारकों सहित उद्योग में अन्य पेशेवरों के साथ संबंध बनाना और बनाए रखना शामिल है। हर्षद मेहता के मामले में, नेटवर्किंग ने भारतीय शेयर बाजार में उसकी प्रसिद्धि में महत्त्वपूर्ण भूमिका निभाई।

हर्षद मेहता को वित्त उद्योग में प्रभावशाली लोगों के साथ संबंध बनाने और बनाए रखने की उसकी क्षमता के लिए जाना जाता था। वह अंदरूनी जानकारी हासिल करने और संसाधनों तक पहुँच हासिल करने के लिए इन संबंधों का लाभ उठाने में सक्षम था, जो उसके प्रतिस्पर्धियों के लिए उपलब्ध नहीं थे। इसने उसे शेयर बाजार में एक महत्त्वपूर्ण लाभ दिया और वह इस लाभ का उपयोग करके अपने और अपने ग्राहकों के लिए महत्त्वपूर्ण लाभ उत्पन्न करने में सक्षम था।

वित्त उद्योग में नेटवर्किंग के प्रमुख लाभों में से एक सूचना तक पहुँच है। वित्त की अत्यधिक प्रतिस्पर्धी दुनिया में सूचना एक शक्ति है। जिन लोगों की सही समय पर सही जानकारी तक पहुँच है, वे सूचित निवेश निर्णय ले सकते हैं, जिससे महत्त्वपूर्ण लाभ होता है। हर्षद मेहता की उद्योग में प्रभावशाली लोगों के साथ नेटवर्क बनाने की क्षमता ने उसे उन सूचनाओं तक पहुँच प्रदान की, जो उसके प्रतिस्पर्धियों के लिए उपलब्ध नहीं थी। इससे उसे निवेश के बारे में अधिक सूचित निर्णय लेने तथा अपने और अपने ग्राहकों के लिए महत्त्वपूर्ण लाभ उत्पन्न करने की ताकत मिली।

सूचना तक पहुँच के अलावा नेटवर्किंग संसाधनों तक पहुँच भी प्रदान कर सकती है। वित्त उद्योग में पूँजी, प्रौद्योगिकी और मानव पूँजी जैसे संसाधनों तक

पहुँच एक महत्त्वपूर्ण प्रतिस्पर्धात्मक लाभ हो सकता है। हर्षद मेहता उन संसाधनों तक पहुँच प्राप्त करने के लिए अपने संबंधों का लाभ उठाने में सक्षम था, जो उसके प्रतिस्पर्धियों के लिए उपलब्ध नहीं थे। उदाहरण के लिए, वह बैंकों और अन्य वित्तीय संस्थानों से बड़ी मात्रा में पूँजी प्राप्त करने में सक्षम था, जिसका उपयोग वह शेयर बाजार में बड़े निवेश के लिए करता था।

वित्त उद्योग में नेटवर्किंग का एक अन्य लाभ ग्राहकों एवं अन्य हितधारकों के साथ विश्वास और विश्वसनीयता बनाने की क्षमता है। वित्त, विश्वास और विश्वसनीयता जैसे अत्यधिक प्रतिस्पर्धी व जटिल उद्योग में सफलता के आवश्यक घटक हैं। हर्षद मेहता अपने ग्राहकों के साथ विश्वास और विश्वसनीयता बनाने की अपनी क्षमता के लिए जाना जाता था, जिसने उसे उच्च निवल मूल्य वाले व्यक्तियों और संस्थागत निवेशकों को आकर्षित करने तथा बनाए रखने की अनुमति दी।

हालाँकि, यह ध्यान रखना महत्त्वपूर्ण है कि अगर नेटवर्किंग को नैतिक रूप से नहीं किया जाता है तो इसके नकारात्मक परिणाम भी हो सकते हैं। हर्षद मेहता के मामले में उसका नेटवर्क इनसाइडर ट्रेडिंग और अन्य अवैध गतिविधियों पर बनाया गया था। जबकि नेटवर्किंग वित्त उद्योग में महत्त्वपूर्ण लाभ प्रदान कर सकती है, यह सुनिश्चित करना महत्त्वपूर्ण है कि यह नैतिक रूप से और कानून की सीमा के भीतर किया जाता है।

वित्त उद्योग में अन्य पेशेवरों के साथ संबंध बनाने के अलावा नेटवर्किंग में अन्य हितधारकों, जैसे नियामकों और नीति-निर्माताओं के साथ संबंध बनाना भी शामिल हो सकता है। हर्षद मेहता के मामले में, नियामकों और नीति-निर्माताओं के साथ संबंध बनाने की उसकी क्षमता ने उसे नियामक वातावरण को प्रभावित करने और शेयर बाजार में प्रतिस्पर्धात्मक लाभ हासिल करने की अनुमति दी। हालाँकि, इससे उसका पतन भी हुआ, क्योंकि उसकी अवैध गतिविधियों को अंततः नियामकों द्वारा उजागर किया गया था।

वित्त में प्रभाव की शक्ति

हर्षद मेहता दूसरों को अपनी योजनाओं में निवेश करने के लिए राजी करने और अपने पैसे से उन पर भरोसा करने की क्षमता के लिए जाना जाता था। वह ग्राहकों के साथ मजबूत संबंध बनाने के लिए अपने आकर्षण और करिश्मे का उपयोग करने में सक्षम था, जिनमें से कई उच्च निवल मूल्य वाले व्यक्ति और

संस्थागत निवेशक थे। मेहता की इन ग्राहकों को प्रभावित करने की क्षमता ने उसे बड़ी मात्रा में पूँजी जमा करने की अनुमति दी, जिसका उपयोग उसने शेयर बाजार में बड़े निवेश के लिए किया।

ग्राहकों को प्रभावित करने की अपनी क्षमता के अलावा मेहता नियामकों और नीति-निर्माताओं को भी प्रभावित करने में सक्षम था। वह शक्तिशाली राजनेताओं और नौकरशाहों के साथ अपने संबंधों के लिए जाना जाता था, जिसने उसे अपने पक्ष में नियामक वातावरण को प्रभावित करने की अनुमति दी। उदाहरण के लिए, मेहता सरकार को बैंक ऋण देने के नियमों को बदलने के लिए राजी करने में सक्षम था, जिसने उसे बैंकों से बड़े ऋण प्राप्त करने और शेयर बाजार में निवेश करने के लिए उनका उपयोग करने की अनुमति दी।

हर्षद मेहता की दूसरों को प्रभावित करने की क्षमता उसके आकर्षण और करिश्मे तक सीमित नहीं थी। उसने शेयर बाजार में फायदा उठाने के लिए अंदरूनी जानकारी और अन्य अवैध तरीकों का भी इस्तेमाल किया। मेहता अंदरूनी जानकारी तक पहुँच प्राप्त करने के लिए अपने प्रभाव का उपयोग करने में सक्षम था, जिसका उपयोग उसने निवेश के निर्णय लेने के लिए किया, जिससे महत्त्वपूर्ण लाभ हुआ। जबकि यह दृष्टिकोण अवैध था, यह वित्त उद्योग में प्रभाव की शक्ति को उजागर करता है।

वित्त में प्रभाव की शक्ति हर्षद मेहता जैसे व्यक्तिगत खिलाड़ियों से परे फैली हुई है। इसमें बैंकों और निवेश फर्मों जैसे बड़े संस्थानों का प्रभाव भी शामिल है। इन संस्थानों के पास वित्तीय प्रणाली को आकार देने और निवेशकों तथा अन्य हितधारकों के निर्णयों को प्रभावित करने की महत्त्वपूर्ण शक्ति है। उदाहरण के लिए, बड़े निवेश बैंक प्रतिभूतियों के मूल्य-निर्धारण को आकार देने और अन्य बाजार सहभागियों के व्यवहार को प्रभावित करने के लिए अपने प्रभाव का उपयोग कर सकते हैं।

जबकि वित्त उद्योग में प्रभाव एक शक्तिशाली उपकरण हो सकता है, अगर इसका नैतिक रूप से उपयोग नहीं किया जाता है तो इसके नकारात्मक परिणाम भी हो सकते हैं। हर्षद मेहता के मामले में, शेयर बाजार में लाभ प्राप्त करने के लिए उसके द्वारा अवैध तरीकों का उपयोग अंततः उसके पतन का कारण बना। यह नैतिक व्यवहार के महत्त्व और एक जिम्मेदार तरीके से प्रभाव का उपयोग करने की आवश्यकता पर प्रकाश डालता है।

प्रभाव का उपयोग वित्त उद्योग में सकारात्मक परिणामों के लिए भी किया जा सकता है। उदाहरण के लिए, प्रभावशाली निवेशक सामाजिक एवं पर्यावरणीय कारणों की वकालत करने के लिए अपनी शक्ति का उपयोग कर सकते हैं और अन्य निवेशकों को भी ऐसा करने के लिए प्रोत्साहित कर सकते हैं। वे अधिक जिम्मेदार कॉरपोरेट व्यवहार को आगे बढ़ाने के लिए अपने प्रभाव का उपयोग कर सकते हैं और कंपनियों को स्थायी प्रथाओं को अपनाने के लिए प्रोत्साहित कर सकते हैं।

सफलता और असफलता में समय की भूमिका

वित्त की दुनिया में समय एक महत्त्वपूर्ण कारक है और इसने हर्षद मेहता के उत्थान एवं पतन में महत्त्वपूर्ण भूमिका निभाई। उसके निवेश के समय, उसके घोटालों के समय और उसके पतन के समय का उसकी सफलता और असफलता पर गहरा प्रभाव पड़ा।

शेयर बाजार में हर्षद मेहता की प्रसिद्धि और भाग्य में वृद्धि काफी हद तक उन अवसरों को पहचानने और उनका लाभ उठाने की क्षमता का परिणाम थी, जिन्हें दूसरों ने अनदेखा कर दिया था। उसके पास बाजार को समय देने और सही समय पर साहसिक निवेश करने की अदम्य क्षमता थी। उदाहरण के लिए, हर्षद मेहता वर्ष 1991 की आर्थिक उदारीकरण की नीति की क्षमता को पहचानने में सक्षम था और शेयर बाजार में भारी निवेश करते हुए महत्त्वपूर्ण लाभ कमा रहा था।

हालाँकि, हर्षद मेहता की सफलता केवल बाजार को समय देने की उसकी क्षमता का परिणाम नहीं थी। यह उसके घोटालों को अंजाम देने में उसकी समयबद्धता का भी परिणाम थी। हर्षद मेहता के घोटालों में कुछ शेयरों के लिए नकली माँग बनाने और ऋण के लिए प्रतिभूति के रूप में बैंक रसीदों का उपयोग करने सहित विभिन्न प्रकार की अवैध रणनीतियों का उपयोग करके शेयर बाजार में हेर-फेर करना शामिल था। इन घोटालों को सफलतापूर्वक अंजाम देने में उसकी टाइमिंग अहम थी। वह कुछ शेयरों के आसपास अत्यावश्यकता और उत्तेजना की भावना पैदा करने में सक्षम था, जिससे उसे अपनी कीमतें बढ़ाने और महत्त्वपूर्ण लाभ प्राप्त करने की अनुमति मिली।

दुर्भाग्य से, हर्षद मेहता की टाइमिंग अंततः उसके पतन का कारण बनी। वर्ष 1992 में उसके घोटालों का खुलासा होना शुरू हुआ और नुकसान की सीमा

निर्धारित करने में उसके जोखिम का समय महत्त्वपूर्ण था। उसके घोटाले ऐसे समय में उजागर हुए, जब भारतीय अर्थव्यवस्था उच्च मुद्रास्फीति और भुगतान संतुलन के संकट सहित महत्त्वपूर्ण चुनौतियों का सामना कर रही थी। उसके जोखिम के समय ने इन समस्याओं को बढ़ा दिया और निवेशकों के विश्वास में भारी गिरावट आई तथा शेयर बाजार में भी तेज गिरावट आई।

हर्षद मेहता की कहानी वित्त उद्योग में सफलता और असफलता में समय की महत्त्वपूर्ण भूमिका पर प्रकाश डालती है। निवेश के निर्णयों का समय, बाजार के रुझान का समय और घोटालों का समय किसी व्यक्ति की सफलता या विफलता पर महत्त्वपूर्ण प्रभाव डाल सकता है।

समय केवल व्यक्तिगत निवेश निर्णयों में ही महत्त्वपूर्ण नहीं है, बल्कि व्यापक बाजार प्रवृत्तियों में भी महत्त्वपूर्ण है। उदाहरण के लिए, आर्थिक नीतियों का समय, भू-राजनीतिक घटनाओं और वैश्विक आर्थिक रुझान—सभी का शेयर बाजार एवं व्यक्तिगत निवेश पर महत्त्वपूर्ण प्रभाव पड़ सकता है। जो निवेशक इन रुझानों को सही ढंग से समझने में सक्षम हैं, वे महत्त्वपूर्ण लाभ प्राप्त कर सकते हैं; जबकि जो लोग उन्हें गलत तरीके से देखते हैं, उन्हें महत्त्वपूर्ण नुकसान हो सकता है।

जोखिम-प्रबंधन के संदर्भ में समय भी महत्त्वपूर्ण है। वे निवेशक, जो सही समय पर अपने निवेश से प्रवेश और निकास का समय निर्धारित कर सकते हैं, वे अपने नुकसान को कम कर सकते हैं और अपने लाभ को अधिकतम कर सकते हैं। उदाहरण के लिए, जो निवेशक बाजार में गिरावट को पहचानने में सक्षम हैं और महत्त्वपूर्ण नुकसान होने से पहले अपनी स्थिति से बाहर निकल सकते हैं, वे अपने पोर्टफोलियो की रक्षा कर सकते हैं और अपनी पूँजी को सुरक्षित रख सकते हैं।

वस्तुत:, वित्त उद्योग में समय एक महत्त्वपूर्ण कारक है और इसने हर्षद मेहता के उत्थान एवं पतन में महत्त्वपूर्ण भूमिका निभाई। मेहता की बाजार को समयबद्ध करने और अपने घोटालों को सही समय पर अंजाम देने की क्षमता उसकी सफलता का एक महत्त्वपूर्ण कारक थी; लेकिन उसके जोखिम के बारे में गलत अनुमान लगाने से उसका पतन हुआ। निवेशकों के लिए सबक यह है कि निवेश के फैसले लेने, जोखिम-प्रबंधन और व्यापक बाजार प्रवृत्तियों को नेविगेट करने में समय महत्त्वपूर्ण है। वित्त उद्योग में समय की भूमिका को समझकर निवेशक खुद को सफलता के लिए स्थापित कर सकते हैं और हर्षद मेहता के पतन के कारण होने वाले नुकसान से बच सकते हैं।

वित्त में बातचीत की कला

वित्त की दुनिया में सौदों और निवेशों से लेकर वेतन वार्त्ताओं और अनुबंध वार्त्ताओं तक हर चीज में बातचीत एक महत्त्वपूर्ण भूमिका निभाती है। हर्षद मेहता वार्त्ताओं का उस्ताद था और प्रभावी ढंग से वार्त्ताएँ करने की उसकी क्षमता ने शेयर बाजार में उसकी सफलता में महत्त्वपूर्ण भूमिका निभाई।

उसकी प्रमुख बातचीत रणनीति में से एक संबंध बनाने और अपने समकक्षों के साथ विश्वास स्थापित करने की उसकी क्षमता थी। उसके पास एक करिश्माई और प्रेरक वार्त्ताकार होने की प्रतिष्ठा थी और वह सौदा करने में अपने लाभ के लिए इसका उपयोग करने में सक्षम था। वह सबसे अधिक शंकालु भागीदारों को भी जीतने और उन्हें अपनी दृष्टि में निवेश करने के लिए मनाने की अपनी क्षमता के लिए जाना जाता था।

हर्षद मेहता की वार्त्ता पुस्तिका में एक अन्य महत्त्वपूर्ण रणनीति सूचना और बाजार के रुझानों को अपने लाभ के लिए उपयोग करने की उसकी क्षमता थी। वह बाजार के रुझानों का एक उत्सुक पर्यवेक्षक था और उसके पास संपर्कों का एक व्यापक नेटवर्क था, जिसका इस्तेमाल वह बातचीत में अपने लाभ के लिए करता था। वह बाजार की गतिविधियों का अनुमान लगाने में सक्षम था और इस जानकारी का उपयोग अपने तथा अपने ग्राहकों के लिए अनुकूल शर्तों पर बातचीत करने के लिए करता था।

बैंकों और निगमों के बीच मध्यस्थ के रूप में हर्षद मेहता का बातचीत कौशल विशेष रूप से उसकी भूमिका में स्पष्ट था। इस भूमिका में वह दोनों पक्षों के लिए अनुकूल शर्तों पर मोल-तोल करने और स्थायी संबंध बनाने में सक्षम था, जिसने उसे बार-बार व्यापार को सुरक्षित करने की अनुमति दी। शेयर बाजार में उसकी सफलता में दोनों पक्षों के लिए लाभकारी सौदे करने की उसकी क्षमता एक महत्त्वपूर्ण कारक थी।

हर्षद मेहता की वार्त्ता रणनीति के प्रमुख पाठों में से एक है—तैयारी का महत्त्व। वह अपनी सावधानीपूर्वक तैयारी और विस्तार पर ध्यान देने के लिए जाना जाता था, जिसने उसे अपने समकक्ष की जरूरतों व चिंताओं का अनुमान लगाने और एक बातचीत की ऐसी रणनीति तैयार करने की अनुमति दी, जो सबसे प्रभावी होगी। वह अपने समकक्ष की पृष्ठभूमि, रुचियों और बातचीत की शैली पर शोध करता तथा बातचीत में अपने लाभ के लिए इस जानकारी का उपयोग करता।

उसकी बातचीत की रणनीति से एक और महत्त्वपूर्ण सबक है—धैर्य का महत्त्व। वह बातचीत में जल्दबाजी करने या जल्दबाजी में निर्णय लेने वालों में से नहीं था। वह रिश्ते बनाने, विश्वास स्थापित करने और जानकारी इकट्ठा करने के लिए समय निकालने को तैयार था, भले ही उसका तात्पर्य किसी सौदे में देरी करना हो! इस धैर्य ने उसे और अधिक प्रभावी ढंग से बातचीत करने और अधिक अनुकूल शर्तों को सुरक्षित करने की अनुमति दी।

हर्षद मेहता की कहानी बातचीत में नैतिकता के महत्त्व पर भी प्रकाश डालती है, जबकि निवेशकों और वित्त पेशेवरों के लिए इसमें सबक यह है कि बातचीत की रणनीति को हमेशा नैतिक रूप से और कानून की सीमा के भीतर नियोजित किया जाना चाहिए। अनैतिक व्यवहार के महत्त्वपूर्ण परिणाम हो सकते हैं और अंततः विश्वसनीयता एवं विश्वास की हानि हो सकती है।

अंत में, बातचीत की कला वित्त की दुनिया में एक महत्त्वपूर्ण कौशल है और इसने हर्षद मेहता की सफलता में महत्त्वपूर्ण भूमिका निभाई। मेहता की रिश्ते बनाने की क्षमता, जानकारी का लाभ उठाने और सौदों पर बातचीत करने की क्षमता—जो दोनों पक्षों के लिए फायदेमंद थी—एक शेयर बाजार ट्रेडर के रूप में उसकी सफलता का एक महत्त्वपूर्ण कारक था। उसकी वार्त्ता रणनीति के सबक में तैयारी, धैर्य और नैतिक व्यवहार का महत्त्व शामिल है। इन पाठों को लागू करके निवेशक और वित्त पेशेवर अपने बातचीत कौशल में सुधार कर सकते हैं और वित्त उद्योग में सफलता के लिए खुद को सही स्थिति में ला सकते हैं।

□

33

हर्षद मेहता घोटाला : प्रमुख बिंदु

'बिग बुल' के नाम से प्रसिद्ध हर्षद मेहता ने 4,000 करोड़ रुपए का घोटाला कैसे रचा? किस वजह से बैंकों ने उसे बड़ी रकम उधार दी? उसने स्टॉक मार्केट को स्टेरॉयड पर कैसे रखा और उसे एक चक्कर की सवारी पर ले गया तथा कुछ शेयरों को 4,000 प्रतिशत से अधिक उठा दिया? और यह सब कैसे समाप्त हुआ?

भारत में घोटालों के इतिहास में वर्ष 1992 एक विशेष स्थान रखता है। उस वर्ष, पहली बार, देश ने अपने शेयर बाजार की एक सरल चाल देखी।

लगभग 4,000 करोड़ रुपए की धोखाधड़ी में शामिल 'प्रतिभूति घोटाला', जैसा कि ज्ञात है, अभी भी भारतीय शेयर बाजार में अब तक की सबसे बड़ी धोखाधड़ी में से एक है। यह एक व्यवस्थित धोखाधड़ी थी, जिसमें बैंक रसीदें और स्टांप पेपर शामिल थे और अंततः शेयर बाजार दुर्घटनाग्रस्त हो गया। इस घोटाले ने देश को हिलाकर रख दिया और अंततः दलाल स्ट्रीट पर खेल के नियमों को बदल दिया गया।

आइए, जानते हैं, वर्ष 1992 के हर्षद मेहता घोटाले के प्रमुख बिंदुओं के बारे में—

एक पंजीकृत और जाने-माने ब्रोकर हर्षद मेहता ने बैंकिंग प्रणाली में खामियों का फायदा उठाकर बॉम्बे स्टॉक एक्सचेंज (बी.एस.ई.) का अपने सहयोगियों के साथ जोड़-तोड़ किया।

- फर्जी बैंक रसीद (बी.आर.) जारी कराने के लिए मेहता ने कथित तौर पर बैंक कर्मचारियों के साथ मिलीभगत की। उसने उन बी.आर.

का इस्तेमाल अन्य बैंकों को इस धारणा के तहत पैसे उधार देने के लिए किया कि वे सरकारी प्रतिभूतियों (जी-सेक) के खिलाफ उधार दे रहे थे।

- उस राशि को शेयर बाजार में डाल दिया गया, ताकि शेयर की कीमतों में 4,400 प्रतिशत तक की बढ़ोतरी हो सके। मेहता ने तब उन शेयरों को एक महत्त्वपूर्ण लाभ पर बेच दिया और मूल राशि बैंकों को वापस कर दी गई।
- परिणामस्वरूप, बी.एस.ई. सेंसेक्स जनवरी में 2,000 अंक से बढ़कर मार्च 1992 में 4,000 अंक हो गया।
- जैसे-जैसे बाजार नई ऊँचाइयों को छूते गए, लोग हर्षद मेहता को 'बिग बुल' के रूप में देखने लगे और उन शेयरों को खरीदना शुरू कर दिया, जिनमें उसने निवेश किया था। कई खुदरा निवेशकों ने शेयरों में पर्याप्त मात्रा में निवेश किया।
- कुल मिलाकर, मेहता ने बैंकों से करीब 4,000 करोड़ रुपए ठगे। बाद में, जब शेयर बाजार में उसके संचालन के तरीके का पता चला और उसका पर्दाफाश हुआ तो बैंकों ने महसूस किया कि उनके पास नकली बी.आर. हैं, जिनका कोई मूल्य नहीं है।
- घोटाला सामने आने के बाद आय कर विभाग ने 28 फरवरी, 1992 को मेहता परिवार पर छापा मारा। कई दस्तावेज और शेयर प्रमाण-पत्र जब्त किए गए।
- 4 जून, 1992 को सी.बी.आई. ने मेहता परिवार की तलाशी ली। इसके बाद हर्षद मेहता द्वारा निर्धारण वर्ष 1992-93 के लिए दाखिल टैक्स रिटर्न को खारिज कर दिया गया और उसे साल 1992 में जेल में डाल दिया गया।
- भारतीय रिजर्व बैंक ने घोटाले की व्यापक तसवीर उपलब्ध कराने के लिए वर्ष 1992 में 'जानकीरमन समिति' का गठन किया। वर्ष 1993 में हर्षद मेहता घोटाले के बाद प्रतिभूतियों और बैंकिंग लेन-देन में अनियमितताओं की जाँच के लिए एक 'संयुक्त संसदीय समिति' (जे. पी.सी.) का भी गठन किया गया।
- हर्षद मेहता को बॉम्बे हाई कोर्ट एवं सुप्रीम कोर्ट दोनों ने दोषी ठहराया

और 74 आपराधिक मामलों का आरोप लगाया। उनकी कानूनी लड़ाई दिसंबर 2001 तक चली, जब जेल में दिल का दौरा पड़ने से हर्षद मेहता का निधन हो गया। वह 47 वर्ष का था।

- हर्षद मेहता घोटाले ने भारत की वित्तीय नियामक प्रणाली में कई बदलाव किए। प्रतिभूति कानून (संशोधन) अधिनियम 1995 में पारित किया गया था, जो सेबी (SEBI) के अधिकार-क्षेत्र को विस्तृत करता है और इसे डिपॉजिटरी, एफ.आई.आई., उद्यम पूँजी कोष और क्रेडिट रेटिंग एजेंसियों को विनियमित करने की अनुमति देता है। निवेशकों के हितों को सुरक्षित करने के लिए सेबी (SEBI) सिक्योरिटीज जारी करने वाली कंपनियों के लिए भी खुलासा करना अनिवार्य कर सकता है।

घोटाले के बाद से भारतीय शेयर बाजार एक लंबा सफर तय कर चुका है। पिछले कुछ वर्षों में अन्य शेयर बाजार घोटाले हुए हैं, जिन्होंने निवेशकों को साफ कर दिया है और नियामक निकायों को लाल रंग का सामना करना पड़ा है। लेकिन हर्षद मेहता ही था, जिसने यह सब शुरू किया। उसने जिन घटनाओं की पटकथा लिखी, वे निवेशकों और नियामकों दोनों को हर समय सतर्क रहने के लिए एक अनुस्मारक के रूप में काम करती हैं।

□

34

साक्षात्कार :
'मुझे बलि का बकरा बनाया जा रहा है'

हर्षद मेहता ने अपने स्कैम से देश भर को हिला दिया था; लेकिन जब उसके अवैध व गैर-कानूनी कार्यों के लिए उसे दंडित किया गया तो वह स्वयं को सिस्टम का पीड़ित दरशाने लगा। उसका एक ऐसा ही साक्षत्कार यहाँ प्रस्तुत है—

पीछे मुड़कर देखें तो क्या आपको अपनी चुनी हुई लाइन पर पछतावा है ?

उत्तर : कोई अफसोस नहीं है; लेकिन मैं अपनी नजरबंदी के 111 दिनों में आत्म-निरीक्षण कर रहा हूँ। मैं कर्म के सिद्धांत में विश्वास करता हूँ।

क्या आपको और आपके परिवार को लगता है कि आप फिर से शुरुआत कर सकते हैं ?

उत्तर : मेरे परिवार के मजबूत विचार और फौलादी दृढ़ संकल्प हैं। हमारा एक संघर्षपूर्ण अतीत रहा है और हमने सभी प्रतिकूलताओं का दृढ़ता से सामना किया है। हम ईश्वर से प्रार्थना करते हैं कि वे हमें शक्ति प्रदान करें।

जब व्यवसाय पर धूल जम जाए तो आप क्या करने का इरादा रखते हैं ? ऐसा कहा जाता है कि जेल में आप फ्लो चार्ट बना रहे थे और भविष्य के व्यवसाय की योजना बना रहे थे ?

उत्तर : मैं परिवर्तन का एजेंट बनना चाहता हूँ; हालाँकि, मैं मसीहा होने का दावा नहीं करता। मेरा पहला प्यार हमेशा इक्विटी पंथ को बढ़ावा देना और निवेशकों के लिए धन का निर्माण करना होगा।

क्या आपको लगता है कि आपकी आजादी अस्थायी है?

उत्तर : सरकार की मंशा बहुत स्पष्ट है। मैं घंटे-दर-घंटे जी रहा हूँ।

क्या आपको लगता है कि आपको अलग करके अन्य ब्रोकर्स और शायद कुछ राजनेता सजा से बच गए हैं?

उत्तर : कुछ गुप्त उद्देश्यों की पूर्ति के लिए मुझे बलि का बकरा बनाया जा रहा है। यह केवल समय ही है, जो इसे सहन करेगा। जनता को ज्यादा देर तक बेवकूफ नहीं बनाया जा सकता।

आपकी राय में, क्या पूँजी बाजार और सुरक्षा बाजार कभी एक जैसे होंगे?

उत्तर : यदि नियामक प्राधिकरण यह महसूस करते हैं कि बाजार अव्यावहारिक दिशा-निर्देशों के एक समूह द्वारा शासित होते हैं, जिनका उल्लंघन सभी खिलाड़ियों द्वारा किया जाता है और सड़ाँध को साफ करने का कार्य करते हैं, तो भविष्य उज्ज्वल है। घोटाला उस वेश में वरदान है।

क्या आप बैंकों और संस्थानों को भुगतान करेंगे?

उत्तर : मेरे निवेश में राइट्स बोनस डिविडेंड के समाप्त होने से 50 करोड़ रुपए से अधिक—मेरे द्वारा किए जा रहे नुकसान से चुकाने की मेरी क्षमता क्षीण होती है। मेरे दायित्व के आँकड़ों को बढ़ा-चढ़ाकर पेश किया गया है। मुद्रा बाजार सौदों में मेरे पास कई बैंकों से बहुत बड़ी प्राप्तियाँ हैं। आय कर अधिकारियों द्वारा (मुझ पर) 10,000 करोड़ रुपए से अधिक का हास्यास्पद दावा करने से मामलों को जटिल बना दिया गया है। पूर्व में मेरे बार-बार किए गए प्रस्तावों का अभी तक कोई जवाब नहीं मिला है। मैं केवल वही भुगतान करने के लिए तैयार हूँ, जो मुझे वैध रूप से देय है।

कहा जाता है कि बाजार और बैंकिंग प्रणाली द्वारा खोया गया कुछ पैसा विदेश चला गया है?

उत्तर : मेरे मामले में एक रुपया भी नहीं छोड़ा गया है।

क्या जाँच एजेंसियों द्वारा बैंकों को जान-बूझकर बख्शा जा रहा है? उदाहरण के लिए, सिटी बैंक—तीसरी जानकीरमन रिपोर्ट में उदार उल्लेख के बावजूद?

उत्तर : ब्रोकर्स ने बैंकों के लिए कारोबार किया है और इसलिए ब्रोकर्स पर ध्यान केंद्रित करना गलत है। कानूनी तौर पर बैंकर मुख्य आरोपी हैं और ब्रोकर्स

सह-आरोपी हैं। मैंने वी. कृष्णमूर्ति के माध्यम से वित्त सचिव के.पी. गीताकृष्णन से मुलाकात की। मैं उसके बाद संपर्क में नहीं रहा। जनता को जाँच की तटस्थता पर संदेह है और यह स्पष्ट है कि इस कार्टेल को आश्रय दिया जा रहा है। बियर भाग रहे हैं।

हाल ही में एक साक्षात्कार में आपने कहा था कि सिटी बैंक बियर कार्टेल को फंडिंग कर रहा है। बियर कार्टेल क्या है?

उत्तर : कुछ मुट्ठी भर लगभग 10 ब्रोकर्स हैं, जिन्होंने एक शक्तिशाली सिंडिकेट बनाया है, जिसे 'बियर कार्टेल' के रूप में जाना जाता है। उनमें से कुछ मुद्रा बाजार में भी काम करते हैं और बैंकों एवं म्यूचुअल फंडों के साथ बहुत करीबी संबंध रखते हैं। सिटी बैंक ऐसा ही एक प्रमुख बैंक है। यह कार्टेल, कई वर्षों से, मुद्रा और पूँजी बाजार में एक आभासी एकाधिकार का आनंद ले रहा है। उनके प्रमुख व्यक्तियों के साथ लंबे समय से संबंध हैं और गुप्त मूल्य, संवेदनशील सूचनाओं के लिए गुप्त हैं। वे निराशा के भविष्यवक्ता हैं और बी.एस.ई. सूचकांक के 1,100 के स्तर से ही शेयर की कीमतों पर असर पड़ रहा है। पिछले साल दो मौकों पर बियर कार्टेल ने मई 1991 में लगभग 1,200 के सूचकांक स्तर पर और नवंबर 1991 में 1,800 के स्तर पर शेयरों के मालिक के बिना भारी बिक्री की। कथित तौर पर इससे लगभग 1,000 करोड़ रुपए का नुकसान हुआ, जिसे झूठे पोर्टफोलियो प्रबंधन योजनाओं के माध्यम से प्राप्तियाँ और सस्ते पी.एस.यू. फंड-निर्माण द्वारा वित्त-पोषित किया गया था। उनका एकमात्र उद्देश्य मुझे दोनों बाजारों से निकाल देना था, ताकि वे अपना लाभ का कारोबार जारी रख सकें।

वे कौन थे?

उत्तर : मैं केवल इतना कह सकता हूँ कि जिन निवेशकों की संपत्ति का परिसमापन किया गया है, उन्हें उनके नाम अच्छी तरह से ज्ञात हैं।

क्या बॉम्बे और कलकत्ता में स्टॉक एक्सचेंज रिकॉर्ड की स्कैनिंग से मदद मिलेगी?

उत्तर : चूँकि कुछ शेयरों में शॉर्ट-सेलिंग कंपनी की इक्विटी पूँजी के 20-30 प्रतिशत तक भी जाती है, इसलिए बियर कार्टेल का उनकी सहयोगी फर्मों के साथ स्टॉक एक्सचेंज लेन-देन शॉर्ट-सेलिंग साबित होगा। हालाँकि, बहीखातों के बाहर सौदे किए गए हैं और यहाँ तक कि कुछ म्यूचुअल फंडों द्वारा समान शेयरों में की गई बिक्री को भी ध्यान में रखना होगा। मंदड़ियों को बचाने के लिए कुछ

म्यूचुअल फंडों और बैंकों ने भी उसी स्क्रिप के अपने ब्लू चिप पोर्टफोलियो को कम कीमतों पर परिसमाप्त कर दिया और उन्हें भारी नुकसान हुआ। म्यूचुअल फंड और बियर कार्टेल ने समान शेयरों को 1,400 के सूचकांक स्तर पर बेचा था। मुझे यकीन है कि उनमें से कुछ शेयरों को पिछले दिनांकित अनुबंध नोटों द्वारा उठाया गया था।

क्या कार्टेल और बैंक इतने चतुर हैं या क्या उनके राजनीतिक संबंध हैं, जिससे वे जाँच अधिकारियों के ध्यान से बच गए हैं?

उत्तर : संयुक्त संसदीय समिति पहले ही सी.बी.आई. को उसकी एकतरफा जाँच के लिए फटकार लगा चुकी है। जाँच की निष्पक्षता को लेकर जनता भी आशंकित है और जाहिर-सी बात है कि इस गिरोह को पनाह दी जा रही है। बियर बेदाग होते जा रहे हैं।

क्या आपकी देश छोड़कर विदेश में बसने की कोई योजना है?

उत्तर : मैं देश में इस रोमांचक दौर के एक पल को भी खोने की कल्पना नहीं कर सकता। मेरे मामलों को सुलझाने से पहले या बाद में देश छोड़ने की मेरी कोई योजना नहीं है।

क्या आपको लगता है कि मीडिया ने आपको गलत तरीके से आजमाया, दोषी ठहराया और सूली पर चढ़ा दिया?

उत्तर : मैं जनता के मिजाज को कभी समझ नहीं पाया। शुरुआत में मेरा ध्यान मुझ पर था। कुछ समय पहले तक मुझे हर्षद मेहता, फेयरग्रोथ फाइनेंशियल को संबोधित पत्र भी मिल रहे थे। जैसे ही तथ्य सामने आए और लोगों ने महसूस किया कि मैं अकेला नहीं हूँ और यह कि मैं व्यवस्था का हिस्सा हूँ, उन्हें लगा कि मेरे साथ भेदभाव किया गया है।

क्या आप अब भी बुलिश हैं?

उत्तर : मेरा दृष्टिकोण उत्पादों पर आधारित था, न कि लोगों पर। मूल्य-अर्जन अनुपात बहु सिद्धांत को निराशावादियों द्वारा अधिक बेचा गया है।

वी. कृष्णमूर्ति के साथ आपके संबंधों की प्रकृति और आपने उन्हें जो ऋण दिया था, उसका स्वरूप क्या था?

उत्तर : मैं कृष्णमूर्ति से पहली बार फरवरी 1992 में मिला था। उन्हें दिया गया आवास किसी भी अन्य सामान्य व्यवसाय की तरह था, जिसमें मेरी फर्म सैकड़ों लोगों के साथ प्रवेश करती है। कोई अन्य विचार नहीं था।

क्या आप कृष्णमूर्ति से कांग्रेस (आई) सांसद एस.एन. चतुर्वेदी के जरिए मिले थे?

उत्तर : हाँ। मैं श्री चतुर्वेदी को बहुत समय से जानता हूँ।

क्या कृष्णमूर्ति ने वित्त सचिव के.पी. गीताकृष्णन से आपका परिचय कराया?

उत्तर : मैं कृष्णमूर्ति के माध्यम से श्री गीताकृष्णन से केवल एक बार मिला था, जब हमने भुगतान संतुलन की समस्या को हल करने के बारे में अपने विचारों की प्रस्तुति दी थी। इसके बाद मेरा संपर्क नहीं रहा।

आप पूँजी बाजार को क्यों भुनाते रहते हैं?

उत्तर : मुझे लगा कि पिछले साल सार्वजनिक क्षेत्र के विनिवेश से सरकार को हजारों करोड़ रुपए का नुकसान हुआ है। मेरा यह भी मानना है कि यदि पी.एस.यू. शेयरों का विनिवेश उछाल वाले पूँजी बाजारों के माध्यम से किया जाता है तो सरकार के बड़े आंतरिक ऋण को समाप्त किया जा सकता है और ब्याज, जो लगभग 35,000 करोड़ रुपए प्रतिवर्ष है, शून्य हो सकता है।

क्या ब्रोकर्स के बीच स्कोर रिंग के बाहर तय किया जा रहा है?

उत्तर : हाँ, बहुत ज्यादा।

क्या आपको लगता है कि आपकी जीवन-शैली और गति बहुत तेज है और क्या आपके हाई प्रोफाइल ने आपको परेशानी में डाल दिया है?

उत्तर : विदेशी कारों को छोड़कर मेरे परिवार की जीवन-शैली किसी अन्य उच्च-मध्यम वर्गीय गुजराती परिवार की तरह है। यह पूँजी बाजार में उपस्थिति है, जिसने मुझे दैनिक आधार पर समाचार के योग्य बना दिया है। अगर मैं झुग्गी-झोंपड़ियों में शान से रहता हूँ तो मुझे लगता है कि मैं हमेशा अपनी संपत्ति का एक छोटा प्रतिशत सांसारिक सुख-सुविधाओं पर खर्च कर सकता हूँ।

क्या आप खुद को सपने बेचने वाले पाइड पाइपर के रूप में देखते हैं?

उत्तर : भारतीय पूँजी बाजार पर बहुत कम शोध किया गया है और यह उन प्रतिभागियों से बना है, जो बड़े पैमाने पर पहली बार आए हैं। उनमें दृढ़ विश्वास की कमी होती है और वे खुद का नेतृत्व करने के बजाय खुद को नेतृत्व करने की अनुमति देते हैं। इसलिए, हम पूर्वानुमानों में नाटकीय उतार-चढ़ाव देखते हैं और मैं दृढ़ विश्वास के इस शून्य का एक उत्पाद हूँ।

क्या आप और आपका परिवार अपने दैनिक जीवन में भुगतान न किए गए बिलों जैसी समस्याओं का सामना कर रहा है ?

उत्तर : भुगतान न करने पर कई टेलीफोन लाइनें काट दी गई हैं। मेरे कई कार्यालयों में बिजली भी काट दी गई है। मेरे छोटे भाई का हाल ही में उधार के पैसे से ऑपरेशन हुआ है। सौभाग्य से, मेरा परिवार बहुत बड़ा है और मेरी जमानत राशि मेरे रिश्तेदारों के माध्यम से जुटाई गई थी।

□

35

सेबी (SEBI) का गठन

हर्षद मेहता घोटाले के बाद सेबी (SEBI) का गठन हुआ। भारतीय प्रतिभूति विनिमय बोर्ड, जिसे 'सेबी' के नाम से जाना जाता है, अपने अस्तित्व के 27वें वर्ष में है। हालाँकि, सेबी (SEBI) के मूल आर्किटेक्ट यह नहीं पहचान पाएँगे कि यह आज क्या हो गया है! एकमात्र नियामक प्राधिकरण से एक वैधानिक प्राधिकरण तक मूक दर्शक से लेकर बाजार के प्रहरी तक—सेबी (SEBI) ने अपनी स्थापना के बाद से एक लंबा सफर तय किया है।

सेबी (SEBI) 12 अप्रैल, 1988 को अस्तित्व में आया। इसने सरकार के पूँजी निर्गम विभाग के नियंत्रक का स्थान लिया। वर्ष 1988 में सेबी (SEBI) के पास एक नगण्य अधिकार-क्षेत्र के साथ सीमित शक्तियाँ थीं। वर्ष 1992 में सेबी अधिनियम ने निकाय को ढेर सारी जिम्मेदारियाँ दीं और इसे एक वैधानिक दर्जा दिया। इस प्रकार, वर्ष 1992 के बाद सेबी (SEBI) को एक वैधानिक प्राधिकरण के रूप में जाना जाने लगा और इसका अधिकार-क्षेत्र जम्मू एवं कश्मीर की पूर्ववर्ती रियासतों को छोड़कर पूरे देश में फैल गया।

सेबी बोर्ड की अध्यक्षता एक अध्यक्ष (भारत की केंद्र सरकार द्वारा नामित) द्वारा की जाती है। बोर्ड में केंद्रीय वित्त मंत्रालय के 2 अधिकारी होते हैं, जो पूर्णकालिक सदस्य के रूप में कार्यरत होते हैं। भारतीय रिजर्व बैंक (आर.बी.आई.) से 1 सदस्य और आर.बी.आई. द्वारा नामित 5 सदस्य होते हैं (5 में से कम-से-कम 3 आर.बी.आई. नामित सदस्यों को पूर्णकालिक सदस्य होना चाहिए)।

वर्तमान में, सुश्री माधवी पुरी बुच बोर्ड की अध्यक्ष हैं। अपनी स्थापना के बाद से सेबी (SEBI) लगातार विकसित हुआ है। इसके क्रमिक विकास का विश्लेषण

तीन घोटालों के माध्यम से किया जा सकता है—हर्षद मेहता सिक्योरिटीज फ्रॉड, सत्यम स्कैंडल और सहारा घोटाला।

तीन दशकों के दौरान सेबी (SEBI) का विकास

वर्ष 1988 में सेबी के पास सीमित शक्तियाँ थीं। मुख्य रूप से इसने प्रतिभूति बाजार को विनियमित किया और इसके निरंतर विकास को सुनिश्चित किया। ब्रोकर्स और निवेशकों के बीच होने वाले लेन-देन पर सेबी (SEBI) का कोई नियंत्रण नहीं था। हालाँकि, हर्षद मेहता सिक्योरिटीज फ्रॉड के बाद परिदृश्य पूरी तरह बदल गया।

हर्षद मेहता एक स्टॉक ब्रोकर और 'दलाल स्ट्रीट का सुल्तान' माने जाने के कारण निवेशकों ने आँखें बंद करके मेहता के नक्शे-कदम पर चलना शुरू किया। मेहता ने अपने निजी वित्तीय लाभ के लिए शेयरों की कीमतों में हेर-फेर करने के लिए अपनी स्थिति का दुरुपयोग किया।

मूल रूप से हर्षद मेहता ने जो किया, वह एक विशेष शेयर में बड़ी रकम का निवेश था। उसे निवेश करते देख अन्य शेयरधारकों और निवेशकों ने भी उन्हीं शेयरों में निवेश किया। इसके परिणामस्वरूप शेयर बाजारों में धन की अप्राकृतिक पंपिंग हुई, जिससे उन शेयरों की कीमतों में वृद्धि हुई। स्टॉक्स की कीमतों की अप्राकृतिक मुद्रास्फीति के परिणामस्वरूप 'बुल रन' हुआ। इस 'बुल रन' ने एसोसिएटेड सीमेंट कंपनी (ए.सी.सी.) जैसी कंपनियों के शेयरों की कीमतों में वृद्धि की।

उपर्युक्त ऑपरेशन हालाँकि अनैतिक नहीं था, लेकिन समस्या इसलिए पैदा हुई, क्योंकि हर्षद मेहता ने बैंकों के पैसे का दुरुपयोग करके शेयर बाजार में निवेश करने के लिए पूँजी प्राप्त की। जब बैंकों ने मेहता को अन्य बैंकों के स्वामित्व वाली सरकारी प्रतिभूतियों को खरीदने के लिए नकद दिया तो उसने उस पैसे को शेयर बाजार में निवेश किया, खरीदे गए शेयरों को 7 दिनों की अवधि के बाद लाभ पर बेच दिया और फिर सरकारी प्रतिभूतियों की खरीद पूरी की। मेहता को सौंपा गया धन एक विशिष्ट उद्देश्य के लिए दिया गया था और उसने व्यक्तिगत लाभ के लिए धन का गलत उपयोग किया। यह मनी लॉण्ड्रिंग के दायरे में आता है। इस प्रकार, हर्षद मेहता ने लगभग 5,000 करोड़ रुपए प्रतिभूति बाजारों में गलत तरीके से निवेश किए।

मेहता के पास 130 से अधिक कंपनियों के 50 लाख शेयर थे। जब हर्षद मेहता के घोटाले का खुलासा उस समय की एक प्रसिद्ध पत्रकार सुचेता दलाल ने

किया तो उसने खुद को अभियोजन से बचाने के लिए अपने अधिकांश शेयर बेच दिए। निवेशकों को लगा कि उन्हें मेहता ने धोखा दिया है और उनकी हिस्सेदारी बेच दी है।

सेबी (SEBI) निवेशकों और ब्रोकर्स के बीच लेन-देन को विनियमित करने का कोई अधिकार नहीं होने के कारण विकलांग था। मामले को देखने के लिए अधिकार-क्षेत्र वाला एकमात्र प्राधिकरण केंद्रीय जाँच ब्यूरो (सी.बी.आई.) था।

सरकार को प्रतिभूति बाजारों के नियमन में इस बड़े अंतर से अवगत कराया गया और आत्म-निरीक्षण के बाद उन्होंने सेबी (SEBI) को 'बाजार नियामकों' की स्थिति में बढ़ावा देने के लिए अधिक शक्तियों के साथ अधिकार देने का फैसला किया। इसके एवज में विधानमंडल ने सेबी अधिनियम, 1992 को शीघ्रता से मंजूरी दी।

सेबी अधिनियम ने सेबी को तीन गुना कर्तव्यनिष्ठ बनाया—

- बेईमान निवेशकों से शेयर बाजारों की रक्षा करना और निवेशकों को अनुचित बाजार प्रथाओं से बचाना।
- विकास कार्य—शेयर बाजारों को स्वस्थ और कानूनी रूप से विकसित करना।
- विनियमन कार्य—निष्पक्ष खेल सुनिश्चित करने के लिए दलालों, निवेशकों और शेयर बाजार के बीच लेन-देन को विनियमित करना।

इसके अलावा, सेबी अधिनियम, 1992 ने सेबी (SEBI) को एक अलग कानूनी अस्तित्व के साथ एक वैधानिक प्राधिकरण माना।

वर्ष 1992 के घोटाले ने सेबी (SEBI) को एक नियामक प्राधिकरण से एक वैधानिक प्राधिकरण के स्तर तक बढ़ा दिया।

वर्ष 1988-1995 के बीच सेबी (SEBI) का यह विकास तब स्पष्ट हुआ, जब हर्षद मेहता ने वर्ष 1997 में दूसरा घोटाला करने की कोशिश की।

वर्ष 1997 में मेहता ने दमयंती ग्रुप नामक फ्रंट कंपनियों का एक नेटवर्क बनाकर बाजारों में फिर से प्रवेश करने की कोशिश की। यह समूह मेहता की 1990 की प्रतिभूति फर्म के कार्यालय से संचालित होता था। मेहता ने ब्रोकर्स और एजेंटों को नियुक्त किया, जिन्होंने कमीशन के लिए उनकी ओर से शेयर बाजार में शेयर खरीदे और बेचे। हर्षद मेहता कंपनियों को खोजने में भी कामयाब रहा (जैसे—

बी.पी.एल., वीडियोकॉन और स्टरलाइट इंडस्ट्रीज), जिन्होंने उसे शेयर बाजार में अपने शेयरों की कीमत बढ़ाने के बदले में यह दूसरा उद्यम स्थापित करने के लिए स्टार्ट-अप पूँजी दी।

हर्षद मेहता कुछ शेयरों में बड़ी रकम निवेश करने के अपने मूल तौर-तरीकों पर अड़ा रहा और एक 'बुल रन' लाने की कोशिश की। हालाँकि, निवेशक और सेबी इतने समझदार हो गए थे कि हर्षद मेहता की चाल में फँस नहीं सकते थे।

वर्ष 1998 में सेबी (SEBI) ने स्क्रिप पर कुछ शेयरों की कीमतों में अचानक वृद्धि में गड़बड़ी की गंध पाई और मामले की जाँच की। हर्षद मेहता दमयंती समूह और उनके सहयोगियों को टेलीफोन बिल, वकीलों को भुगतान, निवेश विवरण आदि के माध्यम से जोड़ने में कामयाब रहा था। अदालत में हर्षद मेहता और उसके सहयोगियों के खिलाफ मामला गया। निवेशकों को नुकसान पहुँचाने और बाजारों में हेर-फेर करने से पहले सेबी (SEBI) ने हर्षद मेहता पर अंकुश लगा दिया। 10 वर्षों में सेबी पहले ही काफी बढ़ चुका था और बाजार का प्रहरी बनने की राह पर था।

हर्षद मेहता घोटाले के बाद सेबी द्वारा परिवर्तन-सूची

- सख्त और पूर्ण प्रकटीकरण मानदंड पेश किए गए थे। पूर्ण प्रकटीकरण मानदंड भौतिक तथ्यों, विशिष्ट जोखिम कारकों, विवेकपूर्ण मानदंडों आदि से संबद्ध थे। सभी सूचीबद्ध कंपनियों द्वारा इसका पालन अनिवार्य कर दिया गया था। एक कोड पेश किया गया था कि कंपनियों को प्रतिभूतियों की खरीद के लिए सार्वजनिक पेशकश करते समय निवेशकों को सभी जानकारियाँ एक ईमानदार और भरोसेमंद तरीके से प्रकट करनी होंगी।
- राष्ट्रव्यापी इलेक्ट्रॉनिक ट्रेडिंग के साथ नेशनल स्टॉक एक्सचेंज (एन. एस.ई.) को संचालन की पारदर्शिता बढ़ाकर पेश किया गया।
- बॉम्बे स्टॉक एक्सचेंज (बी.एस.ई.) ने ऑनलाइन, स्क्रीन आधारित व्यापार पर स्विच किया।
- कैरी फॉरवर्ड सिस्टम के स्थान पर 'बदला प्रणाली' शुरू की गई।
- सेबी (SEBI) द्वारा पूर्ण प्रकटीकरण की आवश्यकताओं के संबंध में दिशा-निर्देश पेश किए गए।
- जनता के लिए प्रतिभूतियों की खरीद के लिए सार्वजनिक पेशकश करने से पहले पूरी की जाने वाली औपचारिकताओं को भी पेश किया गया।

- द्वितीयक बाजारों में धन की कमी से निपटने के लिए बॉम्बे स्टॉक एक्सचेंज में 'बदला प्रणाली' शुरू की गई। यह विभिन्न दलालों से पैसे उधार लेकर प्रतिभूतियों को खरीदने की प्रणाली थी।

सत्यम घोटाला

सत्यम घोटाला 7 जनवरी, 2009 को एक अखबार में प्रकाशित बी. रामलिंगा राजू (सत्यम कंप्यूटर सर्विसेज के संस्थापक व अध्यक्ष) द्वारा लिखे गए एक स्वीकारोक्ति-पत्र के माध्यम से सामने आया। स्वीकारोक्ति-पत्र में राजू ने अपनी संपत्ति को अधिक बताकर अपनी एकाउंट बुक्स में हेर-फेर करने की बात कबूल की।

इसके अलावा, रामलिंगा राजू ने रुपए के ऋण प्राप्त किए। वास्तविकता से बेहतर वित्तीय स्थिति बताकर गैर-बैंकिंग वित्तीय कंपनियों (एन.बी.एफ.सी.) से ऋण लिया। राजू पर मनी लॉण्ड्रिंग के आरोप लगाए गए थे, क्योंकि उसने जमीन खरीदने के उद्देश्य से एन.बी.एफ.सी. से अवैध रूप से प्राप्त धन का इस्तेमाल किया था।

उसके पूरे घोटाले की कीमत लगभग 7,800 करोड़ रुपए थी।

एकाउंट बुक्स कंपनी की वित्तीय स्थिति का प्रतिबिंब हैं। वे महत्त्वपूर्ण उपकरण हैं, जो निवेशकों और शेयरधारकों को यह निर्धारित करने में सक्षम बनाते हैं कि वे किसी विशेष कंपनी में निवेश करना चाहते हैं या नहीं! रामलिंगा राजू ने निवेशकों और शेयरधारकों को धोखा देने के लिए एकाउंट बुक्स में हेर-फेर किया, यह विश्वास करने के लिए कि कंपनी वास्तविकता से बेहतर कर रही है। राजू 'ऑडिटर्स प्राइस वाटरहाउस कूपर्स' (पी.डब्ल्यू.सी.) के 7 साल तक घोटाले को चलाने में कामयाब रहा। राजू ने धोखाधड़ी और अनुचित व्यापार व्यवहार (एफ.यू.टी.पी.) के सेबी नियमों, इनसाइडर ट्रेडिंग की रोकथाम के लिए सेबी नियमों (पी.आई.टी.) और पूँजी एवं पूर्ण प्रकटीकरण आवश्यकता (आई.सी.डी.आर.) जारी करने के लिए सेबी नियमों का उल्लंघन किया। 'सत्यम घोटाला' सेबी (SEBI) के लिए एक बड़ा झटका था।

हालाँकि, सेबी (SEBI) जोरदार पलटवार करने में कामयाब रहा। इसने मामले की जाँच की और कंपनी की वास्तविक वित्तीय स्थिति को दरशाने के लिए एकाउंट बुक्स को फिर से समायोजित किया। घोटाले का पूरा अध्ययन करने के बाद सेबी ने एक आदेश जारी किया, जो अपनी तरह का पहला आदेश था।

सेबी (SEBI) ने रामलिंगा राजू और बी. रामा राजू (प्रबंध निदेशक), वदलमई श्रीनिवास (मुख्य वित्तीय अधिकारी), जी. रामकृष्णन (उपाध्यक्ष) और वी.एस. प्रभाकर गुप्ता (आंतरिक ऑडिट के प्रमुख) को धोखाधड़ी में लिप्त होने और अनुचित व्यापार प्रथाओं तथा लिस्टिंग समझौते 415, 416 के खंड 49 का उल्लंघनकर्ता पाया। अपने आदेश में सेबी (SEBI) ने 10 आरोपियों को 1,850 करोड़ + 12 प्रतिशत साधारण ब्याज (लगभग 3,000 करोड़ रुपए की राशि) 45 दिनों के भीतर भुगतान करने का आदेश दिया और उनमें से किसी को भी 14 वर्षों के लिए किसी भी तरह से प्रतिभूति बाजारों तक पहुँचने से प्रतिबंधित कर दिया।

यह आदेश सेबी (SEBI) द्वारा पेश किए गए परिवर्तनों के साथ प्रतिभूति बाजारों और निवेशक समुदायों के लिए एक संदेश था कि सेबी (SEBI) मजबूत होता जा रहा है। सेबी (SEBI) ने अपने अस्तित्व के 20 वर्षों में जो विकास देखा है, उसके आदेश की मात्रा में वृद्धि हुई है। भले ही सेबी अपने आप घोटाले का पता लगाने में सफल नहीं रहा, लेकिन ऐसा घोटाला फिर कभी न हो, यह सुनिश्चित करने में सफल रहा।

'सत्यम कांड' के बाद सेबी (SEBI) द्वारा परिवर्तनों की सूची—

- सेबी (SEBI) द्वारा निरीक्षण के लिए कंपनियों द्वारा शेयर बाजारों के संबंध में सभी लेन-देन का रिकॉर्ड रखा जाना।
- निवेशकों, शेयरधारकों, ब्रोकर्स और कंपनी के बीच सेबी (SEBI) द्वारा सभी लेन-देन की नियमित निगरानी।
- बैलेंस शीट के निरीक्षण के दौरान सेबी द्वारा बड़े व असामान्य लेन-देन पर विशेष ध्यान।
- सी.एफ.ओ. की नियुक्ति लेखा परीक्षा समिति द्वारा उसकी पृष्ठभूमि, योग्यता आदि के उचित मूल्यांकन के बाद की जाएगी।
- कंपनी के निष्पक्ष और ईमानदार कामकाज को सुनिश्चित करने के लिए बोर्ड में स्वतंत्र निदेशकों की नियुक्ति। इन निदेशकों को कोई स्टॉक विकल्प नहीं दिया जाना चाहिए और वेतन भी प्रतिपूर्ति के रूप में दिया जाना चाहिए।
- ऑडिटर्स/ऑडिट फर्मों के अनिवार्य रोटेशन जैसे कई ऑडिट मानदंड पेश।

- लेखा परीक्षकों को गतिविधियों से संबंधित कोई गैर-लेखा परीक्षा करने से रोकना, ताकि यह सुनिश्चित हो सके कि लेखा परीक्षक अपने काम के प्रति सच्चे हैं और कोई हितों का टकराव नहीं है।
- कंपनियों द्वारा विभिन्न वित्तीय रिपोर्ट तैयार करने में सभी प्रमुख कंपनियों द्वारा अंतरराष्ट्रीय वित्तीय रिपोर्टिंग मानकों (एफ.आर.एस.) को अपनाना।
- अर्धवार्षिक आधार पर बैलेंस शीट के आँकड़ों (प्रमुख खाता शीर्षों की लेखा परीक्षित शेष राशि) का अंतरिम प्रकटीकरण।
- पूरे वर्ष सेबी (SEBI) को विभिन्न वित्तीय रिपोर्ट प्रस्तुत करने की सख्त समय-सीमा।

सहारा घोटाला

सहारा इंडिया ने वर्ष 2005 में दो नई कंपनियों—सहारा इंडिया रियल एस्टेट कॉरपोरेशन लिमिटेड (एस.आई.आर.ई.सी.एल.) और सहारा हाउसिंग इन्वेस्टमेंट कॉरपोरेशन (एस.एच.आई.सी.) को कंपनी अधिनियम, 1956 के तहत क्रमशः कानपुर और महाराष्ट्र में कंपनियों के संबंधित रजिस्ट्रार के साथ पंजीकृत किया। दोनों कंपनियों द्वारा आयोजित वार्षिक बैठकों में निदेशक मंडल के दोस्तों, सहयोगियों और परिवार के सदस्यों से वैकल्पिक रूप से पूरी तरह से परिवर्तनीय डिबेंचर (ओ.एफ.सी.डी.) के निजी प्लेसमेंट के माध्यम से धन जुटाने के लिए एक प्रस्ताव पारित किया गया। कुछ भरोसेमंद निवेशकों को एक सूचना ज्ञापन के संचलन के माध्यम से भी धन जुटाया जाना था। इस प्रकार, दोनों कंपनियों ने 3 साल की अवधि में 3 करोड़ निवेशकों से 24,029.73 करोड़ रुपए निवेश कराए।

वर्ष 2009 में, जब सहारा प्राइम सिटी (सहारा इंडिया का एक रियल एस्टेट उद्यम) के लिए एक रेड हेरिंग प्रॉस्पेक्टस अनुमोदन के लिए सेबी (SEBI) को प्रस्तुत किया गया, सेबी ने दो फर्मों—एस.एच.आई.सी.एल. और एस.आई.आर.ई.सी.एल. में असामान्य फंड जुटाने की गतिविधि देखी। 4 जनवरी, 2010 को सेबी (SEBI) को एक व्यक्ति रोशन लाल की शिकायत मिली, जिसने आरोप लगाया कि "ओ.एफ.सी.डी. जारी करने में एस.एच.आई.सी.एल. और एस.आई.आर.ई.सी.एल. द्वारा अवैध साधनों का इस्तेमाल किया जा रहा है।"

इसके बाद सेबी (SEBI) ने सहारा इंडिया के खिलाफ एक जाँच शुरू की, जिसमें निवेशकों की जानकारी के साथ-साथ एस.एच.आई.सी.एल. और एस.आई. आर.ई.सी.एल. की फंड जुटाने की गतिविधियों की जाँच की गई।

जाँच के बाद और सहारा को दोषी पाए जाने पर सेबी (SEBI) ने एक अंतरिम आदेश पारित किया, जिसमें 3 करोड़ निवेशकों को 24,000 करोड़ रुपए + 17 प्रतिशत ब्याज का भुगतान करने का आदेश दिया गया। सेबी (SEBI) का आदेश प्रतिभूति अपीलीय न्यायाधिकरण (SAT) और बाद में सर्वोच्च न्यायालय द्वारा 12 अगस्त, 2012 को पारित किया गया।

सेबी (SEBI) के इतिहास में यह पहली बार था कि उसने अपने दम पर इतना बड़ा घोटाला पकड़ा था। इस घोटाले में सेबी की सतर्कता और उसकी शक्तियों का विस्तार तथा उसकी मजबूत खोजी प्रवृत्ति का पता चला। 'सहारा घोटाले' का पता लगाना सेबी (SEBI) के लिए एक बड़ी उपलब्धि थी और वर्ष 1988 में अपनी स्थापना के बाद से पिछले तीन दशकों में सेबी (SEBI) के विकास का एक वसीयतनामा भी।

हालाँकि, 'सहारा घोटाला' भारत का सबसे बड़ा प्रतिभूति घोटाला भी है। इसके परिणामस्वरूप, 3 करोड़ निवेशकों को अपनी मेहनत की कमाई गँवानी पड़ी। तथ्य यह है कि यह 3 साल बाद पता चला था और बाजारों में 25,000 करोड़ रुपए चिंता का विषय था। इस प्रकार, सरकार ने प्रतिभूति बाजारों पर सेबी (SEBI) की पकड़ को और मजबूत करने के लिए कदम उठाए तथा सेबी को और अधिक शक्तियाँ प्रदान कीं।

'सहारा घोटाले' के बाद सेबी (SEBI) में किए गए परिवर्तनों की सूची—

- सहारा घोटाले से पहले कंपनी अधिनियम में 'निजी प्लेसमेंट' शब्द को परिभाषित नहीं किया गया था। केवल उन उदाहरणों को परिभाषित किया गया था, जहाँ एक प्रस्ताव 'सार्वजनिक प्रस्ताव' के रूप में योग्य नहीं होगा। सेबी (SEBI) की सिफारिश पर एस-42 को कंपनी (संशोधन) अधिनियम, 2013 में पेश किया गया। इसने 'निजी प्लेसमेंट' को किसी सूचीबद्ध या असूचीबद्ध सार्वजनिक कंपनी द्वारा 49 या उससे कम लोगों को प्रतिभूतियों के किसी भी मुद्दे के रूप में परिभाषित किया, जहाँ खरीदने के लिए निवेशक को व्यक्तिगत आमंत्रण भेजा जाता है।

जैसे ही निवेशकों की संख्या 50 और उससे अधिक हो जाती है, शेयरों के मुद्दे को एक 'सार्वजनिक पेशकश' घोषित कर दिया जाएगा और सेबी (SEBI) द्वारा सत्यापित व अनुमोदित किया जाना होगा।

- सेबी को 100 करोड़ रुपए या उससे अधिक के किसी भी धन पूलिंग को विनियमित करने की शक्ति दी।
- सरकार ने सेबी (SEBI) को उन लोगों की संपत्ति को जब्त करने का अधिकार दिया है, जो नियम पालन नहीं करते हैं।
- सेबी अध्यक्ष द्वारा जारी 'जब्त और तलाशी' आदेशों का पालन करना।
- सरकार ने सेबी (SEBI) को अवैध निवेश योजनाओं पर नियंत्रण के लिए नया कानून बनाने का निर्देश दिया।
- सेबी (SEBI) के पास अब किसी भी प्रतिभूति जाँच के संबंध में टेलीफोन रिकॉर्ड आदि को पुनः प्राप्त करने और जाँच करने का अधिकार है।
- चिट फंड, निधि योजनाएँ और आवास योजनाएँ (सामूहिक निवेश योजनाएँ), जिन्हें किसी विशेष प्राधिकरण द्वारा विनियमित नहीं किया जाता और 100 करोड़ रुपए से अधिक का कोष सेबी (SEBI) द्वारा विनियमित किया जाना चाहिए तथा सेबी द्वारा उपयुक्त समझे जाने वाले सभी नियमों का पालन करना चाहिए।

भारत में सेबी (SEBI) की आवश्यकता

सेबी (SEBI) की भारत की अर्थव्यवस्था के विकास में एक अनिवार्य भूमिका है, क्योंकि यह है—भारत में पूँजी बाजारों पर पूर्ण नियंत्रण वाला एकमात्र प्राधिकारी।

बैंकों के अलावा प्रतिभूति बाजार बचत को निवेश में बदलने का दूसरा सबसे महत्त्वपूर्ण चैनल है। जब लोगों के पास अतिरिक्त पैसा होता है तो वे इसे अधिक पैसा बनाने के लिए शेयर बाजारों में निवेश करते हैं, जिससे देश की जी.डी.पी. में वृद्धि होती है और विकास के लिए अर्थव्यवस्था में तरल धन लगाया जाता है। इसलिए, प्रतिभूति बाजार भारत के आर्थिक विकास में एक बड़ी भूमिका निभाते हैं। चूँकि सेबी प्रतिभूति बाजारों को नियंत्रित करता है, यह स्वाभाविक रूप से बहुत महत्त्वपूर्ण है।

हालाँकि, सेबी (SEBI) के पास केवल एक जिम्मेदारी नहीं है। यह एक व्यापक निकाय है, जो विलय, अधिग्रहण और कंपनियों के अधिग्रहण को विनियमित करने, नेशनल स्टॉक एक्सचेंज एवं बॉम्बे स्टॉक एक्सचेंज में सूचीबद्ध कंपनियों की बैलेंस शीट का ऑडिट करने, ब्रोकर्स व डीलर्स आदि को लाइसेंस प्रदान करने और निवेशकों को शिक्षित करने जैसे विभिन्न कार्य करता है।

अपनी स्थापना के बाद से सेबी (SEBI) लगातार परिवर्तन के अधीन रहा है। हर कुछ महीने में सेबी की शक्तियों और कर्तव्यों में संशोधन होते हैं। सेबी के प्रमुख उद्देश्यों और उद्देश्यों की सूची भी मास्टर परिपत्रों व आदेशों आदि द्वारा लगातार बदली जाती है।

वर्ष 1988 में जब इसका गठन हुआ था, तब व्यावहारिक रूप से इसमें कोई शक्ति नहीं थी, जबकि आज सेबी (SEBI) भारत में स्टॉक एक्सचेंजों के लिए प्रमुख बाजार नियामक बन गया है। सेबी के पास समस्याओं पर प्रतिक्रिया करने, स्थितियों की जाँच करने; निवेशकों, दलालों, बैंकों, कंपनियों आदि की रक्षा करने और प्रतिभूति बाजारों को विकसित करने की शक्ति है।

प्रकृति में आकस्मिक स्थितियों की प्रत्याशा में सेबी को भी सक्रिय होने और नीतियों को स्थापित करने की आवश्यकता है। उदाहरण के लिए, 'सत्यम घोटाले' के बाद सेबी (SEBI) ने एन.एस.ई. और बी.एस.ई. में सूचीबद्ध कंपनियों की बैलेंस शीट को तिमाही आधार पर सत्यापित करने के लिए नीतियों की स्थापना की, ताकि एक कंपनी के साथ काम करने वाले ऑडिटर्स/ऑडिट फर्मों के अनिवार्य रोटेशन को लाया जा सके और प्रत्येक में एक 'व्हिसलब्लोअर नीति' लागू की जा सके। ये सुधार आवश्यक और प्रासंगिक थे।

सेबी (SEBI) द्वारा ओवर रेगुलेशन

सेबी (SEBI) द्वारा ओवर रेगुलेशन का एक उदाहरण 'डी.एल.एफ. केस' था। इस मामले में सेबी (SEBI) ने स्टॉक एक्सचेंज में सूचीबद्ध होने से पहले सेबी अनुमोदन प्रक्रिया के दौरान कुछ भौतिक तथ्यों का उल्लेख करने में कंपनी की विफलता के कारण कंपनी को 3 साल के लिए प्रतिभूति बाजारों में काम करने से प्रतिबंधित करने का आदेश पारित किया। जब इस आदेश के खिलाफ प्रतिभूति अपीलीय न्यपायाधिकरण (SAT) में अपील की गई तो इसे तुरंत रद्द कर दिया गया। 'SAT' ने सेबी (SEBI) पर अधिक नियमन का आरोप लगाया और अपने

निर्णय को इस आधार पर उचित ठहराया कि शेयर बाजार में प्रवेश पर प्रतिबंध लगाकर हर कंपनी को दंडित करने से बाजार ढह जाएगा। सेबी को समस्या के मूल कारण को समझना चाहिए और उसे ठीक करना चाहिए। किसी कंपनी को प्रतिभूति बाजारों से उखाड़ फेंकने से निवेशकों एवं शेयरधारकों को भारी नुकसान होगा और यह बेकार साबित होगा।

□

36

भारत में घोटालों का इतिहास

आजादी से अब तक देश में काफी बड़े घोटालों का इतिहास रहा है। भारत में हुए बड़े घोटालों का संक्षिप्त विवरण इस प्रकार है—

जीप खरीद घोटाला (1948)

आजादी के बाद भारत सरकार ने लंदन की एक कंपनी से 2,000 जीपों का सौदा किया। सौदा 80 लाख रुपए का था, लेकिन केवल 155 जीपें ही मिल पाईं। घोटाले में ब्रिटेन में मौजूद तत्कालीन भारतीय उच्चायुक्त वी.के. कृष्ण मेनन का हाथ होने की बात सामने आई। लेकिन सन् 1955 में केस बंद कर दिया गया। जल्द ही मेनन नेहरू कैबिनेट में शामिल हो गए। वसूली एक रुपए की भी नहीं हो पाई।

साइकिल आयात घोटाला (1951)

तत्कालीन वाणिज्य एवं उद्योग मंत्रालय के सेक्रेटरी एस.ए. वेंकटरमन ने एक कंपनी को साइकिल आयात कोटा दिए जाने के बदले में रिश्वत ली। इसके लिए उन्हें जेल जाना पड़ा। इसमें भी वसूली नहीं हुई।

मुंद्रा मैस घोटाला (1958)

हरिदास मुंद्रा द्वारा स्थापित छह कंपनियों में लाइफ इंश्योरेंस कॉरपोरेशन ऑफ इंडिया के 1.2 करोड़ रुपए से संबंधित मामला उजागर हुआ। इसमें तत्कालीन वित्त मंत्री टी.टी. कृष्णामाचारी, वित्त सचिव एच.एम. पटेल और एल.आई.सी. चेयरमैन

एल.एस. वैद्यनाथन का नाम आया। कृष्णामाचारी को इस्तीफा देना पड़ा और मुंद्रा को जेल जाना पड़ा; लेकिन वसूली नहीं हुई।

तेजा ऋण घोटाला

वर्ष 1960 में एक बिजनेसमैन धर्म तेजा ने एक शिपिंग कंपनी शुरू करने के लिए सरकार से 22 करोड़ रुपए का ऋण लिया, लेकिन बाद में धनराशि को देश से बाहर भेज दिया। उन्हें यूरोप में गिरफ्तार किया गया और छह साल की कैद हुई, लेकिन वसूली इसमें भी नहीं हो पाई।

पटनायक मामला

वर्ष 1961 में उड़ीसा के तत्कालीन मुख्यमंत्री बीजू पटनायक को इस्तीफा देने के लिए मजबूर किया गया। उन पर अपनी निजी स्वामित्व वाली कंपनी 'कलिंग ट्यूब्स' को एक सरकारी कॉण्ट्रेक्ट दिलाने के लिए मदद करने का आरोप था।

मारुति घोटाला

मारुति कंपनी बनने से पहले यहाँ एक घोटाला हुआ, जिसमें पूर्व प्रधानमंत्री इंदिरा गांधी का नाम आया। मामले में पैसेंजर कार बनाने का लाइसेंस देने के लिए संजय गांधी की मदद की गई थी।

कुओ ऑयल डील

सन् 1976 में तेल के गिरते दामों के मद्देनजर इंडियन ऑयल कॉरपोरेशन ने हांगकांग की एक फर्जी कंपनी से ऑयल डील की। इसमें भारत सरकार को 13 करोड़ रुपए का चूना लगा। माना गया कि इस घपले में इंदिरा गांधी और उनके पुत्र संजय गांधी का भी हाथ रहा।

अंतुले ट्रस्ट घोटाला

वर्ष 1981 में महाराष्ट्र में सीमेंट घोटाला हुआ। महाराष्ट्र के तत्कालीन मुख्यमंत्री ए.आर. अंतुले पर आरोप लगा कि वह लोगों के कल्याण के लिए प्रयोग किए जाने वाला सीमेंट प्राइवेट बिल्डर्स को दे रहे हैं।

एच.डी.डब्ल्यू. दलाली (1987)

जर्मनी की पनडुब्बी निर्माता कंपनी एच.डी.डब्ल्यू. को काली सूची में डाल दिया गया। मामला था कि उसने 20 करोड़ रुपए बतौर कमीशन दिए हैं। वर्ष 2005 में केस बंद कर दिया गया। फैसला एच.डी.डब्ल्यू. के पक्ष में रहा।

बोफोर्स घोटाला

वर्ष 1987 में स्वीडन की एक कंपनी बोफोर्स एबी से रिश्वत लेने के मामले में राजीव गांधी समेत कई बड़े नेता फँसे। मामला था कि भारतीय 155 मि.मी. के फील्ड हॉवित्जर की बोली में नेताओं ने करीब 64 करोड़ रुपए का घपला किया है।

इंडियन बैंक घोटाला

वर्ष 1992 में बैंक से छोटे कॉरपोरेट और एक्सपोटर्स ने बैंक से करीब 13,000 करोड़ रुपए उधार लिये। यह धनराशि उन्होंने कभी नहीं लौटाई। उस समय बैंक के चेयरमैन एम. गोपालकृष्णन थे।

चारा घोटाला

वर्ष 1996 में बिहार के तत्कालीन मुख्यमंत्री लालू प्रसाद यादव ने चारा घोटाले को पकड़ा और एफ.आई.आर. दर्ज करवाकर सी.बी.आई. को जाँच सौंपी। यह घोटाला बिहार के पूर्व मुख्यमंत्री जगन्नाथ मिश्र के मुख्यमंत्रित्वकाल से चला आ रहा था। कहा जाता है कि सी.बी.आई. ने राजनीतिक दबाव में आकर सिर्फ गवाही के आधार पर लालू प्रसाद यादव को मामले में फँसाया। चारा घोटाले में जगन्नाथ मिश्र को भी सजा हुई, लेकिन राजनीतिक रसूख के चलते उन्हें बेल मिल गई, जबकि लालू प्रसाद की तबीयत अत्यधिक खराब होने पर भी उन्हें जमानत नहीं मिली।

स्टॉक मार्केट घोटाला

स्टॉक ब्रोकर केतन पारीख ने स्टॉक मार्केट में 1,15,000 करोड़ रुपए का घोटाला किया। दिसंबर 2002 में उसे गिरफ्तार किया गया।

स्टांप पेपर घोटाला

यह करोड़ों रुपए के फर्जी स्टांप पेपर का घोटाला था। इस रैकेट को चलाने वाला मास्टरमाइंड अब्दुल करीम तेलगी था।

सत्यम घोटाला

वर्ष 2008 में देश की चौथी बड़ी सॉफ्टवेयर कंपनी 'सत्यम कंप्यूटर्स' के संस्थापक अध्यक्ष रामलिंगा राजू द्वारा लगभग 7,800 करोड़ रुपए के घोटाले का मामला सामने आया। राजू ने माना कि पिछले 7 वर्षों से उसने कंपनी के खातों में हेरा-फेरी की।

राजू का जन्म एक किसान परिवार में हुआ था। 'सत्यम कंप्यूटर सर्विसेज' शुरू करने से पहले उसने होटल, स्पिनिंग मिल और रियल एस्टेट में भी किस्मत आजमाई, लेकिन बात नहीं बनी। राजू ने विजयवाड़ा के लॉयल कॉलेज से बी.कॉम. किया था और अमेरिका की ओहियो यूनिवर्सिटी से एम.बी.ए.। राजू ने पहले स्पिनिंग मिल शुरू की थी, जिसका नाम 'श्री सत्यम' रखा था। बाद में वह कंपनी टेक्नोलॉजी कंपनी बन गई और राजू ने झूठ का ताना-बाना बुनने का धंधा शुरू कर दिया। 7 जनवरी, 2009 को सॉफ्टवेयर कंपनी 'सत्यम' के शेयर एक दिन में 78 प्रतिशत गिर गए। इसी कंपनी का संस्थापक और चेयरमैन था रामलिंग राजू, जिसने अपनी ही कंपनी में 7,800 करोड़ रुपयों का घोटाला किया। इससे निवेशकों के करीब 14,000 करोड़ रुपए डूब गए।

राजू ने 'सत्यम' कंपनी की शुरुआत वर्ष 1987 में की। उसी दौरान इन्फोसिस, टी.सी.एस., विप्रो जैसी कंपनियाँ भी तेजी से आगे बढ़ रही थीं, जिनसे पिछड़ने का डर राजू को लगता रहा। एक भी कदम पिछड़ने के डर से राजू ने शुरू किया अकाउंटिंग का जादू और अपनी कंपनी का मुनाफा बढ़ा-चढ़ाकर दिखाता रहा। यह कहना गलत नहीं होगा कि राजू ने 'वन टू का फोर' बताना शुरू कर दिया। कंपनी का दावा था कि उसके बैंक खातों में 5,000 करोड़ रुपए का बैंक बैलेंस है, लेकिन हर बैंक में जाकर खाते कौन चेक करता है, अत: हर किसी ने राजू की बात मान ली! लेकिन हकीकत यह थी कि राजू के पास कोई पैसा नहीं था। जब राजू के काले कारनामों का पर्दाफाश होने लगा तो उसने उलटे-सीधे फैसले करने शुरू कर दिए, जिसका कंपनी के शेयरधारकों ने विरोध किया। पहले तो राजू ने अपनी ही दो कंपनियों 'मेटास इन्फ्रा' और 'मेटास रियल एस्टेट' का 'सत्यम' में विलय

करने का प्रस्ताव रखा, जिससे कंपनी के ए.डी.आर. की कीमत में 51 प्रतिशत की कमी आई। जब हालात हाथ से निकल गए तो राजू ने दुनिया के सामने मान लिया कि उसने कंपनी का झूठा फायदा दिखाया है। बैंक बैलेंस तो दूर की बात, उसके पास तो बिजनेस तक चलाने के लिए पैसे नहीं हैं! इसके बाद राजू को सन् 2015 में 7 साल कैद की सजा सुनाई गई और 5 करोड़ रुपए का जुर्माना लगाया गया।

मनी लॉण्ड्रिंग

वर्ष 2009 में मधु कोड़ा को 4,000 करोड़ रुपए की मनी लॉण्ड्रिंग का दोषी पाया गया। मधु कोड़ा की इस संपत्ति में होटल, तीन कंपनियाँ, कलकत्ता में प्रॉपर्टी, थाइलैंड में एक होटल और लाइबेरिया में कोयले की खदान शामिल थीं।

दूरसंचार घोटाला

तत्कालीन दूरसंचार मंत्री सुखराम द्वारा किए गए इस घोटाले में छापे के दौरान उनके पास से 5.36 करोड़ रुपए नकद मिले थे, जो जब्त हैं; पर गाजियाबाद में घर 1.2 करोड़ रुपए, आभूषण लगभग 10 करोड़ रुपए, बैंकों में जमा 5 लाख रुपए, शिमला और मंडी में घर सहित सबकुछ वैसा-का-वैसा ही रहा। सूत्रों के अनुसार, सुखराम के पास उनके ज्ञात स्रोतों से 600 गुना अधिक संपत्ति मिली थी।

अगस्ता वेस्टलैंड वी.वी.आई.पी. हेलीकॉप्टर घोटाला

भारत में प्रमुख घोटालों में से एक 'अगस्ता वेस्टलैंड वी.वी.आई.पी. हेलीकॉप्टर घोटाला' है, जिसे 'चॉपर गेट' के नाम से भी जाना जाता है। यह मामला वर्ष 2010 के कांग्रेस के नेतृत्व वाली यू.पी.ए. सरकार और अगस्ता वेस्टलैंड के बीच 12 हेलीकॉप्टर्स के एक्विजिशन के लिए की गई साइन डील के बारे में है। इन हेलीकॉप्टरों का इस्तेमाल भारत के राष्ट्रपति, प्रधानमंत्री और अन्य वी.वी.आई.पी. अपनी ड्यूटीज का पालन करने के लिए करने वाले थे। यह डील 3,600 करोड़ रुपए की थी। इस मामले की मिडलमैन क्रिश्चियन मिशेल द्वारा इटैलियन अदालत में पेश किए गए एक नोट में अगस्ता वेस्टलैंड के इंप्लॉइज पीटर हॉवेल को सोनिया गांधी के प्रमुख सलाहकारों को लक्षित करने के लिए बताया गया था। इसी के साथ इस नोट में मनमोहन सिंह, अहमद पटेल, प्रणब मुखर्जी, एम. वीरप्पा मोइली, ऑस्कर फर्नांडीज और एम.के. नारायणन के नाम भी शामिल थे, जिन पर रिश्वत

लेने का आरोप लगाया गया था। लेकिन 8 जनवरी, 2018 को मिलान की तीसरी अदालत ने सभी आरोपों पर प्रतिवादियों को बरी कर दिया। लेकिन भारत सरकार और सी.बी.आई. द्वारा इस मामले की जाँच चलती रही।

केतन पारेख बना दूसरा हर्षद मेहता

केतन पारेख हर्षद मेहता का ट्रेनी हुआ करता था। जैसा गुरु था, वैसा ही चेला भी निकला! केतन पारेख ने भी हर्षद मेहता की तरह ही शेयर बाजार में घोटाला किया। उसने भी हर्षद मेहता की तरह ही कुछ शेयर्स की कीमतों को गलत तरीके से बढ़ाया। उसके 10 पसंदीदा स्टॉक्स थे, जिन्हें वह ऑपरेट करता था। उन स्टॉक्स को उस समय के '10 स्टॉक्स' भी कहा जाने लगा था। केतन पारेख ने करीब 800 करोड़ रुपए का घोटाला किया।

जिस तरह हर्षद मेहता ने घोटाला करने के लिए बैंक का इस्तेमाल किया, उसी तरह केतन पारेख ने भी बैंक से पैसे लेकर शेयर बाजार में लगाए। हर्षद मेहता फर्जी बैंक रसीदों का इस्तेमाल करता था तो केतन पारेख ने फर्जी पे ऑर्डर के जरिए घोटाला किया। पे ऑर्डर डी.डी. जैसा इंस्ट्रूमेंट होता है, जिसे बनवाने से पहले बैंक में पैसे जमा करने होते हैं। केतन पारेख ने बैंक से साँठ-गाँठ करके फर्जी पे ऑर्डर बनवाए और उन पे ऑर्डर के दम पर दूसरे बैंक से पैसे लेकर शेयर बाजार में लगाए। वह कुछ शेयरों की कीमत तेजी से बढ़ाता था और जब दाम काफी बढ़ जाते थे तो उन्हें बेच देता था। हर्षद मेहता ने जहाँ रिटेल इन्वेस्टर्स को लुभाने का काम किया था, वहीं केतन पारेख ने इंस्टीट्यूशनल इन्वेस्टर्स को लुभाया, क्योंकि उनके पास निवेश के लिए मोटी रकम होती थी। जब शेयर के दाम बढ़ते थे तो रिटेल निवेशक अपने आप ही उस शेयर की ओर खिंचे चले आते थे। इस घोटाले का पर्दाफाश भी पत्रकार सुचेता दलाल ने ही किया था।

विजय माल्या का बैंक घोटाला

'किंग ऑफ गुड टाइम्स' कहे जाने वाले विजय माल्या ने भारतीय स्टेट बैंक समेत कई बैंकों को कुल 9,000 करोड़ रुपए से भी अधिक का चूना लगाया। इसमें 1,600 करोड़ का सबसे ज्यादा ऋण एस.बी.आई. ने दिया था। इसके बाद पी.एन.बी. (800 करोड़), आई.डी.बी.आई. (650 करोड़) और बैंक ऑफ बड़ौदा का नंबर है। विजय माल्या हमेशा से ही एक रंगीन मिजाज इनसान था, जिसे पार्टियाँ

व शराब आदि सब ही भाते थे। खैर, जब तक सबकुछ ठीक था, किसी को कोई दिक्कत नहीं थी, लेकिन अब यह 'किंग ऑफ गुड टाइम्स' करोड़ों का फ्रॉड करके 'किंग ऑफ बैड टाइम्स' बन चुका है।

वर्ष 2005 में विजय माल्या ने किंगफिशर एयरलाइन शुरू की थी। किंगफिशर को बड़ा बनाने की चाह में विजय माल्या ने वर्ष 2007 में देश की पहली लो कॉस्ट एविएशन कंपनी एयर डेक्कन को टेकओवर कर लिया और यही उनकी जिंदगी की सबसे बड़ी गलती साबित हुई। 5 साल के अंदर-अंदर माल्या की किंगफिशर एयलाइंस बंद हो गई और पूरा बिजनेस लगभग खत्म हो गया। हालात बद-से-बदतर हो गए। एक कर्ज को चुकाने के लिए दूसरा कर्ज लिया। धीरे-धीरे हालत इतनी खराब हो गई कि विजय माल्या कर्ज के बोझ तले दब गया और देश छोड़कर फरार हो गया। इस घोटाले में बैंकों पर भी सवाल उठ रहे हैं कि आखिर उन्होंने क्या सोचकर माल्या को ऋण दिए? यह भी कहा जा रहा है कि शायद इसमें कुछ बड़े सरकारी अधिकारियों का भी हाथ हो, जिनके कहने पर भारतीय स्टेट बैंक जैसे बैंक ने ढेर सारा ऋण माल्या को दे दिया!

नीरव मोदी का पी.एन.बी. बैंक घोटाला

पंजाब नेशनल बैंक में वर्ष 2018 में एक बड़ा घोटाला होने की खबर सामने आई। इस घोटाले का मुख्य आरोपी था नीरव मोदी, जो बैंक को करीब 11,500 करोड़ रुपए का चूना लगाकर घोटाला सामने आने से कुछ दिन पहले ही परिवार समेत विदेश भाग गया। कुछ समय बाद पता चला कि नीरव मोदी ब्रिटेन में छुपकर बैठा है। तब से लेकर नीरव मोदी के खिलाफ लंदन में ही मुकदमा चल रहा था और उसे भारत वापस लाने की कोशिशें की जा रही हैं।

इस पूरे मामले की जड़ में 'लेटर ऑफ अंडरटेकिंग', यानी एल.ओ.यू. शामिल है। यह एक तरह की गारंटी होती है, जिसके आधार पर दूसरे बैंक खातेदार को पैसा मुहैया करा देते हैं। अब, यदि खातेदार डिफॉल्ट कर जाता है तो एल.ओ.यू. मुहैया कराने वाले बैंक की यह जिम्मेदारी होती है कि वह संबंधित बैंक को बकाए का भुगतान करे। पी.एन.बी. के एक डिप्टी मैनेजर गोकुलनाथ शेट्टी ने कथित तौर पर स्विफ्ट मैसेजिंग सिस्टम का दुरुपयोग किया। बैंक इसी सिस्टम से विदेशी लेन-देन के लिए एस.ओ.यू. के जरिए दी गई गारंटी को ऑथेंटिकेट करते हैं। इन्हें ऑथेंटिकेशन के आधार पर कुछ भारतीय बैंकों की विदेशी शाखाओं ने फॉरेक्स

क्रेडिट दी है। नीरव मोदी साल 2011 में बिना तराशे हीरे आयात करने के लिए 'लाइन ऑफ क्रेडिट' के लिए पी.एन.बी. की एक ब्रांच में गया। उसके बाद कुछ कर्मचारियों के साथ मिलकर फर्जी एल.ओ.यू. जारी किए गए और बैंक मैनेजमेंट को धोखा दिया। इन फर्जी एल.ओ.यू. के आधार पर भारतीय बैंकों की विदेशी शाखाओं ने पी.एन.बी. को ऋण दिया। जब फर्जी एल.ओ.यू. मैच्योर होने लगा तो पी.एन.बी. के उन कर्मचारियों ने 7 साल तक दूसरे बैंकों की रकम का इस्तेमाल इस ऋण को रिसाइकिल करने के लिए किया। जनवरी 2018 में, जब नीरव मोदी ने फिर से पी.एन.बी. के साथ उसी तरह का फर्जीवाड़ा करना चाहा तो नए अधिकारियों ने गलती पकड़ ली और धीरे-धीरे यह पूरा घोटाला बाहर आ गया। जनवरी महीने में पहले के एस.ओ.यू. की अवधि खत्म हो गई और भारतीय बैंकों की विदेशी शाखाओं को कर्ज की रकम वापस नहीं मिली तो इस मामले पर से परदा उठा। तब उन्होंने पी.एन.बी. से संपर्क किया, जिसने बताया कि उन्हें फर्जीवाड़े से गारंटी दी गई थी। उसके बाद पी.एन.बी. ने अपने कई कर्मचारियों को निलंबित किया और बहुत सारे लोगों के खिलाफ काररवाई शुरू की गई।

राष्ट्रमंडल खेल घोटाला

वर्ष 2010 में भारत में आयोजित राष्ट्रमंडल खेलों ने विवादों और भ्रष्टाचारों के लिए ही अधिक सुर्खियाँ बटोरीं, जो कि खेलों से ही अधिक थी। इसमें साल 2010 के राष्ट्रमंडल खेलों के अध्यक्ष सुरेश कलमाड़ी पर भ्रष्टाचार और दुर्भावना के आरोप लगाए गए। इस घोटाले में उपकरणों की खरीद में हेरा-फेरी की गई और उनकी कीमत बढ़ा-चढ़ाकर दिखाई गई। इसके अलावा, भारतीय एथलीट्स को अधिकारियों द्वारा अलॉटमेंट एकोमोडेशन के बजाय खराब परिस्थितियों में रहने के लिए मजबूर किया गया। यह घोटाला लगभग 70 हजार करोड़ रुपए का है, जो कि कम समय में की गई सबसे बड़ी धोखाधड़ी है।

वक्फ बोर्ड भूमि घोटाला

कर्नाटक वक्फ बोर्ड एक मुसलिम चैरिटेबल ट्रस्ट है, जो गरीबों के लिए दान की गई संपत्ति का प्रबंधन और देख-रेख करता है, जिस पर कर्नाटक राज्य अल्पसंख्यक आयोग के अध्यक्ष अनवर मणि पंडित द्वारा कमीशन की गई रिपोर्ट में आरोप लगाया कि कर्नाटक वक्फ बोर्ड ने 27 हजार एकड़ भूमि को रियल इस्टेट

माफिया के साथ मिलकर गलत तरीके से राजनेताओं और बोर्ड सदस्यों को बेच दिया। इस भूमि का मूल्य लगभग 1 लाख 50 हजार करोड़ रुपए तक का था।

2-जी स्पेक्ट्रम घोटाला

साल 2008 में सरकार जाँच के दायरे में आ गई, जब यह आरोप लगाया गया कि उन्होंने 2-जी स्पेक्ट्रम सब्सक्रिप्शन बनाने के लिए इस्तेमाल होने वाली फ्रीक्वेंसी अलोकेशन लाइसेंस के लिए मोबाइल टेलीफोन कंपनियों को अंडर चार्ज कर दिया था और इस विवाद के केंद्र में थे पूर्व दूरसंचार मंत्री ए. राजा। इनके अलावा, कनिमोझी करुणानिधि और कई मोबाइल टेलीफोन कंपनियाँ भी इसमें शामिल थीं। साल 2012 में 2-जी स्पेक्ट्रम को सर्वोच्च न्यायालय द्वारा असंवैधानिक एवं मनमाना घोषित किया गया और इसके कारण 120 से अधिक लाइसेंस रद्द कर दिए गए। कैग (CAG) ने कहा कि 2-जी स्पेक्ट्रम के डिस्ट्रिब्यूशन के बाद सरकार को मिलने वाली राशि और वास्तव में जमा हुई राशि में 1 लाख 70 हजार करोड़ रुपए का अंतर था।

कोयला आवंटन घोटाला

यह आजाद भारत का अब तक का सबसे बड़ा घोटाला है। यह एक राजनीतिक घोटाला है, जब कांग्रेस के नेतृत्व वाली यू.पी.ए. सरकार सत्ता में थी। कैग (CAG) ने सरकार पर आरोप लगाया था कि वर्ष 2004 से 2009 के बीच सरकार ने 194 कोयला खदानों को अवैध रूप से आवंटित किया। कैग (CAG) ने शुरुआत में 10 लाख करोड़ रुपए से अधिक के नुकसान का अनुमान लगाया था, लेकिन अंतिम रिपोर्ट में घोटाले की राशि 1 लाख 86 हजार करोड़ रुपए की थी।

□

37

दिलचस्प संवाद

हर्षद मेहता घोटाले पर कई फिल्में और वेब सीरीज आई हैं। उनके कुछ दिलचस्प संवाद इस प्रकार है—

- अगर मेरी पूँछ में आग लगाओगे ना, तो लंका उनकी भी जलेगी।
- अब, मेरी तरह रिस्क से इश्क है तो खुद कूद पड़ो। या तो डूबोगे या उड़ोगे।
- अभी अपने पास खर्च करने को सिर्फ टाइम ही तो है, नहीं तो सही टाइम का वेट करने में खुद खर्च हो जाएँगे।
- आपको पता है, मेरा सबसे बड़ा क्राइम क्या है, कि मैं हर्षद मेहता हूँ!
- इमोशन में इनसान हमेशा गलती करता है।
- एक बात याद रखना, यह अमेरिका का वॉल स्ट्रीट नहीं है, बंबई की दलाल स्ट्रीट है। और यह सट्टा बाजार, यहाँ पर बीयर नीचे मारे या बुल ऊपर, जब लगती है तो आदमी जमीन पर ही गिरता है।
- ओल्ड स्कूल हो या नया, सबके स्कूल में एक सब्जेक्ट कॉमन होता है—'प्रॉफिट', और वह मेरा फेवरेट सब्जेक्ट है।
- गुजराती के लिए धंधा धर्म से भी बड़ा होता है।
- जब जेब में मनी हो तो कुंडली में शनि होने से कोई फर्क नहीं पड़ता।
- जोखिम न लेना ही सबसे बड़ा जोखिम है।
- देखो, मैं सिगरेट नहीं पीता, पर जेब में लाइटर जरूर रखता हूँ—धमाका करने के लिए।
- प्रॉफिट दिखता है तो हर कोई झुकता है।

- फ्री में तो मैं अपने बाप को भी टिप नहीं देता।
- मेरा इंटरव्यू लेने से पहले मेरे बारे में जान लेना। क्या है कि मुझे जान जाओगे तो मान जाओगे।
- मैं मार्केट में जाकर भाषणबाजी नहीं करना चाहता, सीधा लोगों के भरोसे पे खेलना चाहता हूँ।
- लोचा, लफड़ा और जलेबी, फाफड़ा—इन्हें गुजराती की लाइफ से कोई निकाल नहीं सकता है।
- शेयर मार्केट इतना गहरा कुआँ है, जो पूरे देश की प्यास बुझा सकता है।
- शेयर मार्केट में लोग किस्मत में विश्वास रखते हैं; पर मैं किस्मत में नहीं, कीमत में विश्वास रखता हूँ।
- सफलता क्या है—यह असफलता के बाद का नया चैप्टर।
- सबके दिमाग में यह बात बैठ जानी चाहिए कि 'मेहता का राज मा मार्केट मजा मा!'

□

38

हर्षद मेहता घोटाला : कब क्या हुआ?

23 अप्रैल, 1992 : एक अखबार का कहना है कि भारतीय स्टेट बैंक ने बिग बुल को 500 करोड़ रुपए की अनियमितताओं का भुगतान करने के लिए कहा है।

29-30 अप्रैल : संसद् में अफरा-तफरी। वित्त मंत्री मनमोहन सिंह ने घोषणा की कि भारतीय रिजर्व बैंक घोटाले की जाँच करेगा। सरकार केंद्रीय जाँच ब्यूरो (सी.बी.आई.) को बुलाती है।

30 अप्रैल : अखबार की रिपोर्ट है कि यूको बैंक ने हर्षद मेहता की कंपनियों को अपने बिलों में छूट देकर 50.37 करोड़ रुपए का उपयोग करने की अनुमति दी।

5 मई : भारतीय रिजर्व बैंक ने घोटाले की जाँच के लिए डिप्टी गवर्नर आर. जानकीरमन की अध्यक्षता में एक समिति बनाई।

6 मई : अखबार की रिपोर्ट है कि नेशनल हाउसिंग बैंक, भारतीय रिजर्व बैंक की पूर्ण स्वामित्व वाली सहायक कंपनी, ने हर्षद मेहता को भारतीय स्टेट बैंक के साथ अपना बकाया चुकाने में मदद करने के लिए पैसा दिया।

9 मई : नेशनल हाउसिंग बैंक के गैर-कार्यकारी अध्यक्ष एम.जे. फेरवानी ने इस्तीफा दिया। दो दिन बाद उन्होंने महाराष्ट्र राज्य वित्त निगम, स्टॉक होल्डिंग कॉरपोरेशन और इन्फ्रास्ट्रक्चर लीजिंग एंड फाइनेंशियल सर्विसेज की अध्यक्षता छोड़ दी।

10 मई : स्टैंडर्ड चार्टर्ड बैंक को प्रतिभूतियों के अंतर के बारे में पता चला। यूको बैंक के अध्यक्ष के. मार्गबंधु को छुट्टी पर जाने के लिए कहा गया।

11 मई : के. माधवन के नेतृत्व वाली सी.बी.आई. ने जाँच शुरू की।

14 मई : सी.बी.आई. ने हर्षद मेहता के बैंक खाते को फ्रीज किया और उसकी संपत्ति जब्त की।

21 मई : एम.जे. फेरवानी का निधन।

25 मई : आर.बी.आई. ने भूपेन दलाल से बैंक ऑफ कराड से इस्तीफा देने को कहा।

27 मई : उच्च न्यायालय ने बैंक ऑफ कराड के परिसमापन का आदेश दिया। इस आदेश से बैंक में हड़कंप मच गया।

29 मई : बैंक ऑफ मदुरा के अध्यक्ष एस.पी. सबपति को भारतीय रिजर्व बैंक ने बरखास्त किया। स्टेट बैंक ऑफ सौराष्ट्र में फर्जी बैंक रसीद के साथ अटके होने की अफवाह के बाद से मामला चला।

30 मई : जानकीरमन की पहली रिपोर्ट प्रकाशित। जानकीरमन समिति की पहली रिपोर्ट के बाद सी.बी.आई. ने भारतीय स्टेट बैंक के अधिकारियों के खिलाफ मामला दर्ज किया।

31 मई–1 जून : हर्षद मेहता के सहयोगी निरंजन शाह पर आय कर विभाग का छापा। वह देश से बाहर भाग जाता है।

4 जून : हर्षद मेहता, उसके भाई अश्विन, भारतीय स्टेट बैंक के उप-प्रबंध निदेशक और अन्य को गिरफ्तार किया गया।

6 जून : विशेष न्यायालय अध्यादेश प्रख्यापित।

20 जून : सी.बी.आई. ने भूपेन दलाल, जे.पी. गांधी, हितेन दलाल, अभय नरोत्तम, टी.बी. रुइया और कैनबैंक म्यूचुअल एवं कैनबैंक फाइनेंशियल सर्विसेज के अधिकारी के खिलाफ मामला दर्ज किया।

23 जून : भूपेन दलाल, ई. नरोत्तम, हितेन दलाल और अन्य को गिरफ्तार कर लिया गया।

29 जून : कैनबैंक फाइनेंशियल सर्विसेज के अशोक कुमार को गिरफ्तार किया गया।

30 जून : आर.बी.आई. ने किसी भी लेन-देन से फेयरग्रोथ पर प्रतिबंध लगा दिया।

2 जुलाई : भूपेन दलाल, टी.बी. रुइया और जे.पी. गांधी की अधिसूचना।

3-8 जुलाई : जॉन डोचटब ने पी.एस. नेट से स्टैनचार्ट बैंक के मुख्य कार्यकारी अधिकारी के रूप में पदभार ग्रहण किया। बैंक ने पाँच कर्मचारियों को किया बरखास्त—अरविंद लाल, जयदीप पाठक, आर.के. अय्यर, वी.आर. श्रीनिवासन और वी श्रीनिवास। जानकीरमन कमेटी की दूसरी रिपोर्ट सामने आई।

भूपेन दलाल और अन्य को आगे हिरासत में भेज दिया गया। यूको बैंक के चेयरमैन के. मार्गबंधु को बरखास्त कर दिया गया। सी.बी.आई. ने हर्षद मेहता के खिलाफ एस.बी.आई. कैपिटल मार्केट्स और स्टेट बैंक ऑफ सौराष्ट्र से संबंधित दो अन्य मामले दर्ज किए।

9 जुलाई : पी. चिदंबरम ने इस्तीफा दिया, क्योंकि उनकी पत्नी के पास फेयरग्रोथ में 25,000 शेयर्स थे। सी.बी.आई. ने यूको बैंक के चेयरमैन के. मार्गबंधु के खिलाफ मामला दर्ज किया। सरकार ने संयुक्त संसदीय समिति द्वारा जाँच की घोषणा की।

13 जुलाई : सी.बी.आई. ने हर्षद मेहता, नेशनल हाउसिंग बैंक और एस.बी. आई. के अधिकारियों के खिलाफ प्राथमिकी दर्ज की।

20 जुलाई : सी.बी.आई. के संयुक्त निदेशक के. माधवन ने स्वैच्छिक सेवानिवृत्ति माँगी। अफवाहें उड़ीं कि उन पर जाँच को दबाने के लिए दबाव डाला जा रहा था।

21 जुलाई : वी. कृष्णमूर्ति ने योजना आयोग से इस्तीफा दिया।

22 जुलाई : भूपेन दलाल और पाँच अन्य को जमानत मिली।

30 जुलाई : सी.बी.आई. ने फेयरग्रोथ के खिलाफ मामला दर्ज किया और उसके कार्यालयों पर छापेमारी की।

6 अगस्त : 30 सदस्यों वाली संयुक्त संसद् समिति का गठन किया गया।

7-10 अगस्त : सी.बी.आई. ने वी. कृष्णमूर्ति के खिलाफ भ्रष्टाचार के आरोप दायर किए और उन्हें गिरफ्तार किया। उनके खाते और उनके बेटों द्वारा संचालित के.जे. इन्वेस्टमेंट्स लिमिटेड के साँवा बैंक खाते को फ्रीज कर दिया गया।

26 अगस्त : तीसरी जानकीरमन रिपोर्ट में बैंक ऑफ अमेरिका, सिटी बैंक और सी मैकर्टिच तथा स्टीवर्ट एंड कंपनी को दोषी ठहराया गया।

28 अगस्त : सिटी बैंक के एक प्रमुख ब्रोकर अजय कायन के कार्यालय और आवास पर छापा मारा गया।

4 सितंबर : वित्त राज्य मंत्री रामेश्वर ठाकुर के खिलाफ विशेषाधिकार हनन का मामला दर्ज किया गया। उन्होंने समिति के कुछ सदस्यों को प्रभावित करने का प्रयास किया।

7 सितंबर : सी.बी.आई. ने फेयरग्रोथ फाइनेंशियल सर्विसेज लिमिटेड के प्रबंध निदेशक के धर्मपाल को गिरफ्तार किया।

15 सितंबर : संयुक्त संसदीय समिति की सुनवाई शुरू।

21 सितंबर : फेयरग्रोथ के कार्यकारी निदेशक आर. लक्ष्मीनारायण को गिरफ्तार किया गया।

22 सितंबर : हर्षद मेहता रिहा हुआ।

8 अक्तूबर : स्टैंडर्ड चार्टर्ड बैंक ने न्यूयॉर्क में सिटी बैंक पर 115.69 करोड़ रुपए का मुकदमा दायर किया।

14 अक्तूबर : जे.पी.सी. की सुनवाई। केंद्रीय पेट्रोलियम एवं प्राकृतिक गैस मंत्री बी. शंकरानंद को कैनबैंक फाइनेंशियल सर्विसेज को फंड देने का आदेश देने के लिए आरोपित किया गया, जहाँ उनका बेटा एक निदेशक था।

10 नवंबर : अटॉर्नी जनरल जी. रामास्वामी ने आरोपों पर इस्तीफा दिया कि उन्होंने घोटाले के दागी स्टैंडर्ड चार्टर्ड बैंक से 15 लाख रुपए का ओवरड्राफ्ट लिया था।

24 नवंबर : सी.बी.आई. ने तेल एवं प्राकृतिक गैस आयोग के सदस्य (वित्त) एम.सी. नवलखा के कार्यालय और आवासों पर छापा मारा।

25 नवंबर : तेल एवं प्राकृतिक गैस आयोग के फंड को हर्षद मेहता को देने के लिए नवलखा के खिलाफ प्राथमिकी दर्ज। उद्योगपति टी.बी. रुइया को स्टैंडर्ड चार्टर्ड बैंक द्वारा आरोपी के रूप में नामित करने के 6 महीने बाद गिरफ्तार किया गया। (उन्हें कई साल बाद अदालत ने छोड़ दिया था।)

27 नवंबर : स्टैंडर्ड चार्टर्ड बैंक ने लगभग 650 करोड़ रुपए की राशि के सोलह बैंकों और म्यूचुअल फंड के खिलाफ वसूली के दावे दायर किए।

30 नवंबर : बैंक ऑफ अमेरिका के विक्रम तलवार ने भारत छोड़ा।

2 दिसंबर : आर.बी.आई. ने सिटी बैंक से तीन दक्षिण एशियाई देशों में बैंक के संचालन के क्षेत्रीय प्रबंधक और बैंक के भारतीय संचालन के पीछे के मास्टरमाइंड ए.एस. त्यागराजन को हटाने के लिए कहा।

वर्ष 1993

16 जून : हर्षद मेहता ने प्रधानमंत्री पी.वी. नरसिम्हा राव को 1 करोड़ रुपए की रिश्वत देने का दावा किया।

26 अक्तूबर : सी.बी.आई. द्वारा दायर पहला आरोप-पत्र (कैनफिना के खिलाफ)।

21 दिसंबर : लोकसभा में जे.पी.सी. की रिपोर्ट पेश की गई।

वर्ष 2001

28 फरवरी : यशवंत सिन्हा ने पेश किया 'ड्रीम बजट'। सेंसेक्स 4,070.37 पर मजबूती के साथ खुला और 177 अंक की बढ़त के साथ 4,247.04 पर बंद हुआ।

1 मार्च : दिन भर में 160 से अधिक अंकों की गति के बाद सेंसेक्स 25 अंक की बढ़त के साथ बंद हुआ।

2 मार्च : ब्लैक फ्राइडे। सेंसेक्स ने अपने पूरे बजट के बाद के लाभ को छोड़ दिया और अंत में लगभग 176 अंकों के नुकसान के साथ 4,095 पर बंद हुआ।

5 मार्च : सेबी (SEBI) ने मार्जिन बढ़ाया। सेंसेक्स 97 अंक और टूटा। आई.टी. शेयरों में बिकवाली जारी। सेबी (SEBI) ने किसी भी भुगतान संकट से इनकार किया और तर्क दिया कि बी.एस.ई. के पास पूँजी एवं मार्जिन के रूप में 2,400 करोड़ रुपए हैं—कुल बकाया राशि का 47 प्रतिशत।

8 मार्च : सेबी (SEBI) ने कम बिक्री पर प्रतिबंध लगाया। कलकत्ता स्टॉक एक्सचेंज पर भुगतान संकट की अफवाहें। बी.एस.ई. अध्यक्ष आनंद राठी ने संवेदनशील जानकारी के दुरुपयोग के आरोप के बाद दोपहर में इस्तीफा दे दिया। दीना मेहता बनीं अंतरिम अध्यक्ष।

9 मार्च : सेंसेक्स 70 अंकों की गिरावट के साथ खुला और दिन में 175 अंक टूटा। केतन पारेख के लिए काम कर रहे तीन प्रमुख ब्रोकर—दिनेश सिंघानिया, अशोक पोद्दार और हरीश बियाणी सी.एस.ई. में डिफॉल्टर।

12 मार्च : नैसडैक में गिरावट और बैंकों द्वारा संपार्श्विक के रूप में रखे गए शेयरों की बिक्री के कारण सेंसेक्स में 114 अंक की और गिरावट। सेबी (SEBI) ने बी.एस.ई. के ब्रोकर-निदेशक दीना ए. मेहता, आनंद राठी, हिमांशु एन. काजी, जयेशो शेठ, किरीट बी. शाह, मोतीलाल ओसवाल और निरंजन के. नानावटी को बरखास्त किया।

13 मार्च : नैसडैक के 2,000 से नीचे और डाउ के रातोरात 400 अंकों तक गिरने के बाद सेंसेक्स 340 अंक से अधिक उछला और 227 अंक गिरकर 3,540.65 अंक के नए 22 महीने के निचले स्तर पर पहुँच गया।

14 मार्च : यू.टी.आई. और अन्य संस्थानों द्वारा शुरू किए गए बड़े पैमाने पर समर्थन संचालन के लिए धन्यवाद; सेंसेक्स ने 184 अंकों की छलाँग लगाई।

15 मार्च : सेबी (SEBI) ने स्टॉक एक्सचेंज के अध्यक्षों, उपाध्यक्षों और कोषाध्यक्षों द्वारा मालिकाना व्यापार पर रोक लगाई। यह भी अनिवार्य किया कि फंड मैनेजर और निवेश सलाहकार मीडिया में किसी विशेष शेयर पर कोई टिप्पणी करने से पहले अपनी और अपने परिवार के सदस्यों की सटीक स्थिति का खुलासा करें।

30 मार्च : केतनी माधवपुरा मर्केंटाइल को-ऑपरेटिव बैंक के पे ऑर्डर घोटाले में पारेख की संलिप्तता तब सामने आई, जब बैंक ऑफ इंडिया ने पारेख के खिलाफ सी.बी.आई. में आपराधिक शिकायत दर्ज कराई। सी.बी.आई. ने शाम को पारेख को गिरफ्तार किया। सेबी (SEBI) ने सी.एस.ई. के गवर्निंग बोर्ड से इस्तीफा माँगा।

30 मार्च : सी.एस.ई. के अध्यक्ष कमल पारेख, उपाध्यक्ष के.के. डागा और छह अन्य निदेशकों ने पिछले तीन एक्सचेंज पर भुगतान संकट के बाद इस्तीफा दे दिया।

4 अप्रैल : सी.बी.आई. ने केतन पारेख के एक रिश्तेदार किरीट पारेख से पूछताछ की और उसे गिरफ्तार किया। यू.टी.आई. बैंक और ग्लोबल ट्रस्ट बैंक का विलय रद्द कर दिया गया। सेबी (SEBI) ने केतन पर लगाई रोक। पारेख की ब्रोकिंग और मर्चेंट बैंकिंग फर्मों को नया कारोबार करने से रोका।

9-11 अप्रैल : सी.बी.आई. ने माधवपुरा मर्केंटाइल को-ऑपरेटिव बैंक के प्रबंध निदेशक रमेश पारेख को गिरफ्तार किया। केतन पारेख ने सी.बी.आई. के सामने स्वीकार किया कि उन्हें जी और एच.एफ.सी.एल. द्वारा वित्त-पोषित किया गया था। जी ने किसी भी ब्रोकर को पैसा उधार देने से इनकार किया, लेकिन कहा कि उसने एबी कॉर्प में 28.5 प्रतिशत और बी4यू में 15 प्रतिशत के अधिग्रहण के लिए अग्रिम धनराशि दी। ग्लोबल ट्रस्ट बैंक के रमेश गेली ने सी.एम.डी. के रूप में पद छोड़ा, जबकि जी.टी.वी. ने केतन पारेख के साथ लिंक से इनकार किया।

12 अप्रैल : कॉरपोरेशन बैंक के पूर्व अध्यक्ष आर.एस. हुगर को ग्लोबल ट्रस्ट बैंक का नया अध्यक्ष और प्रबंध निदेशक नियुक्त किया गया। सेंसेक्स 142 अंक टूटकर 27 महीने के निचले स्तर 3,184 पर पहुँच गया।

16 अप्रैल : बाजार घटना की सेबी (SEBI) की जाँच में बुल परिसमापन और बियर ऑपरेटरों द्वारा कम बिक्री को दोषी ठहराया गया। सेंसेक्स 28 महीने के निचले स्तर 3,096.51 को छूकर वापस उछला।

19 अप्रैल : सेबी (SEBI) ने क्रेडिट सुइस फर्स्ट बोस्टन, निर्मल बैंग ब्रोकिंग और फर्स्ट ग्लोबल स्टॉक ब्रोकिंग को अगली सूचना तक नया कारोबार करने से रोक दिया। इसने स्थायी रूप से हर्षद मेहता को प्रतिभूतियों में काम करने से रोका। बी.पी.एल., वीडियोकॉन और स्टरलाइट को पूँजी बाजार तक पहुँचने से रोकते हुए कीमतों में हेरा-फेरी के 1998 के मामले पर काररवाई।

20 अप्रैल : फर्स्ट ग्लोबल के शंकर शर्मा को एक आई.टी. अधिकारी को कथित रूप से धमकाने के आरोप में गिरफ्तार किया गया, लेकिन बाद में उन्हें जमानत दे दी गई।

24 अप्रैल : सी.एस.ई. ने 10 ब्रोकर्स के खिलाफ चेक डिसऑनर करने का मामला दर्ज किया, जो उनके द्वारा एक्सचेंज को जारी किए गए थे।

2 मई : बॉम्बे हाई कोर्ट ने आनंद राठी को बरखास्त किया। राठी की याचिका में सेबी (SEBI) द्वारा उनकी चार फर्मों के निलंबन को चुनौती दी गई। सेबी (SEBI) के जोखिम प्रबंधन समूह ने 2 जुलाई, 2001 से कम बिक्री पर प्रतिबंध हटाने का फैसला किया और घोषणा की कि उसी दिन 200 और शेयरों को रोलिंग सेटलमेंट मोड में स्थानांतरित कर दिया जाएगा।

9 मई : शेयर बाजार घटना के परिणामस्वरूप भारी नुकसान होने के बाद ब्रोकर बिमल गांधी ने आत्महत्या कर ली।

10 मई : राजेंद्र सहित तीन ब्रोकर्स द्वारा बैंक फंड का दुरुपयोग करने की अनुमति देने के लिए कोझीकोड स्थित नेदुंगडी बैंक के प्रमुख ए.आर. मूर्ति को बरखास्त कर दिया।

14 मई : सेबी (SEBI) ने जे.आर. वर्मा समिति के 2 जुलाई, 2002 से 'बदला' पर प्रतिबंध लगाने, व्यक्तिगत स्टॉक पर विकल्प पेश करने और सभी स्टॉक्स को रोलिंग सेटलमेंट में स्थानांतरित करने के प्रस्ताव को अंतिम रूप से मंजूरी दी।

16 मई : जे.पी.सी. के तीसरे सत्र में कुछ सदस्यों ने यू.टी.आई. और अन्य म्यूचुअल फंडों को जाँच के दायरे से बाहर करने के अध्यक्ष के विचार का विरोध किया। उन्होंने घोषणा की कि सत्र और रिपोर्ट जमा करने पर अंतिम निर्णय जुलाई के अंत तक लिया जाएगा। अगले दिन वह यह कहते हुए पीछे हट गया कि समिति यू.टी.आई. या किसी अन्य म्यूचुअल फंड को जाँच के लिए बुला सकती है।

18 मई : मुंबई की अदालत ने माधवपुरा मर्केंटाइल को-ऑपरेटिव बैंक घोटाले में उलझे बदनाम स्टॉक ब्रोकर केतन पारेख को जमानत दी, जिसकी परिणति बाजारों में एक बड़े संकट के रूप में हुई। अदालत ने पारेख को 5 लाख रुपए के मुचलके पर रिहा कर दिया और उसे सप्ताह में दो बार केंद्रीय जाँच ब्यूरो के कार्यालय में पेश होने का आदेश दिया।

23 मई : कलकत्ता उच्च न्यायालय ने कलकत्ता स्टॉक एक्सचेंज के चार डिफॉल्ट स्टॉक ब्रोकरों—दिनेश कुमार सिंघानिया, हरीश चंद्र बियाणी, अशोक कुमार पोद्दार और रतन लाल पोद्दार पर रोक लगाई।

2 जुलाई : यू.टी.आई. ने अपनी 'यूएस-64 योजना' की इकाइयों की बिक्री एवं पुन:खरीद पर रोक लगाई और लाभांश को घटाकर 10 प्रतिशत कर दिया।

3 जुलाई : यू.टी.आई. अध्यक्ष पी.एस. सुब्रमण्यम ने आधी रात के नाटक के बाद इस्तीफा दे दिया।

11 जुलाई : सुप्रीम कोर्ट ने हितेन दलाल को दोषी ठहराया। हितेन को 1 साल की कैद।

20 जुलाई : पूर्व यू.टी.आई. अध्यक्ष पी.एस. सुब्रमण्यम और यू.टी.आई. के दो कार्यकारी निदेशकों पर सी.बी.आई. ने छापा मारा। यू.टी.आई. के निवेश की जाँच के लिए तीन सदस्यीय समिति गठित।

8 अगस्त : हितेन दलाल ने विशेष अदालत में किया सरेंडर।

10 अगस्त : सी.बी.आई. ने एम.एम.सी.बी. मामले में केतन पारेख को गिरफ्तार किया।

11 अगस्त : सी.एस.ई. के कार्यकारी निदेशक तापस दत्ता को बरखास्त किया गया।

24 अगस्त : एम.एम.सी.बी. मामले में केतन पारेख को जमानत मिली। 16 करोड़ रुपए जमा कराने का वादा।

6 सितंबर : जी के प्रमोटरों ने केतन पारेख से 90 करोड़ रुपए वसूलने का मुकदमा किया। कैनबैंक म्यूचुअल को धोखा देने के लिए हितेन दलाल को 3 साल का आर.आई. मिला।

28 सितंबर : सड़क दुर्घटना में निर्मल बांग की मौत।

15 अक्तूबर : सेबी (SEBI) के अध्यक्ष डी.आर. मेहता ने जे.पी.सी. को बताया कि कोई घोटाला नहीं हुआ था।

9 नवंबर : सी.बी.आई. ने जालसाजी एवं हेरा-फेरी के आरोप में हर्षद मेहता और उसके दो भाइयों सुधीर व अश्विन को गिरफ्तार किया।

27 नवंबर : शंकर शर्मा और देविना मेहरा ने घोषणा की कि वे सरकार पर 500 करोड़ रुपए का मुकदमा करेंगे और उस धन को दान में देंगे।

17 दिसंबर : शंकर शर्मा को प्रवर्तन निदेशालय (ई.डी.) ने गिरफ्तार किया।

31 दिसंबर : 'बिग बुल' हर्षद मेहता का दिल का दौरा पड़ने से निधन।

वर्ष 2002

9 जनवरी : दिल्ली उच्च न्यायालय ने तहलका के खुलासे के कारण उत्पीड़न के 'फर्स्ट ग्लोबल' के दावे का खंडन किया, यह देखते हुए कि ई.डी. ने खुलासा करने से एक सप्ताह पहले काररवाई की थी।

11 फरवरी : आर.बी.आई. की सहमति के बिना एफ.आई.एल. को एच.एफ.सी.एल. के शेयर बेचने के लिए 'फर्स्ट ग्लोबल' पर मुकदमा दायर किया।

1 मार्च : शंकर शर्मा जमानत पर रिहा।

15 अप्रैल : केतन पारेख एम.एम.सी.बी. को 16 करोड़ रुपए में से 7 करोड़ रुपए का भुगतान करने में विफल रहा।

19 अप्रैल : चव्हाण की अध्यक्षता वाली जाँच समिति की सिफारिश के अनुसार, व्हिसलब्लोअर ए.ए. तिरोडकर की सेवाएँ समाप्त कीं।

28 मई : ई.डी. ने एच.एफ.सी.एल. मामले में फेरा (FERA) उल्लंघन के लिए 20 एफ.आई.आई. की।

17 जून : सेबी (SEBI) ने सी.एस.एफ.बी. का ब्रोकिंग लाइसेंस निलंबित किया।

3 जुलाई : टाटा ने दिलीप पेंडसे के खिलाफ 400 करोड़ रुपए का मुकदमा किया।

22-25 जुलाई : जे.पी.सी. रिपोर्ट का मसौदा प्रेस में लीक। जे.पी.सी. सदस्यों ने इसे खारिज किया।

23 सितंबर : सेबी (SEBI) ने पहला ग्लोबल ब्रोकिंग लाइसेंस रद्द किया।

25 सितंबर : कोलकाता पुलिस ने छह ब्रोकर्स और सी.एस.ई. के पूर्व निदेशकों को गिरफ्तार किया।

9 अक्तूबर : कोलकाता पुलिस ने एस.एच.सी.आई.एल. के पूर्व एम.डी. और सी.ई.ओ. बी.वी. गौड़ को गिरफ्तार किया।

2 नवंबर : आर.बी.आई. ने नेदुंगडी बैंक पर स्थगन की घोषणा की।

29 नवंबर : कोलकाता पुलिस ने स्टॉक ब्रोकर अशोक पोद्दार को गिरफ्तार किया।

2 दिसंबर : कोलकाता पुलिस ने केतन पारेख को मुंबई में गिरफ्तार किया, लेकिन वह 'बीमार पड़ गया' और उसे जमानत मिल गई।

19 दिसंबर : जे.पी.सी. ने अपनी रिपोर्ट संसद् को सौंपी।

वर्ष 2003

14 जनवरी : सुप्रीम कोर्ट ने मारुति मामले में हर्षद मेहता को दोषी ठहराया।

20 जनवरी : केतन पारेख ने कोलकाता की अदालत में आत्मसमर्पण किया।

7 जून : डी.सी.ए. ने सी.एल.बी. से उसके द्वारा दायर मामलों के तेजी से समाधान के लिए अनुरोध किया।

19 जून : केतन पारेख बी.ओ.आई. का बकाया चुकाने के लिए 'सहमत'।

11 जून : सी.बी.आई. ने निवेशक शिरीष मन्यार और दलाल मुकेश बाबू को गिरफ्तार किया।

9 अक्तूबर : सुप्रीम कोर्ट ने वर्ष 1992 के घोटाले पर विशेष अदालत के आदेश को पलट दिया, जिसमें स्टैंडर्ड चार्टर्ड बैंक को सिटी बैंक को 12 प्रतिशत ब्याज के साथ 79 करोड़ रुपए वापस करने का आदेश दिया गया था, जो बदले में कैनबैंक म्यूचुअल को एक हिस्से का भुगतान करेगा।

17 दिसंबर : सेबी (SEBI) ने केतन, उसके चचेरे भाई और 7 सहयोगियों को 14 साल के लिए प्रतिबंधित किया।

23 दिसंबर : दिल्ली पुलिस ने दिलीप पेंडसे को गिरफ्तार किया।

वर्ष 2004

8 मार्च : केतन पारेख की ब्रोकिंग इकाइयों का ब्रोकिंग पंजीकरण रद्द। सेबी (SEBI) ने एफटेक इन्फोसिस के प्रमोटरों को धोखाधड़ी और अनुचित व्यापार व्यवहार का दोषी पाया। उन्हें एक साल के लिए प्रतिभूतियों में लेन-देन करने से रोका।

8 अप्रैल : सुप्रीम कोर्ट ने निर्मल बांग की ब्रोकिंग संस्थाओं पर कम सजा के प्रतिभूति अपीलीय न्यायाधिकरण (SAT) के आदेश को बरकरार रखा।

24 जुलाई : ग्लोबल ट्रस्ट बैंक को आर.बी.आई. द्वारा स्थगन के तहत रखा गया।

26 जुलाई : ओरिएंटल बैंक ऑफ कॉमर्स के साथ जी.टी.बी. का समामेलन।

□

उपसंहार

वर्ष 1992 का हर्षद मेहता घोटाला भारतीय शेयर बाजार के इतिहास में एक निर्णायक मोड़ था। धोखाधड़ी की विशालता, देश के वित्तीय एवं राजनीतिक परिदृश्य में शक्तिशाली आँकड़ों की भागीदारी और अर्थव्यवस्था पर बाद के प्रभाव तथा वित्तीय प्रणाली में जनता के विश्वास ने इसे भारत में सबसे महत्त्वपूर्ण वित्तीय घोटालों में से एक बना दिया।

इस पुस्तक में, हमने घोटाले के पीछे के व्यक्ति हर्षद मेहता के जीवन और उसकी खोज तथा उसके बाद की घटनाओं का पता लगाया है। हमने विनियामकों, बैंकों, राजनेताओं और मीडिया सहित विभिन्न हितधारकों द्वारा निभाई गई भूमिकाओं की भी पड़ताल की है। इस अन्वेषण के माध्यम से हमने भारतीय वित्तीय प्रणाली की जटिलताओं और उसके भीतर मौजूद कमजोरियों पर प्रकाश डालने का प्रयास किया है।

अब, घोटाले के 35 से अधिक वर्षों के बाद, इसके स्थायी प्रभाव पर विचार करना समीचीन है और यह कि तब से क्या बदल गया है? क्या नियामक अधिक सतर्क हो गए हैं और वित्तीय अपराधों से बेहतर तरीके से निपटने के लिए कानूनी व्यवस्था को मजबूत किया गया है? नियामक संस्था के रूप में सेबी (SEBI) की शुरुआत भी वित्तीय प्रणाली की अखंडता सुनिश्चित करने की दिशा में एक महत्त्वपूर्ण कदम है। हालाँकि, सिस्टम फुलप्रूफ नहीं है और हमने हर्षद मेहता घोटाले के बाद के वर्षों में कुछ अन्य वित्तीय घोटाले देखे हैं।

घोटाले के बाद से शेयर बाजार की जनता की धारणा में भी काफी बदलाव आया है। कई निवेशक अधिक सतर्क हो गए हैं और उचित परिश्रम एवं जोखिम-प्रबंधन की आवश्यकता के बारे में अधिक समझ पैदा हुई है। मीडिया भी वित्तीय घटनाओं की अपनी कवरेज में अधिक जिम्मेदार हो गया है, यह सुनिश्चित करते हुए कि जनता को सही और निष्पक्ष रूप से सूचित किया जाए।

घोटाले के बाद के वर्षों में भारतीय अर्थव्यवस्था में काफी वृद्धि हुई है और शेयर बाजार अधिक परिपक्व हो गए हैं। बाजार में निवेशकों की संख्या में वृद्धि हुई है और ट्रेडिंग वॉल्यूम में तेजी से वृद्धि हुई है। हालाँकि, भारतीय वित्तीय प्रणाली अभी भी पारदर्शिता, जवाबदेही और विनियमन के मामले में चुनौतियों का सामना कर रही है।

हर्षद मेहता घोटाला भारतीय वित्तीय प्रणाली के लिए एक 'वेकअप कॉल' था और इसकी विरासत ने बाजारों और इसमें शामिल खिलाड़ियों को देखने के तरीके को आकार देना जारी रखा है। यह एक ऐसा क्षण था, जिसने वित्तीय प्रणाली में अधिक सतर्कता, पारदर्शिता एवं जवाबदेही की आवश्यकता पर प्रकाश डाला, जबकि घोटाले के निशान अभी भी बने हुए हैं। यह भी एक अनुस्मारक है कि भारतीय वित्तीय प्रणाली लचीली है और अपनी पिछली गलतियों से सीख सकती है।

जैसा कि हम हर्षद मेहता के जीवन और उसकी विरासत को परिभाषित करने वाली घटनाओं पर पुस्तक को बंद करते हैं, यह हमें वित्तीय प्रणाली में ईमानदारी के महत्त्व की याद दिलाती है। घोटाले के बाद से भारतीय अर्थव्यवस्था एक लंबा सफर तय कर चुकी है; लेकिन यह सुनिश्चित करने के लिए अभी भी काम किया जाना बाकी है कि बाजार सभी प्रतिभागियों के लिए निष्पक्ष व पारदर्शी रहे। यह नियामकों, बैंकों, राजनेताओं और मीडिया सहित सभी हितधारकों पर निर्भर है कि वे इन मूल्यों को बनाए रखना जारी रखें और भारतीय वित्तीय प्रणाली की स्थिरता एवं विकास सुनिश्चित करें।

□

साभार-संदर्भ

पुस्तक-लेखन हेतु विभिन्न सूचना-स्रोतों तथा व्यक्तिगत संपर्क के अतिरिक्त निम्नलिखित सूचना-स्रोतों द्वारा सहयोग लिया गया है, जिसके लिए लेखक द्वारा हार्दिक आभार।

"1992 का प्रतिभूति घोटाला—सी.बी.आई. अभिलेखागार"। 22 मई, 2018

"हर्षद मेहता, वीडियोकॉन, बी.पी.एल. और स्टरलाइट के खिलाफ काररवाई (प्रेस विज्ञप्ति, 19 अप्रैल, 2001)" सेबी (भारतीय प्रतिभूति और विनिमय बोर्ड)

"हर्षद मेहता की सजा बरकरार" द टाइम्स ऑफ इंडिया, 14 जनवरी, 2003

"घोटाले के दागी स्टॉक ब्रोकर हर्षद मेहता का निधन" इंडिया टुडे

"स्कैम 1992 : क्या हर्षद मेहता सिक्योरिटी फ्रॉड का मास्टरमाइंड या फॉल मैन था?" सी.एन.बी.सी.टी.वी.18.कॉम, 27 अक्तूबर, 2020

"प्रतिभूति घोटाला : उत्पत्ति, यांत्रिकी और प्रभाव" (पी.डी.एफ.), विकल्प : द जर्नल फॉर डिसीजन मेकर्स

"आर्थिक मील का पत्थर : स्टॉक मार्केट स्कैम (1992)", फोर्ब्स इंडिया, 2019-11-13

घोटाला : कौन जीता, कौन हारा, कौन चला गया : हर्षद मेहता से लेकर केतन पारेख तक, केनसोर्स सूचना सेवाएँ

"प्रतिभूति घोटाला : हर्षद मेहता ने बैंकिंग प्रणाली, शेयर बाजारों में मचा दी उथल-पुथल", इंडिया टुडे

"प्रतिभूति घोटाला : जाँचकर्ता अधिक लोगों को पकड़ते हैं, कभी-कभी बढ़ते जाल की खोज करते हैं", इंडिया टुडे

"वित्तीय घोटाले ने भारतीय राजनीति को हिला दिया" (प्रकाशित 1992), न्यूयॉर्क टाइम्स

"आर्थिक मील का पत्थर : स्टॉक मार्केट स्कैम (1992)", फोर्ब्स इंडिया

"मेहता का पी.एम. राव को रिश्वत देने का आरोप", आउटलुक इंडिया

https://quotesready.com/harshad-mehta-quotes/

https://www.amarujala.com > business

https://www.jansatta.com > scam-199

https://zeenews.india.com > education

https://www.cnbctv18.com > market

https://en.wikipedia.org > wiki > Harshad_Mehta

https://www.moneycontrol.com >

https://www.indiatoday.in > Business

https://tradebrains.in > Blog

https://cleartax.in > home > Investing > Stocks

https://economictimes.indiatimes.com > News > Economy

https://www.managementstudyguide.com > harshad-me...

□□□